Les

à New York

**Chroniques de la vie des New-Yorkaises,
leurs adresses, leurs bons plans**

Dans la même collection

Les Pintades à Londres

Les Pintades à Téhéran
(à paraître)

Layla Demay
Laure Watrin

Les Pintades
à New York

**Chroniques de la vie des New-Yorkaises,
leurs adresses, leurs bons plans**

Illustrations de Sophie Bouxom

Éditions Jacob-Duvernet

© Éditions Jacob-Duvernet, 2004.
ISBN : 978-2-253-08485-3 – 1ʳᵉ publication LGF

Sommaire

Remerciements des auteurs

Merci à Thomas pour ses « *Go for it girls* » : sans ses encouragements, ce livre n'aurait pas vu le jour ; à Pauline et Tibo, et à Catherine, pour avoir joué les agents littéraires ; à Luc et Pauline pour nous avoir offert cette merveilleuse occasion ; à Charlotte pour ses suggestions inspirées ; à Céline pour ses conseils avisés ; à Judith, notre fidèle lectrice ; à Peter pour son soutien ; à Lyn, Tracy, Mona, Karen et Kate ; à nos pintades dont les dîners mensuels nous ont inspirées ; à Alex qui reste dans notre cœur une pintade new-yorkaise, à Jean-Marie Lamblard pour nous avoir tout appris de la « poule aux mille perles » (grâce à son savoir, nous avons encore mieux saisi la similitude entre l'oiseau et son congénère humain) ; à tous ceux qui ont pris le temps de s'arrêter (une gageure dans cette ville où le temps est si précieux) pour nous raconter leur *lifestyle* et qui ont manifesté autant d'enthousiasme pour notre projet.

Bien sûr, merci aux New-Yorkaises de nous avoir adoptées. Ce livre vous est dédié. Nous sommes fières de faire partie de votre basse-cour.

Introduction

Dans le pays où nous vivons, une *trophy wife* n'est pas une vieille dame qui collectionne des têtes de cerf dans son salon, le Fuck-Me Red ne désigne pas une position du Kama-sutra, une *baby shower* n'est pas un pommeau de douche ergonomique spécial bébé, le Cosmopolitan n'a rien à voir avec un homme qui voyage beaucoup, Nolita n'est pas une œuvre posthume de Nabokov et les *spaghetti straps* ne se dégustent pas *al dente*.

Dans notre pays, les taxis sont jaunes, les immeubles flirtent avec le ciel, les coursiers sont à vélo, les sirènes chantent jour et nuit, les magasins oublient de fermer, les chefs sont des célébrités, et les femmes sont des pintades. Des pintades formidables.

Les hommes affublent souvent les femmes de noms d'oiseaux, affectueux ou méprisants. Il y en a un que nous avons adopté et que nous revendiquons : « pintade ». Parce qu'on ne fait pas sa pintade comme on fait sa poule, sa poulette, sa dinde ou sa caille. Au royaume de la volaille, la pintade est reine et New York est son eldorado. La pintade new-yorkaise a élevé la féminité au rang de féminitude. La pintade est l'oiseau bruyant, indomptable, industrieux et fardé par excellence (pintade vient du portugais *galinha pintada* qui signifie « poule peinte »). Quoi de mieux que ce gallinacé racé pour décrire la New-Yorkaise ? En Afrique, dont elle est originaire, la pintade symbolise la femme libre. Transplantée dans la capitale mondiale du libéralisme, la pintade new-yorkaise est ambitieuse, obsédée par la réussite financière, elle est tout à la fois féministe et féminine, sophistiquée et grande gueule, grégaire et autonome, libérée et pleine de tabous. Tout comme le bipède à plumes, les New-Yorkaises criaillent. Un cri étrange et strident qui ne s'arrête jamais. Vous les verrez rarement silencieuses. Pour chaque moment de leur vie, elles dégainent leur palette d'interjections, d'exclamations, d'onomatopées qui leur permettent de se reconnaître entre elles.

Plusieurs années d'immersion dans la ville nous ont permis d'étudier cette espèce. Nous nous sommes plongées avec délectation dans la psyché des femmes de la ville. Si l'on considère que l'Occidentale est névrosée, alors, pas de doute, la New-Yorkaise en est au stade terminal.

Leurs préoccupations et leurs excentricités nous déroutent souvent. Elles sont capables d'embaucher un consultant pour leur apprendre à ranger leurs placards, de faire du yoga avec leur chien, d'être à 6 heures du mat' à la gym, de travailler 60 heures par semaine et de toujours trouver le temps de se faire faire les ongles ; elles sont dogmatiques au point de prêcher l'allaitement jusqu'à l'âge de 5 ans et de succomber au charisme de gourous en tout genre. Dans cette métropole peuplée de célibataires, une grande partie de leur raison de vivre – en prenant beaucoup de raccourcis – est la recherche obstinée d'un homme au bon pedigree et le souci exacerbé de l'apparence.

Mais nous sommes chaque jour un peu plus bluffées par ces oiseaux de paradis dont, avouons-le, nous aimons rejoindre la basse-cour. Même en cas de coups durs, les pintades new-yorkaises gardent leur énergie et leur vitalité ; l'actualité de ces dernières années l'a prouvé.

Parce que les différences culturelles fascinent et peuvent être source de bonne humeur, nous vous proposons nos chroniques de pintades à New York, tranches de vie, « choses vues » par deux Françaises qui décryptent les rites, les codes, les modes de vie et les bons plans des New-Yorkaises, adresses à l'appui.

Cheers,

Laure Watrin et Layla Demay

1 Pintade
jusqu'au bout
des griffes

À la poursuite du bonheur

Si « le maquillage est le linceul de la beauté », pour reprendre les mots de Tahar Ben Jelloun, alors New York est son caveau.

Certes, on n'est pas à Los Angeles ou à Palm Beach – qui en seraient les cimetières – et les New-Yorkaises n'ont rien à voir avec les starlettes californiennes qui exposent leurs implants tels des trophées de guerre. Mais, bien qu'elles fantasment sur le « chic naturel des Parisiennes », ce ne sont pas non plus des esthètes. Pour la majorité d'entre elles, la beauté n'est pas un luxe, c'est une nécessité. Un droit quasi constitutionnel que certaines n'hésiteraient pas à associer à la « poursuite du bonheur » inscrite dans la déclaration d'indépendance des États-Unis d'Amérique de 1776 ! La beauté est un bien de consommation. *Gotta have it, gotta buy it*, comme on dit ici. Quitte à s'endetter. « Il suffit de jeter un coup d'œil à leurs relevés de cartes de crédit ! s'exclame Wendy Lewis, *beauty guru* de l'Upper East Side. Il n'est pas rare de voir une femme qui a un petit salaire dépenser plusieurs centaines de dollars pour une crème. »

On dit les New-Yorkaises sophistiquées. C'est une réalité. La beauté passe par la *high maintenance*, l'entretien du corps pour ne pas perdre le contrôle de soi, donc de son image. Une manucure par-ci, un peeling du visage par-là, une épilation par ici, l'entretien coûte cher, 400 $ par mois pour la pintade « modeste », 2 700 $ pour celle qui n'a pas besoin de faire ses comptes.

Certes, la plupart des femmes dépensent beaucoup d'argent en produits et en traitements, mais leur démarche est pragmatique : « *It has to work* », « Il faut que ça donne des résultats » et des résultats visibles. Pas de temps (ni d'argent) à perdre, même le massage suédois relaxant doit remplir son contrat. À New York, c'est la beauté *no nonsense* (une expression typiquement new-yorkaise pour désigner la quintessence du pragmatisme).

Dans cette ville, il y a forcément quelque chose pour vous. Mais l'avantage, c'est que personne ne vous force à céder au diktat. Quoique…

Les ongles, marque de fabrique de la pintade

PINTADE JUSQU'AU BOUT DES ONGLES

Le jour de mes 32 ans, j'ai séché en vitrine. Je ne pensais pas que ça m'arriverait un jour. « Tant que tu n'auras pas goûté aux plaisirs de la manucure, tu ne seras pas une vraie New-Yorkaise. Non mais regarde dans quel état sont tes ongles ! » a ajouté une amie sur le ton du reproche qui ne souffre aucun commentaire et surtout aucune résistance. Me voici donc, *birthday girl* comme on dit ici, entrée dans l'une de ces nombreuses ongleries qui jalonnent les blocs de la ville. J'observe, béotienne sceptique, ce lieu qui il y a quelques minutes encore avait tout de l'endroit de perdition. Mon amie supervise les opérations : « Tu fais la totale : mains et pieds. Tu veux une French manucure ? » Une quoi ? L'une des hôtesses, Susie, d'après le prénom indiqué sur le badge de son tablier noir, se précipite sur moi : *« Pick up color ! Pick up color ! »* Je finis par comprendre qu'elle me demande de choisir une couleur. Après avoir hésité devant les multiples nuances de rose bonbon – tant qu'à faire sa pintade, autant aller jusqu'au bout – et des rouges portant des noms aussi romantiques que Fuck-Me Red et Glamourpuss, je jette mon dévolu sur le Chocolate Kisses et m'installe dans un fauteuil en Skaï noir au dossier vibromasseur. On commence par les pieds. « À quand remonte votre dernière pédicure ? » me demande Susie. Euh, comment lui avouer que je n'en ai jamais fait sans avoir l'air de venir d'une autre planète ? Je me souviens de mes sourires goguenards, en arrivant à New York, pour toutes ces femmes alignées dans les vitrines des salons de beauté, le regard dans le vide, doigts et orteils posés en éventail sous une soufflerie, attendant patiemment que leur vernis sèche. Pour un peu, on se serait cru à Amsterdam.

J'ai vite compris qu'à New York, la manucure est un *must-do*. Impensable, quels que soient le milieu social et la profession, de sortir entre filles, d'avoir une *date* (voir Mais où est *Mr Right* ?) ou d'aller à un gala de charité sans passer par la case manucure. En témoigne cet email envoyé un jour par ma copine Karen avant l'un de nos dîners mensuels entre filles : « Si vous êtes en avance et que vous avez besoin d'une manucure ou d'une pédicure, le salon Rescue (ça ne s'invente pas) se situe juste à côté du restaurant où l'on se retrouve. » Il n'est pas rare de voir une jeune maman fraîchement sortie de la maternité, son mouflet sous le bras, venir se faire peindre les ongles entre deux tétées.

Avec plus de 3 000 boutiques spécialisées – une inflation qui avoisine les 274 % en dix ans –, exhiber des griffes de tigresse n'est plus un luxe réservé aux mondaines oisives. Grâce aux Coréennes, la New-Yorkaise *middle class* active peut aujourd'hui s'offrir sa manucure hebdomadaire pour 12 $. Les *nail salons* sont en effet aux Coréens ce que les cafés parisiens étaient aux Auvergnats. Délaissant les petits commerces de fleurs et les épiceries, les immigrés coréens se sont mis, dans les années 1980, à investir dans l'ongle. Une niche apparemment rentable puisqu'il est aujourd'hui quasiment impossible de faire un pas sans tomber sur une devanture bardée de néons derrière laquelle une quinzaine d'employées – quasiment toutes rebaptisées de prénoms hollywoodiens, du genre Gina ou Kelly – n'attend jamais bien longtemps la cliente.

Tips des manucures

Pas besoin de prendre rendez-vous. Il faut en général compter 12-14 $ pour une manucure (plus cher pour une French manucure) et 25 $ pour une pédicure. Sur la 3ᵉ Avenue, dans l'East Village, à Chinatown, à Brooklyn, à Harlem ou dans le Bronx, on trouve souvent des manucures entre 8 et 12 $ et le *full set*, manucure et pédicure, pour moins de 25 $. Si vous avez un peu de temps et que vous avez envie de vous faire bichonner, n'hésitez pas à demander un *extra foot massage*, un massage des pieds de 10 minutes (en général 10 $). Pour celles qui n'ont pas leur propre matériel (les New-Yorkaises laissent souvent leur trousse à ongles dans un casier du salon où elles ont leurs habitudes), vérifiez les conditions d'hygiène. Quelques règles de base : rebroussez chemin si des bouts d'ongles traînent sur les tables ou par terre ou si les bacs à pieds ne vous semblent pas nettoyés après chaque cliente. La boîte à outils de votre technicienne doit sortir d'une sorte de four à ultraviolets. On voit de plus en plus de salons équipés de bocaux remplis d'un liquide bleu désinfectant contre certains virus, champignons et bactéries.

Harlem, Brooklyn et le Bronx n'échappent pas à cette mode. Fordham Road ou Jerome Avenue dans le Bronx offrent par exemple le spectacle saisissant de minuscules ongleries coincées entre des carrossiers aux façades déglinguées et de gigantesques magasins de pneus. Les Noires et les Hispaniques sont souvent les premières à exhiber fièrement leurs ongles multicolores, certaines étant même passées maîtres dans l'art de taper sur une caisse enregistreuse avec de faux ongles longs comme un jour sans pain dont les motifs zébrés ou « panthère » laissent rêveuse. Le service et le décor sont peut-être moins sophistiqués dans les quartiers populaires que dans les salons chic de l'Upper East Side, mais les tarifs sont imbattables – 17 $ pour le *full set*, c'est-à-dire manucure et pédicure.

Pour mon baptême du feu, je suis tout simplement allée en bas de chez moi, chez Lily Nails. Je dois avouer que l'expérience ne m'a pas déplu. Il m'a certes semblé assez déconcertant d'avoir quelqu'un penché sur mes pieds, mais, passé le premier sentiment de culpabilité à l'idée de me vautrer dans la frivolité, j'ai finalement aimé me faire bichonner pendant trois quarts d'heure. Après une débauche de pierres ponces, de limes, de coupe-cuticules, de crèmes exfoliantes et d'onguents hydratants, avec, en bonus, le traditionnel massage des épaules à la fin, Susie a réussi à rendre mes mains et mes pieds dignes d'appartenir à la communauté féminine de cette ville. Le travail d'orfèvre terminé, je me suis donc retrouvée à mon tour en train de sécher en vitrine, doigts et orteils écartés façon canard, tétanisée à l'idée d'érafler mon vernis, en venant presque à avoir peur de respirer. Le génie de ce type d'endroit, c'est d'obliger les New-Yorkaises – dont la réputation d'hyperactives n'est pas usurpée – à l'oisiveté pendant quelques instants. Difficile de faire autre chose que de commenter les derniers potins *people* quand on a les mains immobilisées sur un petit reposoir (à l'exception de ma voisine de droite, manifestement une habituée qui, grâce au kit mains-libres de son téléphone portable, a réussi à passer une demi-douzaine de coups de téléphone pendant sa manucure, sous les yeux horrifiés de son esthéticienne).

L'apogée fut sans aucun doute le moment où je suis ressortie du salon les orteils emballés dans du cellophane comme de vulgaires sandwichs au *peanut butter* pour ne pas risquer d'abîmer mon vernis dans mes chaussures. Le comble, c'est que trône désormais sur l'étagère de ma salle de bains un petit nécessaire à manucure que j'emporte avec moi quand je vais me faire faire les ongles – les salons ont fait beaucoup de progrès en matière d'hygiène, mais certains rapports du département de la Santé de la ville sont encore assez effrayants. Et mon premier réflexe quand je rentre d'un séjour en France, c'est de pousser la porte d'un *nail parlor.* J'ai enfin la griffe des New-Yorkaises.

LA MANUCURE DU RAT

Ici, même les rats réclament des manucures. Des rats un peu spéciaux puisque ce sont des énormes rats de baudruche gonflés, de cinq mètres de haut. Ce sont les rats que les syndicats utilisent pour protester quand un patron emploie des salariés non syndiqués. On peut les voir, menaçants, postés devant les entreprises grippe-sou, crocs apparents, assis sur leur derrière et toutes griffes dehors. Ce qui a valu à mon mari de s'exclamer, narquois : « *As I was driven up Madison Avenue, I could not help but ask : Was the ultimate pintade the union rat holding its nails out expecting a manicure ?* » « Alors que je remontais Madison Avenue en voiture, je ne pouvais pas m'empêcher de me demander : la pintade ultime est-elle le rat syndicaliste tendant ses ongles dans l'espoir de recevoir une manucure ? »

On ira toutes au sparadis

SPA ATTITUDE

New York est une ville à l'énergie débordante, une ville trépidante qui donne la pêche. C'est aussi une ville épuisante, survoltée. On ne vous apprend rien de nouveau et vous vous demandez où on veut en venir avec nos platitudes. Okay ! Voilà le secret des New-Yorkaises pour tenir le coup. Non, ce n'est pas la co-caïne, *so eighties*. Ce sont les spas, ces espaces de beauté et de relaxation qui fleurissent au coin de chaque rue. Petits îlots de sérénité et de calme où les New-Yorkaises vont se ressourcer, recharger leurs accus. On y va pour se faire masser et envelopper dans des algues tel un sushi, nettoyer sa peau et rafraîchir sa silhouette.

Évidemment, comme les New-Yorkaises sont des femmes pressées, vous pouvez être certaine que si elles prennent un peu de leur temps précieux, c'est que ça marche. Ce que confirme Annbeth Eschbach, fondatrice du spa Exhale, qui jongle entre téléphone portable, BlackBerry et une dizaine d'assistantes qui lui tournent autour comme des abeilles autour d'une fleur : « Si on propose un service qui ne donne pas de résultats, les gens ne reviennent pas. »

Les traitements mélangent nouvelles technologies (la dernière mode, c'est le laser CoolTouch) et produits sensuelo-naturels (pédicures au lait et au miel). Ils portent des noms inspirés tels que Manucure Indulgence Totale ou Douce Escapade. Le marché est devenu tellement compétitif que les instituts doivent redoubler d'inventivité pour fidéliser leur clientèle. La palette des services offerts est aussi riche que les couleurs de l'arc-en-ciel. La bonne vieille esthéticienne maniant les onguents a été remplacée par une armée de techniciennes, pas mieux formées mais qui prodiguent des soins à coups de lasers, de peelings chimiques et autres « dermabrasions ». Ce qui était autrefois réservé aux cabinets des dermatologues arrive en force dans les spas. Le concept du MediSpa, inventé par le docteur Bruce Katz, est de marier les deux. Et comme on dit, « pour le meilleur et pour le pire ».

Point fort mis en avant par tous les spas : le *no downtime*. Comprenez que vous ne serez pas défigurée, bouffie ou rougeaude après le traitement. À Metamorphosis Day Spa, on peut se payer un *lunchtime facelift*. Un petit coup de laser à la pause déjeuner, entre un *tuna salad* et un *diet coke* et hop, on peut reprendre ses meetings. L'institut Juva, propriétaire du terme MediSpa, offre le parfait exemple d'une union réussie où les clientes peuvent se faire épiler et liposucer en même temps. Exhale offre des traitements très ciblés. Ambiance orientale, musique new age, il y flotte un doux parfum de fleurs. Le contraste est saisissant quand on rencontre les esthéticiennes. 80 % d'entre elles sont originaires d'Europe de l'Est et elles n'ont pas l'air zen du tout. Au programme, nettoyage de peau suivi du lifting laser. L'esthéticienne, très sympathiquement, engage la conversation. « *Where are you from ?* » Si vous pensiez vous relaxer, c'est raté. Ma *beautician*, Ava, est plutôt du genre causante. Et de m'abreuver de conseils : « Ne touche jamais ton visage parce que tes mains sont couvertes de bactéries. Désinfecte le téléphone. Et moi, je serais toi, j'utiliserais du sérum à l'hormone de croissance, *a facelift in a bottle.* Moi, vieillir me terrorise. » Merci Ava, mais pour l'instant, je voudrais juste décompresser et avoir l'air fabuleux.

The glow. Voilà la promesse. Être aussi rayonnante qu'un ver luisant. Ava sort sa loupe, et inspecte mes pores. Prise de frénésie, elle s'acharne sur un pore qu'elle juge indocile au point de presque me casser le nez. Un coup de dermabrasion, ponçage de peau en bonne et due forme, un petit coup de laser totalement indolore. Le résultat est dé-sas-treux. Le pore récalcitrant s'est rebellé et s'est transformé en énorme boursouflure rouge. Je n'avais pas ça en tête lorsque Ava m'a promis *real results.*

Chez Bliss, le pionnier new-yorkais du *day spa,* les esthéticiennes sont doublées de vendeuses. « Ooohh, votre peau est sérieusement abîmée par le soleil. Je recommande le traitement au collagène à 150 $ et la crème de nuit à 170 $. *You will look fabulous.* »

Même les noctambules peuvent s'adonner aux joies du spa. Juvenex, dans le quartier coréen, est ouvert 24h/24. Si vous êtes en mal d'un bain de vapeur à

3 heures du mat', ne vous retenez plus, sautez dans un taxi et faites-vous déposer 32e Rue.

À part quelques expériences malheureuses, les résultats sont effectivement *faaabulous*. Un deuxième *facial* me réconcilie avec Exhale. Me voilà enfin parée du fameux *glow*.

---

www.spa-addicts.com

Site conçu pour les accros. Devenez membre (c'est gratuit) et profitez des offres spécialement négociées pour vous dans les spas.

La façon la plus rapide et la plus indolore d'avoir le *glow* (indolore mais ô combien humiliante), c'est le pistolet à bronzage. Vêtue d'un minuscule string jetable, jambes écartées, bras ouverts en croix et légèrement penchée en avant, la cliente est aspergée au tuyau d'arrosage par une esthéticienne. Cleo, de Metamorphosis Day Spa, se vante même d'arriver à dissimuler la cellulite en appliquant savamment les pigments. Ça dure une semaine, ne tache pas les draps et le résultat est assez naturel.

Au rayon des spas, il y a les fast-foods, la cuisine bourgeoise, et la haute cuisine. À New York, la « Haute Spa » est incarnée par des noms aussi prestigieux que La Prairie, Paul Labrecque ou encore le légendaire spa de Miss Elizabeth Arden, la fameuse Red Door sur la 5e Avenue. L'institut occupe quatre étages, dont un entièrement réservé à l'épilation, preuve supplémentaire, s'il en était besoin, que les New-Yorkaises ont un compte à régler avec leurs poils. La cire utilisée est une recette secrète, mélange de cire d'abeille, d'huiles essentielles et de fleurs. L'odeur du 8e étage rappelle les vieilles maisons de nos grands-mères. La manucure /

pédicure, signature de l'établissement, est censée nous transporter vers l'exaltation.

Rendez-vous pris avec Rodica, la responsable du département ongles. Je suis un peu intimidée par le prestige de l'établissement, mais très vite, Rodica et ses collègues me mettent à l'aise. Norma, le pitre du salon, raconte des blagues, rameute les filles pour acheter des tickets de loto et entame finalement une danse du ventre dont elle ferait mieux de s'abstenir. Pas sûr que Miss Arden avait ça à l'esprit lorsqu'elle a créé son institut, un des premiers du genre, en 1910. Rodica, la cinquantaine active, vante les mérites de l'humour et de la joie de vivre. L'étage pétille des gloussements des employées. L'hygiène est évidemment irréprochable, les produits délicieux. Le gommage au sucre et la crème au concombre me donnent des frissons de ravissement. Seule ombre au tableau : Rodica est presbyte et cette coquette coquine ne porte pas de lunettes. L'application du vernis, couleur Red Velvet, est un carnage.

Quant à soigner la beauté intérieure, la ville n'est pas en reste : désengorger, purifier, nettoyer toutes les toxines accumulées à cause du stress. Si vous vous octroyez un Royal Thai Trilogy chez Paul Labrecque, avant toute chose, votre masseur dira une prière incantatoire. Comme disait Blaise Pascal, « croire en Dieu ne peut pas nuire », et un divin massage pourrait presque nous prouver l'existence de Dieu.

Si vous êtes plus « marcassine » que pintade et si la vue de la fange provoque chez vous des spasmes d'extase, alors New York est faite pour vous. C'est sans doute ici qu'on trouve la plus grande variété de boues : bienfaisantes, de la mer Morte, de Bretagne, riches en minéraux et oligoéléments. Il y a aussi la version malodorante de l'East River, mais, pour l'instant, les boues locales restent où elles sont car personne ne leur a trouvé de vertus thérapeutiques autres que préserver les corps des infortunés ennemis de la mafia. Mais ce n'est pas ce genre de préservation qu'on a à l'esprit quand on va au spa.

LA BAGUETTE MAGIQUE

Pour mon anniversaire, j'ai décidé de me chouchouter. J'ai entendu parler de cette fée qui efface la culotte de cheval à coups de baguette magique. La baguette magique en question n'est autre qu'une tige de métal qui conduit un courant électrique de très faible intensité, dont les électrons vont mitrailler ma cellulite.

L'esthéticienne s'est fait une réputation en sculptant les cuisses et les fesses de Meg Ryan et de Mira Sorvino. D'ailleurs, il paraît que sa salle d'attente ressemble au tapis rouge un soir d'Oscars à Hollywood. Je décide de tenter ma chance et de prendre rendez-vous. À l'autre bout du fil, une voix suave m'explique que tout est *fully booked* pour trois semaines. Pas de problème. Ma graisse peut bien rester accrochée sur mes hanches 21 jours de plus.

Pour le traitement anti-cellulite, la réceptionniste me susurre que chaque séance coûte 290 $ et qu'il y a un minimum de deux séances, payables à l'avance, par téléphone et par carte de crédit. « Nous acceptons Visa, MasterCard et American Express. » La gorge serrée, j'égrène les numéros de ma carte pour un total de 580 $, pourboire non inclus.

Trois semaines plus tard, j'arrive devant l'adresse en question, un immeuble banal, sans plaque, sur la

5e Avenue, entre la 12e et la 13e Rue. En échange de mon numéro de carte de crédit, la réceptionniste m'a donné le code de la porte. J'ai l'impression d'accéder à une société secrète. Je grimpe les marches jusqu'au premier étage. On se croirait presque dans une H.L.M. Hum, surtout, ne pas se fier aux apparences… Le soin n'en sera que meilleur.

J'entre dans l'institut en retenant mon souffle. Peut-être Meg Ryan patiente-t-elle pour son traitement, assise dans un fauteuil. La réceptionniste m'accueille avec un sourire carnassier. Elle est telle que je l'imaginais, brune, fine, l'ovale du visage parfait et pas la moindre ride. *« Hi and welcome to Tracie Martyn! »* Elle me tend à remplir un questionnaire plus épais que mon dossier de Carte verte. Elle veut tout savoir de moi. Mon âge, mon poids, mes habitudes alimentaires, mon hygiène de vie. Sans oublier le fameux *release*, ce formulaire qui stipule que je reçois le traitement de mon plein gré, qu'aucun résultat n'est garanti et que Tracie n'est pas responsable des conséquences indésirables dont je pourrais souffrir, incluant blessures, mutilations… ou même la mort. Je peux bien crever sous le feu des électrons de sa machine, elle s'en contrefiche. Docilement, je signe.

En fait, à la place de Meg Ryan se trouve une grosse dame blonde qui a grand besoin du traitement anticellulite. La machine à électrons va se régaler. Une jeune esthéticienne, Nancy, vient me chercher. Elle me fait entrer dans la cabine et enlever mes vêtements. Je m'allonge sur une table de massage, non sans quelque appréhension, mais elle me rassure : c'est totalement indolore.

En effet, elle promène son canon électrique sur mes bourrelets. Je ne sens rien et finis même par m'endormir. Quarante-cinq minutes plus tard, elle me réveille : « Vous êtes très réceptive au traitement, l'effet est vraiment visible. » Elle m'encourage à me regarder dans le grand miroir qui orne l'un des murs, en faisant de petits bonds autour de moi. Avec excitation, elle pointe mes bourrelets de gauche : « Regardez comme l'aspect de la peau s'est amélioré ! Et ici, désignant ma cuisse droite, c'est nettement mieux ! » Devant son air sincèrement content, je finis par la croire.

La semaine suivante, je me rends à ma deuxième séance. Toujours pas de Meg Ryan ni de Mira Sorvino à l'horizon. Nancy, mon esthéticienne montée sur ressorts, me demande si je suis satisfaite de la première séance. « Mouais, bof… » J'avoue mon scepticisme. « C'est lors de la deuxième séance que les résultats deviennent durablement visibles », assure-t-elle.

Cette fois-ci, j'ai apporté une arme secrète : mon mètre de couturière. En cachette, je mesure ma cuisse droite, puis la gauche. Nancy entre dans la cabine alors que je finis de mesurer mon tour de hanches. Je fourre le mètre ruban dans mon sac et m'allonge sur la table. C'est parti pour l'extermination massive des cellules graisseuses. Au bout de trois quarts d'heure, Nancy est en pâmoison. « *Look, it is soooooo much better !* » s'écrie-t-elle. « C'est tellement mieux. » Cette fois-ci, son enthousiasme ne m'aveugle pas. J'acquiesce de la tête et j'attends qu'elle quitte la pièce. Je bondis sur mon sac et en extirpe le mètre ruban. Je n'ai pas perdu le moindre centième de millimètre !

La cellulite bien accrochée, je m'approche du comptoir. La réceptionniste se penche en avant. Elle me reluque de la tête aux pieds et me chuchote : « Votre silhouette est visiblement plus fine. » Puis, baissant encore le ton, elle me demande : « Vous réglerez le pourboire en espèce ou par carte ? »

La pintade se dépoile

DE L'IMPORTANCE DU POIL

La nouvelle obsession des New-Yorkaises est vraiment poilante. Descendez tout droit vers le sud, passez l'équateur de la ceinture. Aujourd'hui, la pintade se dénude, autant qu'on peut se dénuder. Le mont de Vénus se porte lisse, coupé court, dégagé sur les côtés ou, encore mieux, paré de petits brillants.

Le fameux *Brazilian bikini* fait fureur. Les maillots de bain sont de plus en plus échancrés, les jeans de plus en plus taille basse, il faut bien s'adapter et éviter les poils disgracieux. La solution : *The Full Monty*. À Manhattan, la fourrure n'est plus à la mode et cette fois-ci les associations de protection des animaux n'y sont pour rien.

Ce sont les fameuses J Sisters – sept sœurs brésiliennes dont les prénoms commencent tous par J – qui ont démocratisé la pratique, en ouvrant un salon sur la 57e Rue (équivalent en moins chic de l'avenue Montaigne) entre Tiffany et Christian Dior. Les sept sœurs ont sorti de l'ombre ce mode d'épilation, jadis réservé aux actrices de porno et aux nageuses olympiques. La mode du *Brazilian bikini* a explosé ces dernières années – même si, depuis fort longtemps, tout le monde s'y adonne sur la côte Ouest.

Sans surprise, les New-Yorkaises suivent, comme un seul homme. Les stars les premières : Gwyneth Paltrow, fidèle cliente des J Sisters, leur a même dédicacé une photo d'elle, posant à moitié nue dans une piscine au bleu limpide. La dédicace dit, tenez-vous bien : « Pour les J Sisters adorées, vous avez changé ma vie, avec amitié et gratitude. » Finalement, l'épiphanie pourrait bien venir du poil. À en croire les témoignages des célébrités (et des autres), dix ans d'analyse pourraient être réglés à coups de bandelettes de cire chaude stratégiquement appliquées.

Faire épiler ce qui se voit, pourquoi pas. Avoir des aisselles nettes, des jambes impeccables, OK. Mais pousser l'obsession aussi loin doit trouver ses justifications, à moins de jouer dans un film classé XXX. Jennifer, esthéticienne à Completely Bare (littéralement : « Totalement Nue »), est catégorique : « Il y a deux courants d'influence : soit "Je veux faire comme mes copines", soit "Mon mec y est accro". Il n'y a pas de cliente type. Maintenant tout le monde le fait. J'ai une cliente qui a 61 ans, et une autre qui en a 16. » Et d'ailleurs, pour 60 $, les J Sisters offrent maintenant à leur menu le Brazilian Sunga Wax, version masculine du Brazilian Bikini Wax.

Les hommes, en effet, ne sont pas épargnés par la déferlante imberbe. Lorsque Charlotte, la trentenaire B.C.B.G. de *Sex and the City*, est invitée à passer le week-end dans les Hamptons – station balnéaire ultrachic de Long Island – avec son nouveau boyfriend, le sexy Harry Goldenblatt, elle lui avoue que son dos façon « moquette » est un frein à leur vie sociale. Et lui suggère de rendre visite à son esthéticienne *illico*.

Completely Bare a fait du poil son fonds de commerce et, aujourd'hui, 98 % des épilations sont des *Brazilian bikinis*. Les New-Yorkaises sont pudiques, mais pudeur il faut oublier lorsqu'on a de telles ambitions. Âmes sensibles s'abstenir – même si, au fond, l'âme souffre peu. Vous pensez qu'une visite chez le gynéco est inconfortable ? Alors ne franchissez pas le pas de la cabine d'esthétique. Car pour accéder à cette parure qui orne nos pubis, le slip reste au vestiaire. D'un air très naturel, Jennifer offre à ses clientes des lingettes rafraîchissantes afin de régler une fois pour toutes la question de la toilette intime. Les contorsions sont de mise, jambes derrière la tête, cuisses écartées, fesses en l'air, afin qu'aucun poil n'échappe à l'œil scrutateur de l'esthéticienne.

Ensuite c'est une affaire de style. Certaines réclament qu'on leur laisse une petite bande frontale, qui révèle plus qu'elle ne cache. Completely Bare offre des bijoux à coller en lieu et place de la pilosité ou encore des tatouages semi-permanents. Le best-seller est le papillon. Lorsque Jennifer nous montre les petits brillants, elle insiste : « Ça tient une semaine sans problème, même si tu te douches, mais il faut faire attention quand tu as des relations sexuelles : s'il y a trop de frotti-frotta, ça risque de se décoller. »

Au salon de beauté Bliss, une sorte de mini-usine de la beauté, situé au deuxième étage du magnifique Prince Building, dans Soho, une armée d'esthéticiennes attend la cliente, la spatule et la bande de cire à la main. Vetlana, une Ukrainienne à la mine autoritaire et soi-disant experte du *Brazilian bikini*, offre un cache-sexe en papier à enfiler avant que la séance de torture ne commence. Elle étale la cire chaude au plus près, applique une bande de tissu. Dans un anglais approximatif, elle affirme avant d'arracher le tout d'un coup sec : « *Relax, just littel bit painful.* » « Détends-toi, c'est juste un peu douloureux. » La douleur est telle que ça devrait être interdit par la Convention de Genève. Vetlana continue sans broncher à appliquer la cire puis, une fois le gros du travail terminé, elle sort une loupe et une pince à épiler de sa poche, pour les finitions. Le problème avec Vetlana, c'est qu'elle n'a pas le sens de l'équilibre et qu'elle a renvoyé chez elles d'infortunées clientes au pubis devenu asymétrique.

À New York, le poil est considéré comme un signe de saleté. Sans doute n'est-on pas bien loin des principes bibliques. Dans l'Ancien Testament, au chapitre 14 du Lévitique, « L'Éternel dit à Moise : "Le septième jour, il rasera tout son poil, sa tête, sa barbe, ses sourcils, il rasera tout son poil ; […] et il sera pur." » Nous ne sommes pas convaincues que l'Éternel ait parlé à Jennifer, mais elle a bien compris l'essence du message : « Les clientes trouvent que ça fait plus propre, plus net. Et les *boyfriends* en redemandent. » Et si l'Éternel approuve, alors *Alleluia* !

New York a des gourous et des prêtresses pour tout. Pas question que la touffe pileuse qui orne nos arcades sourcilières fasse exception. Je veux, bien sûr, parler du sourcil, qui fait ici l'objet d'un culte. Selon les saisons, le sourcil se porte fin et archi-arqué ou bien fourni et naturel. Il est soumis à sa séance bimensuelle de torture : l'épilation. Et quand on parle sourcils, un nom court sur toutes les lèvres : Christine, surnommée « Méchante Christine » ou « La Nazie du sourcil ». D'origine chinoise, Christine affiche un sourire de dominatrice aguerrie aux raffinements des supplices orientaux. Son salon est aux antipodes du luxe. Situé dans le Lower East Side, il se trouve au coin d'un bloc qui, il n'y a pas si longtemps, passait pour craignos. On ne vient pas chez Christine pour se faire dorloter.

Plus domina qu'esthéticienne, Christine martyrise ses clients : elle les engueule, les fait littéralement pleurer, se fait payer – très cher – pour délivrer les susnommés sévices et se voit gratifiée d'une clientèle toute fidèle et dévouée. Les murs de son salon sont tapissés de couvertures de magazines et de photos des stars qui remettent leur minois entre ses mains expertes. Et quand on vous dit « *A List* », on veut dire « *A List* ». Prêtes pour un peu de *name-dropping* ? Winona, Naomi, Gisele, Anouck, Cindy et Penelope ne jurent que par elle. Et les photos dédicacées suintent la gratitude éternelle. « *Thank you for making my skin so beautiful* », « Merci de rendre ma peau si belle », signé l'actrice Hilary Swank. Et maintenant, au rang de ses nouvelles clientes, vous pouvez trouver ma pomme. Rendez-vous est pris pour 8 h 45 du matin. J'arrive pile à l'heure, car j'ai entendu dire que Sa Sainteté Christine apprécie la ponctualité.

Je suis reçue par Monsieur Christine, le mari soumis qui fait office de réceptionniste. Dans un idiome compris de lui seul, il me pose une question à laquelle je ne comprends rien, mais ayant adopté la sagesse orientale au moment où j'ai franchi le pas de la porte, je souris de toutes mes dents, arque mes sourcils broussailleux aussi haut que je le peux et réponds « *Yes, thank you* », tout en priant pour que les conséquences de ma hardiesse ne soient pas trop sévères. Je m'assois sur le canapé, flanqué d'un kumquat miniature dans son pot en plastique. Tout à coup, je me sens pleine d'affinités avec le petit arbre.

Et je poireaute. À 9 heures, la standardiste – la vraie, cette fois – prend la relève de Monsieur Christine. Elle s'affaire derrière le comptoir, appuie sur la touche d'écoute du répondeur. Bip… « *You have one message* », répond la machine. Une voix au doux accent brésilien résonne : « *Hi Christine!* C'est Gisele, je suis de passage à New York, il faut je te voie. Je ne peux venir qu'à 5 h 30, mais il faut vraiment que je te voie, *pleaaaase*! » Telle une amante éplorée, Gisele Bundchen, le top model qui prête son sublime visage à Ralph Lauren, Gisele, la princesse des podiums, la chérie des designers, mendie, supplie la reine Christine de la recevoir.

Bon, Christine arrive enfin. Dans un anglais mâtiné d'accent chinois, elle me fait asseoir dans la salle de soins. Armée de ses nombreux doigts et de sa pince à épiler, elle commence à travailler. D'emblée, elle attaque : « Je suis une perfectionniste, quand je fais des sourcils, ils deviennent mes sourcils, compris? Et je me mets en colère si on gâche mon travail. » Je me tasse dans mon fauteuil, très intimidée. Christine continue : « En particulier les mannequins, elles viennent ici et je leur dis : "Tu as épilé tes sourcils." Elles jurent que non, alors je crie : "Tu mens, tu les as épilés, tu ne peux pas me duper." Mes clientes ont peur de moi. »

Christine est une femme de principes. Et elle applique la règle d'or du sourcil de la façon la plus orthodoxe. En deux mots, la règle veut que le sourcil débute à 90 degrés de l'arête du nez, l'arche doit être à 10 degrés de la pupille et la pointe du sourcil à 45 degrés de la pointe du nez. On est plus près des sinus que du cosinus, et posé comme ça, l'épilation du sourcil pourrait bien être au programme de recherche de la Nasa.

Un théorème aussi rondement posé, et clairement démontré – photos de stars à l'appui – justifie bien ses 52 $. Christine sculpte, affine, travaille mes pauvres poils tout en se lamentant sur le manque de discernement des New-Yorkaises : « Il y a un an, la mode était au sourcil "spermatozoïde", épais devant et très fin à l'extrémité. Aujourd'hui c'est le sourcil "têtard", épais tout du long. Quand une cliente arrive avec des sourcils "sperme" et qu'elle veut "têtard", je la renvoie chez elle, je lui dis : "Tu dois attendre 6 mois qu'ils poussent et si tu y touches entre-temps, je ne les épilerai pas, compris ?" » Christine soupire : « J'avoue que je suis obsédée. Par exemple, je ne peux pas faire un nettoyage de peau si les sourcils ne sont pas impeccables. C'est trop perturbant. »

Il faut dire que, comme Christine, toute la ville semble obsédée par les sourcils. Et ils ont tous la même forme, que j'identifie comme étant « sperme ». Une petite visite au mythique restaurant Fred's, au dernier étage du non moins mythique magasin Barneys, me confirme la tendance. *Reality-check* à l'heure du déjeuner avec les *ladies who lunch*, comprenez les jeunes et moins jeunes oisives qui n'ont rien d'autre à faire que de déjeuner avec leurs copines entre deux séances intensives de shopping. Les unes comme les autres, elles affichent le même sourcil effilé, pointu, lissé, brossé, poudré, arqué, emphatique et figé par le Botox, en bref, le sourcil « sperme », pas tout à fait conforme au goût de Christine, mais qui respecte quand même la règle d'or.

Le sourcil business est lucratif. Christine en voit entre vingt et quarante paires par jour et à 52 $ la paire, ça lui rapporte en moyenne 35 000 $ par mois.

Une fois qu'elle a terminé son œuvre sur mes pauvres sourcils, elle sort un miroir qu'elle me tend, victorieuse. Je m'y regarde et constate que mes arcades n'ont jamais été aussi rouges. Le résultat est plutôt réussi, l'apparence est plus soignée, mais j'ai beaucoup souffert. Et quand Christine me lance : « Je veux te revoir dans un mois et ne t'avise pas de toucher à tes sourcils », un frisson me parcourt l'échine. Et j'acquiesce… sans sourciller.

Les masseurs de Chinatown

LES SOUS-SOLS DU CHI

Quand on n'a pas les moyens de mettre ses épaules nouées et ses omoplates vermoulues entre les mains, certes exquisément douces, mais hors de prix d'une esthéticienne russe ou brésilienne qui facture au minimum 90 $ de l'heure, ou si on est en mal de sensations fortes, il ne reste plus qu'une solution : prendre la ligne de métro n° 6 et descendre à Canal Street, se perdre au milieu des étals de poissons, de choux, d'or clinquant et de jade de Chinatown, le nez rivé au sol – car c'est généralement dans les sous-sols des immeubles du quartier que se trouvent les masseurs. Exercice délicat dans des rues où il est souvent périlleux de se frayer un passage sur les trottoirs débordants de détritus et de cartons de livraison et grouillants de monde (on dit que près de 150 000 Chinois travaillent et habitent ici, sans vraiment pouvoir vérifier ce chiffre).

Graceful Services

Un bon compromis pour celles que les *basements* de Chinatown effraient. Dans un quartier moins dépaysant, ce salon est sans doute le meilleur endroit pour une initiation au Tui Na : 60 $ pour une heure, les masseurs sont de qualité, formés par la propriétaire des lieux, Grace Gao Macnow. Vous craquerez peut-être pour le Four Hands Service, deux masseurs pour vous toute seule. L'établissement est régulièrement plébiscité par *New York Magazine*. Vous pouvez aussi profiter des massages de Graceful Spa, sur 14e Rue, qui appartient également à Grace Gao Macnow.

La première fois que je suis allée dans un *backrub salon*, c'était sur Grand Street, à deux pas de Broadway, incitée par ma copine Julie devenue inconditionnelle des massages pour cause d'« ordinateurite » aiguë. « Tu verras, celui-là est propre et ça ne pue pas les pieds. Crois-moi : j'en ai fait plein où ce n'était pas le cas. Et les masseurs sont bons », m'a-t-elle assuré. Heureusement qu'elle avait bien vendu la chose car, au premier regard, le lieu n'a rien d'engageant. Une façade grise et une simple pancarte qui indique : « *The Best Chinese Tradition Qi Gong*. Spécialisé dans le soulagement des maux liés au stress, aux tensions et aux insomnies. Ouvert 7 jours sur 7 ». N'écoutant que mon dos endolori, je descends les quelques marches qui mènent au *basement*, telle Mia Farrow dans *Alice*. Derrière la porte d'entrée vitrée, une jeune femme souriante m'accueille dans un anglais hasardeux et chuchotant : « *Ma's sage? Ma's sage? Ma's sage?* » Beaucoup d'immigrés chinois maîtrisent mal, voire pas du tout, l'anglais. La vie en ghetto permet de survivre en ne possédant que quelques mots clés indispensables pour parler à un client. Mon hôtesse, prénommée Lucy, me précède dans un couloir meublé de chaises de jardin en plastique. Un néon blafard éclaire des murs délavés rose pâle et une moquette de faux gazon. C'est sûr, on est loin de l'ambiance tamisée et raffinée d'un spa. Mais après tout, ça aussi c'est New York et c'est quand même plus dépaysant qu'une séance de kiné prise en charge par l'Assurance Maladie, non ? Ici pas de chiropracteurs ni de potions à base de plantes mystérieuses, mais des masseurs censés être formés aux méthodes traditionnelles ancestrales et une dizaine de tables alignées dans la pénombre d'une pièce borgne.

Lucy me fait signe de m'allonger. Pas besoin de se déshabiller, on enlève simplement ses chaussures avant de s'étendre au milieu des autres clients. Un râle jaillit du fond de la salle. Un tantinet inquiète, je m'installe sur le ventre, le visage calé dans un trou prévu à cet effet, le corps recouvert d'une serviette blanche. La sono diffuse une musique sirupeuse, clone asiatique de Richard Clayderman. Deux mains s'abattent sur moi. Maman, à l'aide! Le supplice commence. J'ai beau avoir trois épaisseurs de vêtements et ma masseuse avoir l'air d'une petite chose fragile prête à tomber au moindre courant d'air, j'ai l'impression qu'un rouleau compresseur doublé d'un marteau-piqueur me passe sur le corps. Un traitement de choc destiné, si j'ai bien compris les explications de Julie, à débloquer mon *Qi* (prononcer « Tchi »). Il y a au moins 3 500 ans, la médecine chinoise a décrété qu'il y avait un *Qi*, c'est-à-dire un courant d'énergie vitale, qui circulait en chacun de nous. Qui dit blocages du *Qi*, dit maux de toutes sortes. Et ici, question déblocages, on en a pour son argent. Douillettes, s'abstenir… Doigts, poings, paumes, coudes, genoux : Lucy utilise tout ce qu'elle peut et use de toute sa force pour me triturer. J'hésite entre hurler de douleur et pleurer. J'opte pour la négociation et lève la tête pour implorer grâce : « *Could you do it softer please?* » « Pourriez-vous y aller plus en douceur, s'il vous plaît? » Froncement de sourcils de mon bourreau. J'insiste : « *You know… softer, more soft, less hard, no deep,* quoi. *DO YOU GET IT?* » Une lueur attendrie traverse son regard. « *Oh! o.k.! o.k., Miss!* » La suite relève heureusement moins de la torture, alternant pétrissages vigoureux et massages absolument divins des mains, des pieds et du crâne qui finissent par me faire plonger dans un état de somnolence béate, bercée par le Richard Clayderman de service.

Trente et une minutes plus tard, le minuteur posé à mon chevet sonne : fin du round. J'en redemanderais presque. Ce que fait d'ailleurs une voix masculine éreintée provenant d'une forme ensevelie sous une serviette blanche à ma droite : « *Tennnnnn minutes moooooore please.* » Sans doute un broker stressé. Dans les sous-sols chinois, on croise beaucoup d'avocats et de banquiers du quartier de Wall Street, situé non loin de là, qui viennent décompresser après leur journée de travail. New York est une ville dont l'énergie se nourrit de l'énergie de ses habitants. On peut même dire qu'elle la suce. Il faut bien recharger les accus. Certains endroits proposent d'ailleurs un massage express « 1 minute 1 $ ». Les masseurs des *basements* sont les mêmes que ceux qui se précipitent sur les passants pour leur prodiguer un massage du dos, assis sur un fauteuil dans la rue. L'idée peut amuser les touristes, mais la vraie New-Yorkaise, elle, a son masseur fétiche, dont elle refile fièrement l'adresse à ses amies car il est forcément « le meilleur du monde ». Posséder une bonne adresse de *tui na* (nom de la technique utilisée), c'est un peu comme être capable de citer un restaurant chinois favori sur Mott Street : un signe, selon l'hebdomadaire *Time Out,* qu'on est vraiment new-yorkais. Bémol de taille : à moins d'avoir vraiment ses habitudes, on est rarement sûr de tomber sur un bon masseur, le turn-over de la main-d'œuvre étant à la mesure de l'effervescence qui règne dans le quartier. Après avoir fréquenté les Chinois pendant plusieurs mois, j'ai fini par décrocher à la suite d'un massage en force franchement plus dévastateur que salvateur. Cela dit, pour débloquer son *Qi*, il reste toujours l'option très « woodyallenienne » d'aller chez un herboriste du coin acheter des décoctions et des infusions à la carte qui contiennent au mieux du ginseng, du gingembre ou des graines de pavot, au pire un hippocampe séché (il paraît que la médecine chinoise traditionnelle recense 300 bêtes aux vertus thérapeutiques prouvées).

Les *medicinal-herbs shops*, ce n'est évidemment pas ce qui manque à Chinatown mais, j'avoue, je n'ai pas encore trouvé le courage de me lancer.

Les coiffeurs ont la grosse tête

Les coiffeurs ont la grosse tête. À force de toucher les cheveux des stars, ils ont fini par se prendre pour des stars. D'ailleurs, ils ne se voient pas comme des coiffeurs, mais comme des artistes. *Got it?* L'ampleur du phénomène est telle que *New York Magazine* leur a consacré un article sur le thème : « Les coiffeurs sont devenus les nouvelles rock stars ». Sally Hershberger, Orlando Pita, Sharon Dorram-Krause (les mèches d'Uma Thurman, c'est elle), Brad Johns (le blond vénitien de Carolyn Bessette Kennedy, c'était lui)... Pour confier sa tignasse à l'un de ces artistes capillaires, il faut compter 250 $ minimum la coupe (pour ce prix, vous n'aurez même pas droit à une petite couleur, juste une coupe, mais bien sûr, ça inclut la vision divine). Et ça grimpe jusqu'à 800 $. Oui, vous avez bien lu : HUIT CENTS dollars. La coupe la plus chère de New York (et sans doute du monde), c'est Orlando Pita. Vous trouvez ça vraiment excessif? Vous n'avez sans doute pas compris. C'est que Orlando n'est pas un vulgaire coiffeur. Il est designer capillaire. Si, si. Ses « œuvres » font d'ailleurs partie des 87 sélectionnées par l'exposition du Cooper-Hewitt, le Musée national du design à New York. Mais celle qui a amorcé l'inflation, c'est Sally Hershberger, la *hairdresser* de Michelle Pfeiffer, de Jane Fonda et de Meg Ryan (sa *signature cut* : une version uuultra-travaillée de « Je viens de me lever »). Après Los Angeles, elle s'est attaquée en 2004 à la clientèle *top select* de Manhattan en ouvrant un salon dans le Meatpacking District, l'ancien quartier des abattoirs devenu le repère des restaurants, des clubs branchés et des boutiques *hip* qui feraient pâlir d'envie Colette à Paris. Depuis l'arrivée de Sally, les confrères tirent un peu la tronche et se répandent partout dans la presse pour lui jeter la pierre. C'est sûr, à côté, la coupe à 400 $ de Frédéric Fekkai dans son salon au-dessus de la boutique Chanel sur la 57ᵉ Rue fait presque pitié (Fekkai, coiffeur français, coqueluche des New-Yorkaises, préfère se définir comme un businessman plutôt que comme un artiste. Le comble pour un Français à New York !).

Pour toutes celles qui n'ont pas les moyens de se payer une diva, trouver un bon coiffeur à un prix raisonnable dans cette ville est un vrai « casse-tifs ». À moins de vouloir ressembler aux présentatrices des journaux télévisés de Fox News… Mais franchement, on leur laisse de bon cœur le privilège de la choucroute blonde platine gonflée à l'hélium. Notre conseil est d'éviter, sauf en cas d'extrême urgence, la solution du bon vieux *barber shop* à 10 $ le coup de rasoir aviné, au risque d'y perdre une oreille. De même que l'on vous conjure de ne jamais pousser la porte d'un salon franchisé Jean Louis David (dis, Jean Louis, as-tu jamais mis les pieds dans l'un de tes salons à New York ?). On ne compte plus les copines retrouvées en larmes après être passées entre les mains de coiffeuses qui n'ont jamais dû voir la couleur d'un C.A.P. de coiffure. Un vrai massacre à la tondeuse !

Le savoir-faire se trouve, mais avec difficulté. Et donc, il se paie. Peut-être pas 250 $, mais une somme comprise en général entre 60 à 80 $ vous autorise à ne pas trembler au moindre coup de ciseaux. Une bonne coupe de cheveux est-elle un luxe ? En fait, c'est le même problème que pour tous les autres corps de métier : il y a peu d'artisans à New York (les bons sont d'ailleurs souvent d'origine européenne). N'importe qui peut décider de devenir maçon, menuisier, plombier ou peintre sans avoir une formation très poussée. Il suffit de travailler vite, au nom de la rentabilité… et au détriment de la qualité.

Les artificiers de la beauté

LA FÉLICITÉ AU BOUT DU BISTOURI ?

Un rapide coup d'œil aux plaques professionnelles apposées sur les façades des immeubles chic de l'Upper East Side suffit à comprendre que la liste des chirurgiens et des dermatologues esthétiques est aussi longue que l'agenda mondain des habitantes. Ce n'est évidemment pas un hasard si les stars de la cosmétique ont investi la tanière des millionnaires, entre les boutiques de haute couture et d'accessoires de luxe. Les mauvaises langues disent d'ailleurs que, dans certains milieux, il est aujourd'hui impossible de savoir à quoi ressemble réellement une femme de plus de cinquante ans. « Il est devenu incongru de voir une femme ridée se promener sur Madison Avenue », reconnaît Wendy Lewis, consultante en beauté – on vous jure que c'est son métier ; d'ailleurs, pour conseiller ses clientes, Wendy assiste à un nombre incroyable de congrès médicaux afin de savoir ce qui se fait de mieux dans le domaine de la cosmétique. Il est vrai que les visages inexpressifs, au rictus figé et au sourcil droit malencontreusement resté accroché au milieu du front pour cause d'abus de Botox, se rencontrent plus souvent dans les allées griffées du grand magasin Henri Bendel, sur la 5ᵉ Avenue, qu'au rayon produits d'entretien de KMart, le Auchan du coin.

Cela dit, la cosmétique n'est pas un artifice réservé aux riches. En témoignent les publicités placardées dans les rames de métro depuis des années par le Dr Zizmor (voir son portrait, page 50) ou encore le succès d'*Extreme Makeover*. Dans ce reality show de la chaîne ABC, on peut suivre, en direct de la salle d'opération, la métamorphose de mères de famille défraîchies et de célibataires complexées qui, grâce à la chirurgie esthétique, connaîtront forcément le bonheur. En 2002, 6,9 millions d'Américains se sont fait lifter, botoxer, collagéniser, laseriser, liposucer, ce qui représente une hausse de plus de 228 % en cinq ans.

Mues par un irrésistible mouvement panurgien, de nombreuses New-Yorkaises ont décidé que dépenser une bonne partie de leur salaire chez un dermatologue était une valeur plus sûre que d'épargner dans un fonds de pension. Blanchiment des dents, peeling chimique, microdermabrasion, laser, injections : tout est bon pour repousser les plis du temps. Un plan de bataille que les médecins résument en trois lettres : A.E.M.

« A » pour *Avoidance* ou comment éviter les problèmes en adoptant une hygiène de vie ascétique – on oublie évidemment le tabac et l'alcool, et surtout on ne sort jamais, jamais, sans s'être tartinée de crème solaire minimum indice 30 pour aller acheter son *bagel* au coin de la rue, sauf s'il fait nuit. « E » pour *Early Intervention*, la tendance du moment, ou comment combattre les rides avant même leur apparition à coups d'injections de Botox et de collagène dès 28 ans, trois-fois-par-an-minimum-sinon-ça-ne-sert-à-rien. Enfin « M » pour *Maintenance*, mot clé du lexique féminin, c'est-à-dire, dans les grandes lignes, pratique assidue des spas et utilisation de crèmes très chères.

Au nom de la *maintenance*, vos servantes se sont retrouvées un samedi après-midi au légendaire *Beauty Level* du magasin Bergdorf Goodman pour bénéficier d'une consultation gratuite du bon docteur Sobel. Une promotion de marketing courante chez les dermatologues vedettes de Manhattan – oui, oui, on peut atteindre la gloire quand on est dermatologue! – qui, comme Howard Sobel, ont lancé des lignes de produits de beauté pour arrondir leurs fins de mois déjà très confortables. En fait de consultation, nous voilà happées par deux esthéticiennes bimbos fraîchement débarquées de Los Angeles pour l'occasion. Tandis qu'elles nous prodiguent, gracieusement il est vrai, un peeling aux acides glycolique et salicylique suivi de crèmes enrichies à la vitamine C, au TRF, aux hormones de croissance et que sais-je encore, leurs lèvres (trop) pulpeuses nous intiment sentencieusement : *« So! Dr Sobel wants you to use this everyday! Dr Sobel wants you to buy that! Dr Sobel bla-bla-bla… »* Tout doit disparaître! Le *skin* gourou, lui, fait enfin son apparition. Un rapide coup d'œil – « Froncez les sourcils, s'il vous plaît » – et le verdict tombe : « Je vous conseille un peu de Botox entre les deux yeux – la fameuse *Early Intervention* : shling shling, 300 \$! –, passez me voir à mon cabinet. » Merci, mais non merci !

Le Botox. « *The true miracle drug* », répète en boucle le Dr Everett Lautin, radiologue reconverti il y a quelques années dans la médecine esthétique pour *people*, qui, à 56 ans, souffre manifestement du *Dorian Gray effect* et passe son temps à demander la bouche en cœur : « Vous me donnez quel âge ? » Si le Botox et les autres produits injectables comme le collagène remportent autant de succès, c'est qu'ils correspondent à merveille au mode de vie pressé des New-Yorkais. Même les urbaines les plus *overbooked* (voir Abécédaire, page 210) peuvent trouver dix minutes entre deux rendez-vous pour une injection. Le fameux *lunchtime facelift. No down time.*

La jeunesse, le meilleur atout de la beauté paraît-il. « Pour nous, se bonifier avec l'âge, c'est réservé au cabernet, souligne Wendy Lewis. La société américaine est "*ageist*" (comprenez raciste envers les vieux). »

Alors quand l'AEM ne suffit plus à contenir le sharpei qui sommeille en elles, quand les heures passées sur les tapis de yoga et le régime Atkins ne peuvent plus rien pour leurs bourrelets, de plus en plus de New-Yorkaises passent à l'étape suivante : le bistouri. À 40 ans, 45 au plus tard, le premier lifting s'impose – ce qui reste très raisonnable quand on sait qu'à Los Angeles, elles se font tirer la peau dès 30 ans. Et contre la graisse, vive le BLT, un sigle qui n'a rien à voir avec le célèbre sandwich Bacon-Lettuce-Tomato, mais qui, dans un jargon médico-poétique, désigne le trio gagnant de la liposuccion : *Buttocks* (fesses)/*Love handles* (poignées d'amour)/*Thighs* (cuisses). Autre opération à la mode : se faire ratiboiser les orteils et injecter du collagène dans les talons, histoire de supporter les incontournables talons aiguilles et de ne plus avoir l'air d'être la sœur de Cendrillon quand on essaie une paire de Manolo Blahnik en soldes. On trouve même des chirurgiens podologues fervents défenseurs du stiletto. En bonne New-Yorkaise, le Dr Suzanne Levine reçoit ses patientes en talons (même les jours de tempête) et connaît tellement bien les formes et les caractéristiques de toutes les marques de talons aiguilles qu'elle peut conseiller aux accros d'acheter plutôt des Sergio Rossi que des Jimmy Choo, en fonction de leurs problèmes de pieds. De seringue en bistouri, on commence à voir dans les rues un étrange prototype, le *New York-Palm Beach type* : des femmes qui, à force de passer sur le billard, finissent par ressembler à des échassiers échappés du musée de Madame Tussaud. Dans son cabinet privé sur Park Avenue, le Dr Alan Matarasso, l'un des chirurgiens esthétiques les plus *hot* de la ville, assure pourtant que les demandes de ses patientes sont généralement raisonnables. « Juste un rafraîchissement, quelque chose qui semble naturel. Une meilleure version d'elles-mêmes en somme. » Et ça se bouscule au portillon : dans sa salle d'attente, le jour où nous l'avons rencontré, se sont succédé quarante-cinq femmes aux visages encore tuméfiés par les récents liftings. « C'est un homme très occupé », confie Carol, l'une de ses *girls* comme il aime appeler ses nombreuses assistantes. Carol n'a malheureusement pas le droit de nous confirmer que le boss a bien tiré la peau du ventre (l'une de ses spécialités) de Julie Christie après la naissance de son troisième enfant. Mais elle ne manque pas de nous montrer la porte de service au fond du couloir, la *back door* que les nombreuses stars empruntent pour ne pas se faire remarquer.

Malgré les *back doors*, la chirurgie esthétique se banalise. Les femmes, de plus en plus, osent dire qu'elles ont été refaites. D'ailleurs, il paraît que « l'accessoire assorti à des chaussures Dolce & Gabbana, c'est un visage refait par Alan Matarasso ». Certaines invitent leurs amies à des soirées de *coming out* pour célébrer leur nouvelle plastique, comme si, au bout du bistouri, il y avait la promesse d'un nouveau départ. D'autres n'hésitent carrément pas à se déhancher sur un podium pour exhiber devant des inconnus leurs seins, ventre et cuisses remodelés, publicités vivantes pour leur toubib qui fournit les petits fours et distribue ses cartes de visite à la fin du défilé. La beauté, ou l'idée que l'on s'en fait, est décidément un bien de consommation comme un autre.

« MERCI DR ZIZMOR »

Le « Zorro *underground* de la pustule acnéique », le « roi souterrain de la peau éclatante » : à New York, Jonathan Zizmor est une célébrité locale, dix pieds sous terre. Depuis plus de vingt ans, ce dermatologue abreuve le pauvre *commuter* mal réveillé de publicités bas de gamme qui lui promettent amour, gloire et beauté s'il lui confie sa peau. Un médecin qu'on ne recommanderait pour rien au monde à nos copines tant les photos « avant/après » placardées dans les rames de métro depuis des années laissent penser que ses patientes auraient mieux fait de ne rien faire. Ou bien font espérer qu'il est meilleur dermatologue que designer de pub.

Jonathan Zizmor fait tellement partie des meubles que même le *New Yorker*, magazine intello de référence, s'est fendu d'un article sur le bonhomme, à l'occasion d'un virage à 180 degrés dans sa communication. Exit les effrayantes photos « avant/après ». Pour attirer le chaland, le toubib sans âge pose désormais aux côtés de sa nouvelle épouse – la *skyline* de Manhattan en arrière-plan – pour délivrer le message suivant : « Le Dr et Mme Zizmor saluent la force et le courage des New-Yorkais. » Et le couple d'expliquer à Rebecca Mead, le temps d'un thé au Four Seasons : « Depuis le 11 Septembre, nous voulions faire quelque chose pour rendre hommage aux New-Yorkais. D'une certaine façon, prendre le métro aujourd'hui est un acte de courage. » Madame, qui n'a jamais pris le métro et a pour principe de toujours commander un verre de lait avec son dessert, raconte à la journaliste du *New Yorker* qu'elle a convaincu son mari de quitter Manhattan pour vivre à Riverdale (magnifique quartier résidentiel situé au nord-ouest du Bronx, où l'on trouve des maisons bourgeoises qui se vendent pour un million de dollars à quelques centaines de mètres des H.L.M.). « Notre rabbin organise déjà des réunions à la maison, dit le Dr Zizmor. Et ça va peut-être vous sembler étrange, mais je compte utiliser cette maison pour faire progresser la paix dans le monde. Demander, par exemple, à des gens qui se détestent de venir passer un week-end chez nous. » Un exterminateur de points noirs qui se pose en autorité morale ? *Only in New York…*

Le sourire hollywoodien emménage à New York

LES DENTS DE L'AMER(ICAINE)

Nous sommes éblouies… Depuis quelque temps, chaque fois que nous parlons à une New-Yorkaise (ou à un New-Yorkais d'ailleurs), nous sommes éblouies. Non, mais littéralement éblouies. Lorsque la bouche de nos interlocuteurs s'entrouvre, quand leurs lèvres se retroussent, apparaissent de purs joyaux à l'alignement parfait et à la blancheur d'albâtre dont l'effet réfléchissant vient nous foudroyer. Nous avons l'air d'avoir des chicots alors que nos voisins ont des Chiclets[1].

Depuis environ cinq ans, le droit au sourire parfait est inscrit sur la charte universelle des droits de la Pintade. Les dents sont surnommées les *pearly whites*, comprenez « blanches perles ». Un beau sourire donnera plus de confiance en soi, plus de succès, plus d'amour à son détenteur. Pas de bonheur sans fraise. Si seulement les trottoirs de la ville étaient aussi bien pavés que les sourires de ses habitants !

L'autre jour, Suzanne L., l'une de nos connaissances, s'exclamait en exhibant sa dentition tape-à-l'œil : « *Look!* C'est Lituchy qui a fait mes dents. Ça vous plaît ? » Comme on s'échange l'adresse de son coiffeur, on se refile celle de son dentiste. Dans les cercles branchés, c'est un code de connivence, la garantie qu'on appartient au même monde.

---

1. Du nom de la célèbre marque de chewing-gums en forme de dragées blanches éclatantes.

Le sourire hollywoodien est une réalité new-yorkaise. Le Dr Lituchy, qui s'autoproclame – à juste titre – le dentiste esthétique le plus célèbre du monde, confirme : « Les gens qui viennent me voir arrivent avec des photos de leurs stars favorites, et ils me demandent un sourire comme ceci ou comme cela. Ce qui me simplifie le travail dans la mesure où j'ai fait une grande partie des sourires des stars ! » Eh oui ! Si vous pensez que les stars naissent avec des sourires de stars, vous vous trompez. Derrière les plus beaux sourires se cache un bon dentiste.

Si Lituchy est célèbre, attendez de voir sa liste de patients (dont il ne se prive pas de montrer les photos dédicacées) ! Le sourire de Julia Roberts, c'est lui, Naomi Campbell et Heidi Klum, encore lui, Mark Anthony (le chanteur latino qui, à l'heure où nous écrivons, est encore le mari de Jennifer Lopez) ou encore Courteney Cox (de la série *Friends*). On pourrait continuer longtemps.

Lituchy et son partenaire Lowenberg, installés dans leur cabinet au décor feutré et ringard de Central Park South, sont des pionniers de l'émail diamant. En 1973, Lowenberg constate que la carie ne paie plus. Il se lance dans la cosmétique dentaire et, sans un grincement de dents, il fait fortune. Avec son acolyte Lituchy, il refait les sourires à tour de bras, à coups de facettes, de blanchiment et de remodelage des gencives. « Ce qui fait un grand dentiste, c'est sa vision et ses mains. Nous sommes des artistes. Notre métier, c'est de reconstruire des sourires : augmenter le volume des dents pour donner à la bouche un effet plus pulpeux. Une mauvaise dentition peut faire paraître plus âgé. » Notre copine Suzanne L. est une *socialite*[1] typique. Elle participe à toutes les fêtes, soirées ou dîners importants que la ville peut offrir : « Si tu veux réussir, tu dois sourire en permanence. Plus tu souris, plus tu as l'air ouvert, heureux et les gens auront envie de t'aider, d'acheter ce que tu as à vendre. Mais tu ne peux pas sourire si tes dents ne sont pas parfaites. De belles dents, c'est indispensable. »

À New York, il faut avoir les dents longues, certes, à condition qu'elles soient étincelantes. D'ailleurs, dans ce domaine, les pintades sont suivies de très près par les hommes. Tous les hommes politiques sont passés par là. Et la plupart des chefs d'entreprise, Donald Trump en tête. Gregg Lituchy confirme : « Les femmes ont lancé le mouvement et maintenant, elles amènent leurs maris, leurs fiancés, leurs frères et même leurs pères. » Le blanchiment est la pratique de cosmétique dentaire la plus courante aujourd'hui. Un marché de deux milliards de dollars, qui connaît une croissance exponentielle. Si ça continue, les dents du bonheur n'existeront plus, même si Lituchy jure que pour rien au monde il ne toucherait au sourire de Lauren Hutton, l'une des muses de Helmut Newton, ou de Mick Jagger.

Le diktat de la dent blanche a un coût, financier, bien entendu, mais aussi physique. Chez les pros de la quenotte, on sait dorloter ses patients. Et il faut vraiment mettre le paquet pour faire passer la pilule, plus exactement la vrille et les écarteurs. Vu de loin, ça a l'air anodin. Mais imaginez-vous maintenant coincée dans un fauteuil, la bouche grande ouverte, les dents recouvertes d'un gel à base d'eau oxygénée, un rayon laser pointé sur vous. Version James Bond dans *Goldfinger*,

---

1. Une mondaine.

la bave en plus. Du coup, les dentistes new-yorkais s'équipent de matériel sophistiqué pour distraire leurs pauvres patients aux dents jaunes, quoique saines. Écrans DVD, musiques relaxantes, accès à Internet pour consulter ses emails. Rien que de très attrayant mais nous vous mettons au défi de taper sur un clavier d'ordinateur avec un écarteur dans la bouche, ou même d'ajuster le volume d'un walkman avec la pompe à salive d'un côté et le pistolet laser de l'autre.

La brochure en papier glacé de Lowenberg et Lituchy promet : « On va vous donner des raisons de sourire ! », et aussi : « Un sourire beau, classique, sexy, sophistiqué et élégant, grâce à la cosmétique dentaire ! » Vous pouvez commencer à économiser dès maintenant. Il faut compter 1 800 $ la dent. La plupart des femmes exhibent huit dents lorsqu'elles sourient (environ 15 000 $). Un sourire comme celui de Julia Roberts, c'est douze dents, ça fait 22 000 $.

Le Dr Lituchy est peut-être encore plus obsédé par les dents que ses patients. « Parfois, quand je vais au cinéma, je perds le fil de l'histoire parce que je regarde trop les dents des acteurs. Il y en a que ça me démange de refaire. Calista Flockhart (de la série *Ally Mc Beal*) par exemple ou encore Cynthia Nixon, qui joue Miranda dans *Sex and the City*. » Et quand on lui demande s'il a refait les dents de sa femme, une lueur attendrie passe dans ses yeux et il répond : « Non, elle a des dents parfaites, c'est sans doute pour cela que je l'ai épousée. »

LA QUENOTTE ZEN

Dans la capitale du libéralisme, les dentistes – comme d'ailleurs tout le reste du corps médical –

n'échappent pas aux règles du business et de la concurrence. Pour fidéliser la clientèle et compenser l'augmentation des primes d'assurance, la nouvelle tendance est de transformer le cabinet dentaire en mini-spa. La perspective de la roulette vous fait stresser ? L'ambiance zen commence dans la salle d'attente : Lana Rozenberg, installée sur la 54e Rue, fait ainsi brûler des bougies parfumées et diffuse une apaisante musique new age. D'autres praticiens, comme Paul Tanners qui exerce à Manhattan depuis plus de 30 ans, proposent maintenant à leurs patients de se faire masser les pieds pendant les soins. Et pour compléter vos dents blanches, rien de tel qu'une injection de Botox ou de collagène, pratiquée par un chirurgien esthétique dans la foulée des travaux dentaires. Gregg Lituchy, dentiste vedette de la cosmétique, affirme avoir été pionnier dans le domaine : « Au départ, c'est vrai, j'ai fait venir une esthéticienne et un masseur dans mon cabinet pour avoir des articles dans la presse (la technique a payé). Et puis j'ai vu que les patients adoraient ça, alors j'ai continué. » Soins du visage, massages, manucures… À ce rythme, les New-Yorkais – enfin ceux qui ont une bonne assurance privée dentaire – seront bientôt ravis d'aller se faire dévitaliser une dent.

ADRESSES BEAUTÉ

Alan Matarasso – chirurgien esthétique
1009 Park Avenue
Tél. : 212-249-7500

AMI African Hair Braiding
347 Utica Avenue Brooklyn
Tél. : 718-604-2269

Best Chinese Qi Gong Tui Na
1 heure : 40 $. L'un des favoris des New-Yorkaises.
222 Lafayette Street
Tél. : 212-941-6038

Bliss Soho
65 $ pour le *Brazilian bikini*. Plus cher que les autres et moins bon service. Bliss reste un institut de référence, celui qui a lancé la tendance des spas dans les années 90. Et l'immeuble est superbe. (Contentez-vous de le regarder de l'extérieur !)
568 Broadway
Tél. : 212-219-8970

Bloomie Nails
12 $ la manucure, 27 $ la pédicure. Une chaîne de cinq boutiques dans Manhattan. Bon rapport qualité-prix, mais c'est assez impersonnel, style travail à la chaîne.
170 West 23rd Street
Tél. : 212-675-6016

Body Central
L'institut, créé par Jo Ann Weinrib, offre parmi les massages les plus délicieux de la ville. Weinrib est médecin chiropracteur. Elle soulagera tous vos blocages et autres maux de dos. Réservez un massage avec Renata. Ses mains exquises vous conduiront au nirvana.
99 University Place
Tél. : 212-677-5633

Brad Johns Avon Salon & Spa – coiffeur
725 5th Avenue
Tél. : 212-755-2866

Christine Chin Spa

Christine est la référence pour les sourcils, mais elle est aussi experte pour le bikini. Elle est 20 % plus chère que ses employées. Mais le service vaut la dépense. Surtout ne pas être en retard au rendez-vous, sinon vous passerez un sale quart d'heure. Ne regardez pas ses mains avec insistance.

79 Rivington Street
Tél. : 212-353-0503

Chun Hong Tui Na

Si vos pieds sont fatigués de faire les boutiques dans le quartier de Noho, ce salon traditionnel se trouve au premier étage et non pas au sous-sol d'un immeuble. C'est un peu plus intime qu'à Chinatown. De 20 $ pour 20 minutes à 52 $ pour 60 minutes.

171 Sullivan Street
Tél. : 212-387- 0733

Completely Bare

Experts en réduction de pilosité. Ambiance très agréable. Le staff est aux petits soins. Leur Brazilian Bikini Wax est très élaboré. Pour celles qui veulent oser : essayez le Completely Bare with a Flair, une petite parure de brillants. Effet garanti.

Ensuite, allez vous remettre de vos émotions avec un chocolat chaud (ou froid selon la saison) au marshmallow frais chez City Bakery situé à deux pas, sur la 18e Rue.

103 5th Avenue
Tél. : 212-366-6060

Cornelia Day Resort

Cornelia Zicu, d'origine roumaine, a ouvert le premier (le seul) *resort* de la ville. Le concept : vous pouvez y passer votre journée sans sortir de l'immeuble où le spa est niché. Bronzette sur le toit, plongeon dans la (petite) piscine, déjeuner léger au Cornelia café et une liste de traitements qui n'en finit pas. Vous pourrez choisir la musique d'ambiance pendant le soin et même emprunter un iPod pour buller en musique au bord de la piscine : le tout est évidement hors de prix.

663 Fifth Ave. 8th Floor
Tél. : 212-871-3050

Dashing Diva

Think Pink ! Déco rose bonbon et Cosmo à siroter aux frais de la maison les jeudi et vendredi soirs. Cette chaîne a ouvert son premier *salon* dans le *village* en 2003 et on en trouve maintenant dans l'Upper East, l'Upper West et à Brooklyn. La manucure de base est un peu plus chère que chez les Coréennes de quartier (15 $) mais l'hygiène est impeccable et l'ambiance très *girlie girl*.

41 Gast 8th St.

Tél. : 212-673-9000

Elizabeth Arden Red Door Salon & Spa

Leur pédicure à l'huile d'olive est très chère (80 $), mais c'est leur signature et un *must* pour avoir des pieds de bébé.

691 5th Avenue

Tél. : 212-546-0200

Eliza's Eyes Exhale – épilation des sourcils

980 Madison Avenue

Tél. : 212-561-6414

Everett Lautin et Suzanne Levine – Botoxeur et podologue

885 Park Avenue

Tél. : 212-535-0229

Exhale

Deux adresses dans New York. La philosophie : des résultats visibles. Dans une ambiance orientale, on vient chercher des soins très perfectionnés, la détente en plus. Cela dit, attention aux nettoyages de peau trop agressifs.

980 Madison Avenue

Tél. : 212-249-3000

Frédéric Fekkai – coiffeur

15 East 57th Street,

Tél. : 212-753-9500

Graceful Services – massages

1097 2nd Avenue

Tél. : 212-593-9904

Graceful Spa – massages

205 West 14th Street

Tél. : 212-675-5145

Gregg Lituchy – dentiste

230 Central Park South

Tél. : 212-586-2890

Howard Sobel – dermatologue
960 Park Avenue
Tél. : 212-288-0060

J Sisters
Le site Internet est bien fait et permet de prendre rendez-vous.
Les reines du *Brazilian bikini* sont effectivement brésiliennes et leurs tarifs évidemment prohibitifs. Comptez 55 $ pour le bikini et 45 $ pour les sourcils.
35 West 57th Street
Tél. : 212-750-2485

Jean Louis David – coiffeur
Nombreux salons en ville.
7 West 42nd Street
Tél. : 212-354-8067

Jonathan Zizmor – dermatologue
1017 3rd Avenue, # 2
Tél. : 212-594-7546

Just Calm Down
Une folie chocolatée : la manucure (45 $) ou la pédicure (85 $) The Chocolate Wars, un bain de lait chaud, de guimauve et de chocolat, rendront vos mains et vos pieds doux comme de la soie. Pour une occasion spéciale, vu le tarif (la tasse de chocolat chaud à boire est offerte).
32 West 22nd Street
Tél. : 212-337-0032

Juva Medispa – spa médicalisé
60 East 56th Street, # 2
Tél. : 212-421-9501

Juvenex Spa – bains de vapeur à la coréenne
25 West 32nd Street
Tél. : 646-733-1330

Lana Rozenberg – dentiste
45 West 54th Street
Tél. : 212-265-7724

La Prairie – institut de beauté
50 Central Park South
Tél. : 212-521-6135

Lily Nails

11 $ la manucure, 25 $ la pédicure. On attend rarement et la qualité est constante. Demandez Kelly (toujours le sourire).

15 East 21st Street
Tél. : 212-254-4118

Metamorphosis Day Spa

Cleo, une Colombienne énergique, propose des traitements spéciale-ment mis au point pour les couples et pour les hommes. 40 % de sa clientèle est masculine. Le dimanche, les couples se succèdent pour se faire faire un massage à deux. Cleo confesse qu'elle n'en voit toujours pas l'intérêt, mais, puisqu'il y a une demande, elle y répond. Le rapport qualité/prix est imbattable.

127 East 56th Street
Tél. : 212-751-6051

Orlo-Orlando Pita – coiffeur

34 Gansevoort Street
Tél. : 212-242-3266

Paul Labrecque Salon and Spa

160 Columbus Avenue
Tél. : 212-595-0099

Paul Tanners – dentiste

342 Madison Avenue
Tél. : 212-697-1122

Sally Hershberger – coiffeuse

423 West 14th Street
Tél. : 212-206-8700

Sharon Dorram-Krause – coiffeuse

John Frieda Salon
979 Madison Avenue
Tél. : 212-879-1000

Sherry's Unisex Salon

309A Utica Avenue, Brooklyn
Tél. : 718-774-4048

SkinKlinic

Planqué derrière une entrée de service et une fontaine, le centre s'est spécialisé dans les soins médicaux à visée cosmétique. On vient ici pour son Botox ou son peeling chimique. Toutes les techniciennes sont soi-disant des infirmières. Demandez un rendez-vous avec Tennessee. Son sens de l'humour vous détendra, même s'il paraît que rire est la première cause des rides d'expression. *Oh well*… tant pis, on fera un peu plus de Botox pour compenser le fait de libérer sa joie de vivre.

800b 5th Avenue
Tél. : 212-521-3100

SoHo Nail
20 $ pour le *full set*, rapport qualité/prix imbattable pour le quartier.
458 West Broadway
Tél. : 212-475-6368

Spa at the Mandarin Oriental
Pour 1150 $, vous pouvez profiter du salon VIP. Pour ce prix-là, vous aurez droit à 1 h 50 de traitement et une heure de relaxation pour deux. Une fois sur place, à vous de décider si vous êtes d'humeur pour un soin du visage ou plutôt pour un massage. Pour le prix, vous pouvez bien avoir des hésitations, et rien ne vous empêche de choisir les deux.

Time Warner Center
80 Columbus Circle
Tél. : 212-805-8880

Supreme Beauty Supplies
311 Utica Avenue Brooklyn
Tél. : 718-778-0555

The Best Chinese Tradition Qi Gong
Tarifs imbattables. De 7 $ pour 10 minutes à 52 $ pour 61 minutes. Si vous n'avez rien contre Richard Clayderman en chinois, allez-y ! Si vous le souhaitez, vous pouvez enlever votre tee-shirt (mais en gardant vos sous-vêtements) et demander un massage avec de l'huile.

145 Grand Street
Tél. : 212-925-1276

Tracie Martyn – fée anti-capitons
59 5th Avenue
Tél. : 212-206-9333

Wendy Lewis – consultante beauté
201 East 79th Street
Tél. : 877-WLBEAUTY

2 Forme :
une volaille
qui a la bougeotte

L'empire de la sueur

IN FITNESS WE TRUST

« Il est 6 heures du mat' et tu n'es pas à la gym! C'est quoi ton problème? » Ceux qui ne sont pas sur leur tapis de course ou à un cours d'abdos fessiers aux aurores sont des bizarreries dans la ville.

« Yes you can do it! Push it up! Two more! Good job! » Hugo, le prof de gym chouchou du Sports Club LA sur la 61e Rue, encourage ses élèves, des femmes pour la plupart, qui font des pompes au rythme d'une musique salsa-funk dont les clubs de *fitness* ont le secret. Hugo se permet d'ailleurs quelques réflexions *politically incorrect* (ou simplement culottées!) : « Allez, remuez vos grosses fesses, sinon vous ne trouverez pas de *date* ce soir. » Il passe entre les rangées de tapis de sol et n'hésite pas à tâter : « Hum! C'est mou tout ça! Allez, encore une série d'abdos. » En chœur, les filles relèvent la tête et entament leur sixième série, l'air exténué. Les râles de douleur et de fatigue se font entendre de plus en plus fort : *« Arrgh! Oooosh! Noooo! »* Hugo est désarmant, avec son sourire enfantin et sa pointe d'accent latino. Il en abuse. Tout comme il abuse de la résistance de ses clientes. Même s'il affirme que c'est pour leur bien. À la fin de la séance, les visages crispés font place à des mines réjouies et chacune y va de son petit remerciement. *« Hugo, it was greaaaat! »* s'exclame une quadragénaire au corps de rêve moulé dans un collant noir à bandes bleues.

À New York, le *fitness* est une religion. Avec près de 400 salles de sport dans la ville, il y a forcément une chapelle pour chacun. Cardio, boxe, spinning, danse, stretch, yoga, Pilates. Tout ce qui se fait de sportif est disponible, même la pêche à la mouche sur l'Hudson River, près de Canal Street.

Les salles de sport sont un peu comme les salons de coiffure parisiens. Tout comme à Paris on n'échappe pas à son balayage en public (papillotes d'alu sur la tête, façon mauvais costume de Martien), à New York, on transpire en devanture, au vu et au su de tous. Les tapis de course sont pris d'assaut après le travail. Il suffit de lever le nez sur la 6ᵉ Avenue ou Broadway pour voir des alignements de bonnes âmes brûlant les calories et dégoulinant de sueur sur leurs StairMaster, les écouteurs vissés sur la tête et le regard rivé sur les écrans de télé pour ne pas rater Lou Dobbs, le gourou de l'analyse financière sur CNN.

Chaque club revendique le titre de champion de la solution ultime pour un corps plus ferme, une ligne plus mince, et certains n'hésitent pas à promettre plus de succès, d'argent et d'amour grâce au régime *fitness* qu'ils proposent.

Aujourd'hui, pour faire la peau au capiton disgracieux, le spinning a le vent en poupe. Imaginez une discothèque, des vélos stationnaires, des lumières stroboscopiques et de la musique techno. Vous avez la recette du spinning. Intensité maximale, 800 calories brûlées par séance. Les classes sont tellement prisées qu'il faut s'inscrire une demi-heure à l'avance. Tous les matins, au 5ᵉ étage du Sports Club LA, au-dessus de la classe de Hugo, les spinners se déchaînent. Les premières séances peuvent paraître barbares. Les initiés arrivent munis de leur serviette et de leur bouteille d'eau. Les vélos sont installés en demi-cercle, le prof fait face à la salle et chacun pédale aussi vite que s'il était poursuivi par le Malin. Tout le concept du spinning est de pédaler en suspension, les fesses au-dessus de la selle. Motivation supplémentaire pour lever son derrière, la selle est une minuscule languette de plastique atrocement inconfortable. Le prof, équipé d'un micro, façon rock star en concert, impose la cadence : « Fermez les yeux, imaginez que vous montez une pente en montagne, vous allez bientôt triompher. La ligne d'arrivée est proche. » Chaque été, le club organise le spinning « Tour de France ». Un écran géant est installé pour l'occasion et on pédale en rythme avec les champions de la petite reine.

Si l'esprit de groupe ne vous séduit pas, optez pour le *personal trainer*. Toutes les grandes chaînes de *fitness* offrent les services d'un prof de sport particulier. Et certaines salles se spécialisent dans ce créneau. Edward Jackowski, propriétaire et fondateur de la méthode Exude, promet : « *Escape your shape* », c'est-à-dire « Échappez à votre forme ». C'est d'ailleurs le titre de son premier livre, qui s'est vendu à 300 000 exemplaires. Edward promet à ses clients de les débarrasser de leur culotte de cheval ou de leurs poignées d'amour. Edward est le Bernard Tapie du *fitness* : le bagout d'un vendeur de voitures d'occasion, le sourire enjôleur, la mâchoire carrée et le ton gouailleur. Edward dit les choses telles qu'il les pense : « Eh! ouais, Susan vient me voir et elle m'dit, "J'ai tout essayé", moi je lui réponds, "*Bullshit*, Susan, t'as pas essayé de faire de la gym quat' fois par semaine pendant six mois. Et puis arrête de manger des frites et des hamburgers. *You're a fat slob*, t'es qu'une grosse paresseuse. C'est pour ça que t'es obèse!" »

Après une heure de palabres, Edward me propose de venir essayer sa méthode. Il m'ordonne de me lever, attrape mon capiton adipeux au-dessus du genou, le pince énergiquement et déclare assertif : « *Yeah,* toi t'es sablier ! » Alors que je me demande s'il fait référence à mon intuition du temps qui passe, je réalise que pas du tout : il parle de ma morphologie. Il agrippe le gras de mon triceps et s'exclame : « *Underweight, overfat !* » « Maigre et grasse en même temps. Moi je suis comme ça, j'leur dis pas qu'elles sont fabuleuses, j'leur dis la vérité. Et je promets des résultats. Si tu suis mon programme, en quinze jours, tu perdras une taille de vêtements. Ça m'énerve quand Susan me parle de son *personal trainer.* S'il était si bien ton *personal trainer,* t'aurais pas un gros cul comme ça ! Qu'est-ce qu'il a comme références ton *personal trainer* ? Alors que moi, si ma méthode n'était pas efficace, tu crois que Donald Trump m'aurait envoyé Miss Univers pour qu'elle perde du poids ? » Vu sous cet angle, il est sûr qu'Ed a raison. Entre deux commentaires sur la forme physique, il lâche : « J'ai failli épouser une Française. Elle habitait Fontainebleau. Mais elle avait un caractère impossible. Une vraie diva. Belle et tout, mais elle faisait pas d'exercice, comme tous les Français. » Ed reprend : « *It's a mind set !* » « C'est un état d'esprit ! »

Notre copine Marcy, une rousse flamboyante, nous explique : « Si tu n'es pas en forme, à New York, les gens te jugent comme paresseuse, incapable. Être grosse est très mal vu. Aller à la gym est une obligation. » Ou plutôt, être membre d'une gym est une obligation car seuls 20 % des adhérents y vont régulièrement.

Le marché du *fitness* est en pleine expansion. De plus en plus de clubs ouvrent leurs portes, et le luxe est la carte maîtresse. La chaîne Equinox vient d'ouvrir une salle high-tech dans la tour AOL Time Warner. On y accède en faisant scanner sa pupille. Pas d'excuse d'avoir oublié sa carte à la maison. À l'intérieur de la salle, un carré VIP réservé à 200 heureux millionnaires, hommes d'affaires et superstars. L'adhésion coûte 24 000 $ l'année et donne droit à un vestiaire privé avec douche perso, des serviettes chaudes ou froides au choix, et accès à Internet.

En matière de sport, New York est la ville du *no excuse.* Impossible de se défiler, on peut tout faire, à n'importe quelle heure et à n'importe quel tarif. Vous rêvez de faire de la culture physique avec les chauffeurs de taxi pakistanais à quatre heures du matin ? Qu'à cela ne tienne, courez au 24/7 sur la 14e Rue. Vous voulez réveiller le serpent lové en vous ? Foncez au cours de yoga Kundalini. Votre objectif est de démolir le portrait de votre ennemi ? Enfilez les gants de boxe pour deux heures de cardio fight club.

La chaîne Crunch, dont le slogan garantit « *No judgement* », est à l'origine des cours les plus délirants. Ainsi Bollywood, le cours de danse inspiré par les *soap operas* indiens, Sensual Yoga, ou encore Cardio Striptease. Dans ce cours, le professeur apprend aux élèves à perdre des kilos en même temps que leurs vêtements. Crunch offre des dizaines de classes différentes dans ses dix clubs de New York. Pour revendiquer son patriotisme, le *must*, c'est Bring It On, le cours *cheerleader*, dans lequel on apprend à manier le bâton de majorette et les pompons sur de la musique disco.

Dans cet univers très compétitif, où les *personal trainers* sont encore plus célèbres que leurs clients, Radu devrait être une diva. Au contraire, il est une bouffée d'oxygène dans l'univers du muscle. Un poète, un philosophe, un érudit qui connaît l'histoire du *fitness* comme nul autre et qui peut vous parler de la pensée positive du sport en vous donnant le frisson. Son approche très ludique séduit et l'attention prodiguée à ses clients lui promet une audience fidèle. Et puis, *for God's sake*, Radu est l'homme qui se cache derrière les plus beaux corps du monde. Cindy Crawford, J.Lo, Sarah Jessica Parker… Il y est pour quelque chose. Avec son accent roumain rocailleux, il explique : « Est-ce que tu te coupes les cheveux toi-même ? Non ! Eh bien, la gym, c'est pareil. Tu ne peux pas t'entraîner convenablement sans un professeur qui t'oriente. » Le téléphone sonne dans son bureau : « Salut Matthew, ouais, on va faire le tournoi de ping-pong. Viens à 5 heures. On va leur mettre une trempe. » Avec un sourire juvénile, il raccroche. « C'était Matthew Broderick ! Vous savez, en général, les Américains ne font pas assez de sport, ils mangent mal. *Junk food*. À New York, ils en prennent conscience et deviennent frénétiques. »

Comme dit le proverbe chinois, « Si tu manges moins et que tu fais de l'exercice, alors tu maigriras ». Au moins ici, tout le monde est lucide. Le marché des crèmes amincissantes n'est pas aussi florissant qu'en France, parce que les New-Yorkaises ont compris que les promesses des labos ne sont pas au rendez-vous. S'il existait une crème vraiment amincissante, ça se saurait, et il n'y aurait pas un tiers d'Américains obèses.

GETTING PERSONAL

« *Guess what… I was dumped by my personal trainer.* » La mine décomposée, notre amie L. (qui exige l'anonymat étant donné la gravité de la chose) nous annonce que Chris, le *personal trainer* auquel elle confiait depuis des mois ses abdos et ses hanches malmenés par la grossesse, vient de la plaquer comme une malpropre, appelé à des occupations plus nobles que son fessier. Une tragédie qui la plonge apparemment dans des affres dignes d'une rupture amoureuse. Il faut dire qu'ici, la fonction de *personal trainer* relève presque du *life coaching*. Les New-Yorkaises qui ont les moyens de se payer des séances à 75 $ – minimum – de l'heure ont une propension à développer une relation fusionnelle intense avec leur entraîneur. Forcément, des séances *one-on-one* (en tête à tête) de torture gymnique qui ne laissent aucun secret sur les petits défauts anatomiques, ça finit par créer des liens (quasi érotiques si l'on en croit les photos d'une campagne de pub lancée par les clubs Equinox, sur lesquelles le couple entraîneur/entraîné est enlacé, tels Victoria Abril et Antonio Banderas dans *Talons aiguilles*). Un sujet de conversation en amenant un autre, on se retrouve vite à raconter sa vie entre deux pompes. À tel point qu'on serait tentées de dire que le bon vieux *shrink*, le psy si emblématique du Manhattan de Woody Allen, a du mouron à se faire. On vous rassure, les divans des analystes n'ont tout de même pas été désertés.

Mais aujourd'hui, la tendance, c'est d'avoir un *personal assistant* pour régler tous les aspects de sa vie. Pas le temps de faire du lèche-vitrines pour le mariage de la cousine ? Un *personal shopper* s'en charge. Vous ne supportez plus de ne jamais retrouver votre petite culotte fétiche dans le bazar qu'est devenu votre appartement ? Un *personal organizer* vous apprend – pour 150 $ de l'heure – à ranger vos placards et vos tiroirs. Votre vie n'a pas de sens ? Consultez un *personal life strategist,* plus communément appelé *life coach* : pas de parlote (réservée au divan du psy), mais de l'action, ou comment prendre son destin en main en dix leçons. Sans oublier le *personal food trainer,* à ne pas confondre avec un banal médecin nutrionniste, qui pour 200 $ de l'heure accompagne ses *beautiful people* de clients au restaurant (addition non comprise!) pour leur apprendre à résister au *cheesecake* et à commander des légumes *steamed* (vapeur) plutôt que *sautéed*. Le *personal concierge* qui dégote la réservation impossible dans le dernier restaurant de Jean-George ou une place pour le spectacle *sold out* de Broadway. Le *personal assistant* tout-terrain, dont on loue les services quelques heures pour faire la paperasserie, la queue au *Post Office* et qui attendra la visite du technicien de Time Warner Cable. On pourrait continuer encore longtemps à égrener les exemples. Les New-Yorkais n'ont pas de temps à perdre et veulent ce qu'il y a de mieux, tout de suite. Optimiser, rationaliser, rentabiliser. Pourquoi faire tout seule moins bien quand on peut se payer les services d'un pro? Marcy Blum, une *wedding planner* très cotée, confirme : « Quand j'ai commencé, j'ai vite réalisé qu'il était plus rentable de payer un *personal assistant* 25 $ de l'heure pour me dégager du temps et pouvoir prendre plus de clients que je faisais payer 75 $ de l'heure. » (Ses tarifs ont depuis passablement augmenté, voir *Wedding planner*, page 112). Dans une ville où l'anonymat des vies peut donner le vertige, avoir un *personal someone*, ça rassure. Tous les compartiments de la vie, même les plus intimes, même ceux qui pour nous, pauvres Européens consommateurs amateurs, relèvent de nos propres compétences ou incompétences, ne peuvent, pour un vrai New-Yorkais, être laissés au hasard. Il suffit de payer. Tout rentre dans l'ordre grâce à un pro. Eh oui, à New York, il y a forcément quelqu'un dont c'est le métier de vous conseiller sur vos névroses, vos amours, vos calories ou le meilleur endroit pour ranger vos chaussettes.

S'il est une figure emblématique du régime à New York, c'est Robert Atkins. L'apôtre du gras, le traqueur des glucides, est ici chez lui : il y a vécu, travaillé et trépassé (victime, à 72 ans, d'une mauvaise chute sur une plaque de verglas à la fin de l'hiver 2003). Tantôt adulé et exhibé dans les soirées mondaines des Hamptons (où il avait une maison), tantôt agoni et mis au ban de la société. Grâce à ses préceptes, les New-Yorkaises peuvent écouter leurs bas instincts carnassiers, commander sans complexes des *T-Bones* de 500 grammes dans les *steak houses* et manger des *bacon and eggs* au petit déjeuner dans des *diners*. Popularisé dans les années 70, son régime amaigrissant, pourtant taxé de « passeport pour l'infarctus » par les diététiciens, connaît à nouveau la gloire, depuis la fin des années 90 et la publication de deux best-sellers vendus à des millions d'exemplaires. Le Atkins Diet a tellement fait école que, dans certains restaurants fréquentés par la jet-set, les serveurs ne présentent même plus la corbeille de pain, sûrs d'essuyer un refus dédaigneux. Ses anciens collaborateurs se disputent son héritage et sa clientèle. Mais certainement pas ses problèmes de santé : son autopsie a révélé qu'il pesait 116 kilos à sa mort, qu'il souffrait d'hypertension et qu'il avait eu de multiples infarctus. Mais qu'importe : la cure amaigrissante est un marché juteux.

L'état d'urgence est déclaré face à l'obésité galopante dans tout le pays, et la pression sociale stigmatise encore plus les kilos superflus à Manhattan. C'est la guerre des régimes, il faut choisir son camp. On peut voir de plus en plus souvent les fameux petits sacs glacières de Zone Diet déposés à l'aube devant les portes des New-Yorkais enrobés, contenant les cinq repas quotidiens, pour environ 30 $, cuisinés selon les préceptes du Dr Barry Sears. On peut aussi décider de faire comme Gwyneth, tout macrobiotique, ou alors *raw food* comme Donna Karan (comme son nom l'indique, le principe, c'est de ne manger que des aliments crus). Il y a l'incontournable Weight Watchers bien sûr, mais aussi Mediterranean Diet, GI Diet, South Beach Diet, et même le Hamptons Diet, concocté par l'ancien directeur médical du Centre Atkins et dont la botte secrète est… tada!… l'huile de noix de macadamia! Après tout, pourquoi pas, on n'est plus à ça près. Les régimes alimentaires ne sont pas seulement destinés à faire maigrir mais aussi à vieillir en bonne santé. Pas une chaîne de sports qui ne vende sa gamme de substituts protéinés, pas un supermarché sans son rayon de compléments nutritionnels, sans parler des aliments de base tous enrichis en nutriments et vitamines divers et variés. Franchement, au rayon laitages, une vache n'y retrouverait pas ses pis et il faut une quinzaine de jours au novice fraîchement débarqué de sa France natale pour dégoter un carton de lait normal. Allez, on vous le dit, ça vous fera gagner du temps (et vous évitera des kilos), le lait demi-écrémé de base, ça n'est pas le *half and half* (moitié crème, moitié lait), mais le 2 % enrichi en vitamines D et A. Ne cherchez pas, il n'y a pas plus simple.

Les guerrières du muscle

L'autre matin, en ramassant mon courrier, je trouve une carte postale promotionnelle représentant une brunette aux muscles d'acier, vêtue d'un bikini camouflage (qui ne camoufle d'ailleurs pas grand-chose), le doigt pointé vers moi, et qui m'intime l'ordre de me pointer chez elle : « *Pure Power Boot camp wants you.* » La promesse est alléchante : ressembler à la demoiselle. « Résultats garantis ». Mais pour cela, il faut obéir à tous ses ordres. La méthode utilisée : le *boot camp*. Ce n'est pas un stage de ressemelage de bottes, mais un entraînement physique inspiré de l'armée américaine. Qu'importe la guerre en Irak et la mauvaise presse faite aux *GI's*, le programme des *boys* a la cote. Au royaume des *overachievers* (voir Abécédaire, page 210), Lauren Brenner, trentenaire ambitieuse, a lancé un programme militaire de remise en forme pour les *executives* en mal de sensations fortes. Qu'à cela ne tienne, je décroche mon téléphone pour prendre rendez-vous.

Samedi, 9 heures du matin, Lauren m'accueille en hurlant : « *Private Duh*, cinq pompes, *now*!! » Voyant qu'elle ne rigole pas, je m'exécute. Je peine sur la troisième et j'espère qu'elle va me dire d'arrêter, mais elle est sans pitié.

Elle a transformé un loft du quartier de Flatiron en camp d'entraînement militaire. Copiant la formation des *Marines*, Pure Power est le seul parcours d'obstacles en salle de la ville. Tout est décliné sur le thème militaire. Déco camouflage, les vestiaires sont des tentes de la Seconde Guerre mondiale fleurant la naphtaline, et Lauren se fera une joie de vous hurler dessus dans le plus pur style martial. Le phénomène *boot camp* a le vent en poupe. Chaque club de gym propose un cours *boot camp*, *Marines* ou *Navy Seals*, des profs entraînent leurs élèves dans Central Park à 5 heures du mat'. Mais Pure Power Boot Camp a soigné les détails. Lauren est débordante d'énergie, elle est terrifiante aussi, avec sa voix de cheftaine. Impossible de rester insensible à son charme brutal. La jeune femme au corps sculpté est exigeante. Elle croit à l'amour vache au grand cœur. « *Tough love,* c'est ça ma philosophie. Il faut sortir de sa zone de confort. J'enseigne aussi des valeurs. Courage, dignité, respect, force, désir. »

Elle me fait faire des pompes et des abdos à couper le souffle, au rythme de la musique de *Rocky* pour rester motivée. Lauren crie ses ordres, sans appel. Elle hurle : « *Come on! Let's go! You can do it, give me one more!!!* » C'est enfin le moment d'affronter les obstacles. J'ai la trouille. Lauren m'ordonne de franchir huit obstacles en moins de deux minutes. Je me dépêche, je trébuche. Trois fois, je manque de tomber, mais je poursuis mes efforts sous l'œil glacial de Miss L. « *Hurry up, hurry up!* » Je grimpe sur le filet, me hisse tant bien que mal en m'accrochant aux cordes. Je transpire, mes muscles sont presque tétanisés. Je rampe, je saute par-dessus un mur. Là, Lauren me demande de hurler le mot écrit sur le mur : « *Respect* ». Au bord de l'épuisement, je sors ma plus grosse voix. Je m'époumone : « *RESPECT* ». Une heure plus tard, à la fin du parcours du combattant, je suis brisée de fatigue mais reconnaissante. Lauren me regarde d'un œil complice. « *Hey Duh! You did it!* » Au prix de courbatures dans des parties du corps que j'ignorais même avoir des muscles et d'ecchymoses partout sur les jambes, elle m'a fait repousser mes limites. Et l'espace d'une heure, je me suis prise pour Lara Croft.

LA RONDE DES GIRONDES

« *Change station now.* » Toutes les 30 secondes, la voix métallique et impersonnelle commande de passer à l'appareil suivant. Donna, la quarantaine obèse, vêtue d'un pantalon difforme et d'un tee-shirt taille XXXXL, se dandine sur une plate-forme au rythme d'une macarena remixée. À côté d'elle, Cheryl, jeune et déjà très enrobée, s'acharne sur un appareil pour muscler les bras. « *Change station now.* » Elles se dirigent vers la station suivante. C'est au tour de Cheryl de profiter de la plate-forme à ressorts. Elle laisse la musique la gagner. Elle bondit sur sa planche telle une grenouille. Ses gigantesques fesses s'envolent, toujours à contretemps de la musique.

Curves, c'est la gym anti-gym, anti-*hip*, anti-mode. L'idée de la chaîne : « *No Men, No Mirrors.* » « Pas d'hommes, pas de miroirs. » Pour toutes celles qui ne mettraient pas les pieds dans une salle ordinaire parce qu'elles sont complexées par leurs bourrelets, Curves apporte la solution.

Curves a inventé le concept du *personal trainer* en boîte. Le programme comprend huit machines installées en cercle. On passe d'une machine à l'autre dans un ordre prédéterminé, en suivant les instructions d'une voix féminine enregistrée. Entre chaque machine se trouve une plate-forme rebondissante. La musique disco, remixée pour atteindre un tempo de 140 battements par minute, rythme l'exercice qui dure une demi-heure. C'est ici qu'on peut trouver des femmes d'un certain âge, aux formes plus proches de Botero que de Modigliani.

Marilyn explique : « Ce n'est pas compétitif, on vient, on ne doit pas attendre que le cours commence, on se met sur les machines dès qu'on arrive, et hop! on a fait le programme. Grâce à Curves, j'ai perdu 14 kilos en un an. » La pièce au style complètement ringard ressemble à un bureau dans lequel on aurait installé des machines de sport. Les aquarelles qui décorent les murs sont dignes d'écoliers de 12 ans. Les vestiaires à l'odeur suspecte sont ornés de photos de membres avant/après. L'obésité est visiblement le fonds de commerce de la chaîne. Sans les sirènes des pompiers, on se croirait au fin fond du Kansas. D'ailleurs, ce n'est pas un hasard si le programme est né au Texas. Son fondateur Gary Heavin, qui s'autoproclame conseiller en santé et nutrition, s'inspire de principes bibliques pour faire tourner son entreprise. Son guide est ponctué de citations de l'Ancien Testament censées motiver ses fidèles. En tête du programme du mercredi, on peut lire : « Car je suis l'Éternel, ton Dieu, Qui fortifie ta droite, Qui te dis : Ne crains rien, Je viens à ton secours. » *Esaïe* 41, 13. Une citation pleine d'espoir, d'autant que ledit guide omet le verset suivant : « Ne crains rien, vermisseau de Jacob. » *Ésaïe* 41, 14. Pour une fois, la Bible est *right on target*.

Même si l'ambiance n'est pas compétitive, certaines n'hésitent pas à parader sur leur tapis à rebond. Alors que les plus sédentaires sont réduites à marcher sur place, les dynamiques dansent, tournicotent et agitent leurs poings dans les airs comme des boxeuses sur le ring (gauche-droite, saute-saute, souffle-souffle, droite-gauche), en essayant d'attirer l'attention de Rick le gérant, l'unique mâle de l'assistance.

Rick a rodé son discours : « Il faut avoir un corps parfait pour aller à la gym, c'est très anxiogène. Alors que chez nous, il n'y a pas de pression. » Mais qu'on ne fasse pas dire à Rick qu'il est le patron d'une salle de gym pour les vieilles, les grosses ou les pauvres. « Non, non, non, nous nous adressons à tous les publics, nous avons des étudiantes, des avocates, les femmes viennent parce qu'elles voient des résultats. C'est beaucoup de bouche à oreille. » Rick finit par nous confesser que Curves fait de la pub sur Food Network, la chaîne spécialisée dans la cuisine. On a bien compris qui était le cœur de cible et s'il faut une salle ultra-démodée pour que les dodues du pays remuent leur fondement, alors nous disons : Curves, haut les cœurs !

La pintade zen

QUAND PONCE PILATE RENCONTRE YOGI-DHARMA

Ponce Pilate n'y est pour rien. Le procurateur romain de Judée n'est pas resté dans l'histoire pour son goût du *fitness*. La méthode Pilates (prononcez « pilatisz ») n'a rien à voir avec la mort du Christ. Joseph Hubertus Pilates, un Allemand, met au point une technique d'entraînement physique dans les années 20. Lorsqu'il émigre à New York en 1926, il ouvre le premier studio du genre, situé au 939, 8th Avenue, dans le quartier des théâtres. Immédiatement, les danseurs étoiles de la ville accourent.

« *Pilates changed my life* », explique notre amie Andrea. Sa vie, on ne sait pas, sa silhouette, certainement. Ses muscles longilignes en témoignent. Une fois par semaine, Andrea saute dans le métro, ligne 1 (« *Stand clear of the closing doors please* »), et n'hésite pas à traverser la moitié de la ville pour aller à son cours favori de Pilates.

Le Pilates se pratique de deux façons : sur des tapis de sol ou sur une machine. Les machines sont à mi-chemin entre la table de gynécologue et la chaise à torture. On est attachée par les pieds, les jambes et les poignets. Un système de poulies et de ressorts produit la résistance contre laquelle on travaille. L'une des machines répond au nom de Cadillac et l'autre s'appelle Reformer. Le positionnement du corps doit être très précis pour obtenir des résultats. Malgré le style barbare et le prix prohibitif (minimum 35 $ le cours sur la machine), le Pilates connaît un succès inégalé. La plupart des participants sont des participantes au corps ciselé et à la grâce époustouflante.

Le Pilates au sol ressemble à un cours de stretching amélioré avec une bonne dose d'abdominaux. Beaucoup objectent que les cours sur tapis sont un ersatz de Pilates. « *It's not the real stuff* », explique Katya. Qu'importe.

Le *sticky mat* est d'ailleurs devenu un accessoire indispensable de la pintade new-yorkaise, au point que les plus grands designers, Marc Jacobs en tête, lui ont conçu un sac spécialement à ses dimensions. Le modèle de Louis Vuitton, le fameux Dhanura, se compose du sac (en cuir épi) et du tapis monogrammé, disponible pour la somme de 1 580 $.

Jennifer, une actrice de Downtown, ne jure que par le yoga. « C'est ce qui se fait de mieux. Tous mes muscles, c'est au yoga que je les dois. » Ici, on a bien compris que le yoga est une activité sérieuse, qui n'est pas réservée aux post-soixante-huitards attardés ou autres femmes enceintes. Au contraire, c'est sans doute l'activité la plus *hip* de la ville. Normal, il faut bien toutes les ressources du yoga pour supporter le stress. Ne vous y trompez pas, si les statistiques de la criminalité sont en baisse, New York reste une ville éminemment dangereuse dans laquelle on risque sa vie tous les jours. Par exemple, vous pouvez être défiguré par le petit appendice par lequel on est censé payer les chauffeurs de taxi. Il existe même un chirurgien plastique dont la spécialité est de refaire les visages qui ont vu ledit appendice de trop près. Vous pouvez aussi être assommé par des briques tombant d'un immeuble vétuste. Ou encore, vous pouvez être électrocuté en marchant sur une plaque métallique de Con Edison (l'EDF local).

Ohmmmmmmmmmmm…

À New York, il est possible de pratiquer plus d'une demi-douzaine de yogas différents : Hatha, Jivamukti, Iyengar, Bikram, Vinyasa, Kundalini, Sivananda et Kripalu. Ou encore, yoga avec son bébé, avec son chien, yoga en couple. Certains cours sont dispensés entièrement en sanskrit avec séances de chants Ohm à n'en plus finir.

Le studio Laughing Lotus Yoga offre des cours de rire yogique pendant lesquels les élèves sont priés de lâcher leur rire le plus tonitruant. L'un des cours à la mode en ce moment : le cours de yoga à la chandelle. Il a lieu tous les vendredis, à dix heures du soir, et entraîne les adeptes pour deux heures de *downward facing dog, warrior 2* et *baby cobra*. Au moins 45 élèves viennent purifier leur corps et leur âme dans une ambiance mystico-épuisante avant d'aller en annuler tous les bienfaits dans les discothèques voisines.

Tout a commencé avec Jivamukti sur Lafayette Street. Tripura Sundari, alias Sharon Gannon, et Deva Das, alias David Life, sont les fondateurs du studio le plus réputé de la ville. *« It's become such a scene. »* C'est là que vont Sting, Donna Karan et Uma Thurman. Le studio a servi de décor à plusieurs films dont *The Next Best Thing* avec Madonna. Le yoga est devenu une activité emblématique de New York. Tobey Maguire et Gwyneth Paltrow ne démentiraient pas. Tous les deux sont de fervents pratiquants, ainsi que tout ce qui se fait de jeune, connu et mince dans la ville.

Christy Turlington (le visage des pubs Calvin Klein) a d'ailleurs sorti un livre et lancé Nuala, une ligne de vêtements de yoga avec Puma en 2001. Ses commentaires sur le *yoga butt* (le postérieur yogique) lui ont valu les foudres de bon nombre d'adeptes *hardcore* qui n'ont pas attendu qu'une célébrité au corps déjà parfait vienne leur chanter les bienfaits du yoga. Les bienfaits, Christy les connaît. En 2001, elle déclarait à *Time Magazine* : « *If you get up in the morning and do headstand right away, you definitely get the juices flowing.* » « Si tu te lèves le matin et que tu fais le poirier, je te garantis que ça fait circuler l'énergie. » À notre avis, ça fait surtout mal à la tête. Mais dans ce domaine, on la croit sur parole.

Une journée à Central Park

Quelle est la différence entre un New-Yorkais au boulot et un New-Yorkais pendant ses loisirs ? La tenue dans laquelle il court. Non seulement on cavale après le temps, mais ici, on court aussi par plaisir. Et pour prendre le pouls de la ville, rien de tel que d'aller à Central Park. Avec ses 340 hectares de collines, de bois, de pelouses et de chemins, c'est évidemment le théâtre en plein air de prédilection des petites foulées. À l'aube, à l'heure où les derniers clients quittent le bois de Boulogne à Paris, les joggeurs arrivent dans le poumon vert de la Grosse Pomme. « Il m'est arrivé de voir plus de monde courir dans le parc à 5 h 30 du matin qu'à 19 heures, souligne Guillemette, une Française convertie à la course à pied depuis qu'elle vit à New York. Même quand il neige ou qu'il gèle. C'est fou ! Un tel culte de la course à pied n'existe nulle part ailleurs. »

Il y a, bien sûr, les joggeurs du dimanche qui se mêlent aux pique-niqueurs, aux lanceurs de frisbee, aux lecteurs du *New York Times* qui lézardent au soleil, aux amoureux qui rament sur le lac, tous profitant des activités bucoliques du parc, repaire des canards et des écureuils au milieu du tumulte urbain. Mais pour beaucoup, la course à pied est une drogue qui réclame son *shoot* quotidien. Aux beaux jours, on peut voir 2 000 à 3 000 personnes participer aux courses organisées chaque semaine dans le parc par le New York Road Runners Club. « Les gens sont tellement accros qu'ils se retrouvent à 7 heures du matin pour courir avant la course, s'exclame Guillemette. Les New-Yorkais sont obsédés par les *miles*. Ce qu'il y a de bien à Central Park, c'est qu'on connaît par cœur les distances des principaux parcours. Le Reservoir, le Grand Loop… » Pour motiver les troupes, le Runners Club varie les genres et les lieux. Midnight Run le 31 décembre, Valentine's Day Run en février (la tradition veut qu'on se trouve une *running date* pour courir à deux), Wall Street Run en septembre (les forçats de la Bourse courent en costume de ville), etc. Sans oublier la légendaire course des marches de l'Empire State Building. Et, mythique parmi les mythiques, le Marathon de New York : depuis 1970, des milliers d'athlètes du monde entier franchissent chaque année la ligne d'arrivée dans le parc.

Courir en groupe. Courir en solitaire avant ou après le boulot, écouteurs sur les oreilles. Courir en duo, avec une copine ou avec une *date*. Courir en famille.

Quand ils ne sont pas sur les toboggans et les balançoires des *playgrounds,* les enfants sont dans les poussettes, poussés à vive allure par leurs *runners* de parents. La poussette, accessoire *hip* de la gym en plein air. « *A ballet barre with wheels* », « une barre de danse sur roulettes », explique Elizabeth Trindade. Au milieu des années 90, cette New-Yorkaise a lancé Strollercize, un programme de remise en forme dans Central Park destiné aux jeunes mères (et aux pères victimes de couvade). Tous les jours, des femmes se retrouvent à Bethesda Fountain ou autour du réservoir, armées d'une poussette dans laquelle elles ont solidement harnaché leur bébé, prêtes à courir, sauter, s'étirer, faire du cardio-training pendant 50 minutes (avec pauses change et allaitement si nécessaire, mais le reste du groupe continue à s'entraîner en faisant du surplace). Au-delà de son aspect pratique (pas besoin de payer une baby-sitter), la formule (à succès et aujourd'hui franchisée dans tout le pays) répond également à une aspiration très new-yorkaise : se prendre en main.

C'est ce qui a poussé Charlotte Gould à créer l'association MAAM, Mothers Across America. Le 2 novembre 2003, une vingtaine de femmes ont, pour la première fois, couru le marathon de New York sous les couleurs de son équipe. Ce qui les rassemblait ?

Avoir des enfants. « Après la naissance de ma fille, je me suis sentie isolée, débordée, sans avoir de temps pour moi, explique Charlotte, une petite femme tonique. J'ai créé l'équipe pour inciter toutes celles qui ressentent la même chose à se fixer un objectif personnel dont elles puissent être fières. Quand une débutante réussit, après quelques mois de préparation, à courir 42 kilomètres, c'est extrêmement gratifiant pour elle. Et c'est à la portée de tout le monde. » Dès le mois de mars, on peut les voir, de plus en plus nombreuses, s'entraîner dur dans le parc, sous le regard galvanisant de leur coach. Et franchement, nous qui, en bonnes Françaises, détestons la course à pied, depuis que nous les avons vues, un dimanche matin, autour du réservoir, trempées jusqu'aux os – il pleuvait des cordes et le thermomètre dépassait difficilement 5 °C – mais avec un sourire béat, dû sans doute à la fameuse endorphine, on est à deux doigts de s'inscrire dans l'équipe.

Il faut faire preuve de mauvaise volonté pour ne pas trouver une activité physique à son goût à Central Park. Sur les routes et les chemins cohabitent les rollers, les vélos et les coureurs. En voyant les New-Yorkais disputer des parties de football américain ou de softball sur ses immenses pelouses, on a du mal à croire que ce gigantesque espace vert est artificiel et qu'il a été entièrement aménagé par l'homme, en 1844, sur les décombres d'un terrain vague qui accueillait alors porcheries et bidonvilles. Le parc appartient aux habitants, pelouses incluses : pas d'agent pour vous demander de circuler ; parfois, une pancarte vous expliquera qu'une pelouse est temporairement interdite pour cause d'entretien mais, dans ce cas-là, il suffit d'aller un peu plus loin. On trouve tout : terrains de volley, de base-ball, de tennis même, découverts et en terre battue – il suffit de payer 100 $ pour le *permit* annuel et 7 $ de l'heure pour pouvoir y jouer à volonté de mars à novembre, une aubaine inespérée dans cette ville où tout coûte si cher. En courant après un ballon, il vous arrivera certainement de tomber nez à nez avec un petit groupe de personnes assises dans l'herbe, en plein pose de yoga. À moins que ce ne soient des adeptes de tai-chi ou de kendo en train de manier un sabre ou un bâton. Et pour les romantiques, n'oubliez pas vos patins quand arrive l'hiver. La patinoire de Central Park, décor obligé de toutes les comédies américaines à l'eau de rose, est une institution. Mais armez-vous de patience pour la queue…

C'est ça qu'on aime à Central Park : ce mélange de calme presque campagnard (essayez d'assister au lever du soleil : magie garantie !) et de tourbillon d'activités, cette idée que tout est possible, mais que vous pouvez aussi vous allonger pour buller sur l'herbe. Personne ne viendra vous déranger !

Le fitness de l'âme

Si « la religion, c'est l'opium du peuple », alors il n'est pas exagéré de dire qu'à New York, la pipe circule très librement. La spiritualité est un passage obligé. 96 % des Américains se déclarent croyants. Être juif, chrétien, bouddhiste ou musulman n'a pas d'importance, ce qui compte c'est de croire en Dieu. Jusque dans la rhétorique des habitants : ici, beaucoup de phrases commencent non pas par « *I think* », mais par « *I believe* ». Et les athées, les gauchos, les communistes (si, on vous jure que ça existe, on en connaît et c'est vraiment rafraîchissant) croient aussi, à leur manière. Ils croient en leurs causes, en leurs actions ou, simplement, en eux-mêmes. Dans la ville des *overachievers*, il faut avoir la foi. Ce n'est pas pour rien que la devise dit, jusque sur les devises, « *In God we trust* ».

À New York, God se décline évidemment au pluriel. Le débat sur les signes religieux s'est arrêté à Ellis Island. Ici, la ferveur se montre, sans ostentation et sans détour. Foulards, kippas, phylactères, turbans aux couleurs vives. Le monde s'est donné rendez-vous dans les cinq *boroughs* et compte bien converser avec le Bienfaiteur. Il est toujours étonnant de voir des avocats ou des *traders* le front marqué au noir de suif le mercredi des cendres ou bien des milliers de Loubavitchs en procession de camping-cars envahir la 6e Avenue chaque 1er avril pour célébrer l'anniversaire de leur cher rabbin. Et il suffit de se promener dans les rues de Harlem et de Brooklyn un dimanche matin pour comprendre que la religion est un ciment communautaire.

En feuilletant les pages de *Time Out NY*, on réalise le nombre de *workshops* spirituels. Chaque semaine a son lot de séminaires intitulés par exemple Understanding Karma ou encore GodSelf-FreeBeing sur le thème de la guérison par les incantations pour soigner les maladies et les problèmes émotionnels.

Si l'on est à la recherche d'une réponse immédiate, une visite chez la voyante s'impose. À chaque coin de rue, sur chaque bloc, il est possible de se faire tirer les cartes. Les *psychics* sont généralement installées dans les *basements* (les sous-sols des immeubles). Pour 5 $, vous pourrez savoir si vous aurez une augmentation, ou bien si le grand amour vous attend quelque part.

Les cours de yoga sont aussi le lieu de prédilection pour éveiller sa ferveur. Le centre Jivamukti (voir Ponce Pilate et Yogi-Dharma, page 81) est très enclin à la spiritualité. Chaque classe commence par la lecture d'un texte et d'une réflexion sur le thème du mois. Le jour de notre visite, les étudiants devaient réfléchir sur les *gossips*, les ragots. Il est recommandé de ne pas colporter de ragots sur les animaux. Par exemple, « Tu manges comme un porc » est une phrase blessante pour les porcs. Ensuite l'instructeur a entonné une incantation, reprise en chœur par les élèves. *« Dhrami Shala, Dhrabi Makti Shala »* répété en boucle pendant cinq minutes, la voix tantôt grave, tantôt suraiguë. Le problème, c'est que le prof n'a pas traduit l'incantation. Il est tentant – quoique peu spirituel – pour des esprits formés à la pensée cartésienne d'imaginer qu'on répète une idiotie.

La dévotion du centre s'arrête avec le *release* que doit signer chaque élève et qui protège Jivamukti contre toute poursuite judiciaire. Il prévoit même que si vous mourez à cause de leur négligence, ils ne peuvent en aucun cas être tenus pour responsables. Qu'importe, au moins, vous serez mort dans un univers spirituel.

ADRESSES FITNESS

24/7 Fitness Club
47 West 14th Street
Tél. : 212-206-1504

Be Yoga
Quatre studios dans la ville. Les cours ne mettent pas l'accent sur la spiritualité mais sur la pratique physique. 20 $ la séance, mais vous pouvez assister à une *community class* pour la moitié du prix. Le concept : offrir des tarifs réduits pour s'attirer un bon karma (ou simplement plus de clients).
138 5th Avenue
Tél. : 212-647-9642

Crunch – chaîne de fitness clubs
404 Lafayette Street
Tél. : 212-614-0120
www.crunch.com

Curves – fitness clubs réservés aux femmes
139 East 23rd Street
Tél. : 212-253-8787
www.curvesinternational.com

Eddie Stern
Le gourou du yoga ashtanga, maître de Gwyneth Paltrow et de Christy Turlington. Son studio, Patanjali Yoga Shala (Downtown), n'accepte pas les débutants, alors peaufinez votre salutation au soleil avant d'appeler.
430 Broome Street – suite 2
Tél. : 212-431-3738

Equinox – fitness
Time Warner Center
10 Columbus Circle
Tél. : 212-871-3001
www.equinoxfitness.com

Exhale
Le décor a été refait par l'architecte David Mann. Dès l'entrée, les portes antiques d'Indonésie et l'atmosphère orientale inspirent la sérénité. Ici,

pas trop de spiritualité et beaucoup d'exercice. *New York Magazine* a élu Exhale « meilleur cours de yoga » en 2004.

Exude – fitness
16 East 52nd Street
Tél. : 212-644-9559

Jivamukti
Le studio de Lafayette Street est à l'origine du mouvement yoga à New York. Jivamukti (« Libération de l'âme », en sanskrit) propose des cours pour débutants, confirmés ou femmes enceintes. L'ambiance est très spirituelle. Le studio attire beaucoup de célébrités. Attention, Jivamukti propose une pratique très vigoureuse du yoga. Les blessures sont, paraît-il, fréquentes.
404 Lafayette Street
Tél. : 212-353-0214
www.jivamuktiyoga.com

Laughing Lotus Yoga Center
Le studio est spacieux et accueillant. On y va pour le cours de yoga de minuit, d'autant que c'est un vrai bon plan. Deux heures de cours avec David (charmant et musclé) pour 16 $. C'est une bonne idée d'arriver 20 minutes avant car le cours se remplit vite.
59 West 19th Street
Tél. : 212-414-2903

Mothers Across America
http://mothersacrossamerica.com

New York City Downtown Boathouse
241 West Broadway
Tél. : 646-613-0375

New York Road Runners
9 East 89th Street
Tél. : 212-860-4455
www.nyrrc.org

OM Yoga Center
Le grand studio aux larges salles propose de nombreux cours dont le Lunchtime yoga, un cours de 50 minutes pour spiritualiser au milieu de la journée. Une bonne affaire à 12 $ seulement.
826 Broadway
Tél. : 212-254-7929

Power Pilates

Une référence. La chaîne a des studios partout dans le pays. Les cours collectifs sur tapis sont les plus réputés.

49 West 23rd Street
10th floor
Tél. : 212-627-5852
www.powerpilates.com

Pure Power Boot Camp

38 West 21st Street
Tél. : 212-414-1886

Radu Physical Culture – fitness

Plaza Hotel
768 5th Avenue
Tél. : 212-581-1995

Sal Anthony's Movement Salons

Un oxymore comme on n'en fait qu'à New York. À l'origine, Sal Anthony est un restaurant italien. Mais depuis quelques années, Sal est plus connu pour ses cours de Pilates et de gyrotonics (similaire au Pilates mais avec des mouvements de rotation) que pour ses spaghettini San Gimignano. Le fondateur, Anthony Macagnone, explique que trattoria et Pilates ont un dénominateur commun : l'énergie. Le chi dans le chianti !

190 3rd Avenue
Tél. : 212-420-7242
www.movementsalon.com

Strollercize

1-800-Y-STROLL
www.strollercize.com

The Sports Club/LA – fitness

330 East 61st Street
Tél. : 212-355-5100
www.thesportsclubla.com

3 Le dating de la basse-cour

Mais où est Mr Right ?

Trouver *Mr Right* est l'une des obsessions de la New-Yorkaise célibataire. Au choix : le grand amour ou l'homme au bon pedigree. Bien sûr, comme toutes les femmes du monde, les New-Yorkaises peuvent compter sur un petit coup de pouce du destin pour se cogner contre le prince charmant dans un *coffee shop* ou en sortant du laudromat. Mais la concurrence est rude, les jolies trentenaires sont nombreuses et, à les écouter, le célibataire hétérosexuel est une denrée rare. Le sujet est tellement sensible qu'une journaliste du *New York Observer* s'est amusée à détourner le recensement démographique[1] pour écrire un article intitulé « *Where the boys are* ». Ratios officiels hommes/femmes à l'appui, Alexandra Wolfe invite ses lectrices à ne pas se décourager en leur livrant les quartiers truffés de mâles pour optimiser leurs chances de rencontres : Lincoln Center sur Broadway, les librairies Barnes and Noble d'Astor Place et de la 5ᵉ Avenue (et 48ᵉ Rue), Wall Street, le restaurant Balthazar et ses alentours sur Spring Street (non seulement les hommes y sont nombreux, mais les trois quarts sont célibataires), ou encore le Starbucks de la 6ᵉ Avenue et de la 22ᵉ Rue et le Barnes and Noble voisin (ces deux endroits ont beau être situés dans Chelsea, l'un des quartiers homosexuels, le rapport reste, selon son enquête, favorable aux femmes).

---

1. U.S. Census Bureau, 2000.

Hélas!, relève Alexandra Wolfe, d'une façon générale, les chiffres donnent raison aux observations empiriques des New-Yorkaises : si, à 30 ans, la situation ne se présente pas trop mal – avec exactement un homme pour une femme –, ça se gâte très vite puisqu'il n'y a plus que 90 hommes pour 100 femmes parmi les 30-34 ans, et le ratio tombe à 87,7 pour 100 chez les 40-44 ans. *Damned*. Seule lueur d'espoir, *ladies* : la tendance est en train de s'inverser et dans vingt ans, ce sera au tour des jules d'être en surnombre.

À Manhattan, les deux tiers des adultes vivent seuls. Ils sont venus pour étudier, travailler, réussir. Il est certainement plus facile d'être *single* ici que dans les gigantesques banlieues résidentielles de l'*American way of life*. Restaurants, bars, gyms, cinémas et musées sont à portée de pied, pas besoin d'avoir une voiture, et on se sent en sécurité tard le soir dans les rues. Mais les gens travaillent beaucoup – on a vraiment l'impression de venir d'une autre planète quand on explique à un New-Yorkais le concept des 35 heures et des jours de RTT à la française – et ont une vie sociale souvent programmée à l'avance, ce qui ne laisse pas vraiment de place au batifolage primesautier.

La New-Yorkaise, fidèle à sa réputation de *proactive*, s'en remet donc de moins en moins à son étoile. Ce n'est pas *Le Jeu de l'amour et du hasard*, mais celui de l'amour et du calcul.

Pour trouver l'homme de sa vie – enfin au moins d'une partie de sa vie –, le *dating* est un passage obligé. Ce mot n'a aucun équivalent en français et ce n'est pas étonnant. « *Are you dating somebody ?* » ne revient pas à demander à une fille si elle a un petit copain (ça, c'est un *boyfriend*). Avoir une *date* (prononcez « deit »), c'est avoir un rendez-vous, très formel, avec un représentant du sexe opposé (ou du même sexe si elle est lesbienne). Peut-être avez-vous l'impression que nous jouons sur les mots et qu'en gros, cela revient au même que notre bon vieux flirt. Erreur. Le *dating* relève plus de la stratégie que de la ritournelle. Il est tellement conventionnel que certains le surnomment le *resume dating*[1]. Sans doute une conséquence locale de la lutte pour l'égalité des sexes. « Une première *date* n'a rien d'un jeu de séduction. Ça ressemble plutôt à un entretien d'embauche, explique Marie, 37 ans. Qu'est-ce que tu fais comme boulot, combien tu gagnes, comment tu envisages ta vie dans dix ans… J'ai des copines qui *"googlent"* le nom de l'homme avec qui elles ont rendez-vous. » Apparemment, Google est à la *date* ce que le casier judiciaire est à l'entretien d'embauche pour les fonctionnaires français.

Les New-Yorkaises stressées par le tic-tac biologique ne comptent pas vraiment sur leur réseau de copains pour trouver du *datable material,* encore moins sur leur milieu professionnel puisque les hommes n'osent même plus complimenter leurs collègues féminines sur leurs tenues vestimentaires de peur d'être poursuivis pour harcèlement sexuel. C'est sans doute la même crainte, sur vieux fond de puritanisme, qui explique que les femmes se font rarement siffler et apostropher dans la rue (et on ne va pas s'en plaindre). Pragmatiques, elles élargissent leur champ d'action. *Blind date, speed dating, online dating* : le marché du célibat a explosé. C'est, par exemple, grâce au site Match.com que l'une de nos amies, Barnee, designer de cosmétiques, a rencontré David, avec qui elle va bientôt emménager : « J'aime bien sortir mais les bars,

---

1. *Resume* signifie *curriculum vitae*.

trop bruyants, ne sont pas vraiment propices aux rencontres. Après mon divorce, j'étais déprimée. J'avais 35 ans, pas d'enfant. Alors un copain m'a conseillé de m'inscrire sur ce site Internet. En trois semaines, j'ai eu six *dates*. La sixième, c'était David. » Beaucoup de services de rencontres existent maintenant en France. Mais à New York, ils sont totalement banalisés. Même les clubs de sport s'y mettent. À Crunch, sur Lafayette Street, Flex appeal est un cours réservé aux *singles*. Une heure d'exercices en binômes pendant laquelle une animatrice survitaminée encourage filles et garçons à parodier un numéro de *lap-dancing* façon Las Vegas, pour les aider à briser la glace. À l'heure où nous écrivons (mais ça évolue très vite), les dernières venues sur le *dating market* sont les *used-dates parties*. Le principe : présenter ses ex (évidemment ceux avec lesquels on est restée en bons termes) à d'autres filles. Apparemment, le recyclage n'est pas réservé qu'au plastique et au verre.

La frénésie n'a pas échappé aux producteurs de télé. Ils se sont engouffrés dans la brèche mercantile du *dating* en créant des *reality shows* qui suivent les tribulations de célibataires new-yorkaises à la recherche de leur moitié.

Pour être certaine de ne pas perdre son temps, la New-Yorkaise n'hésite pas à discriminer. Parmi les critères de sélection, le salaire, la proximité géographique et la religion figurent en bonne place sur les sites Internet de rencontres. Les soirées thématiques pour célibataires ne font que reproduire le communautarisme de la société américaine : *single professionals* 26-34 ans, *jewish singles* 45-52 ans, *African-American* 27-40 ans, *catholic singles, older men/younger women*. 8minutedating.com propose même des soirées réservées aux policiers, pompiers et infirmiers ou alors aux jeunes avocats. Dans la tranche 30-40 ans, la plupart des événements sont *sold out* pour les femmes au moins trois semaines à l'avance. Seule chance d'y entrer pour celles qui sont sur liste d'attente : persuader leur meilleur ami ou leur frère de s'inscrire en même temps pour équilibrer le ratio hommes-femmes.

La palme du marketing appliqué à Cupidon revient sans hésiter à Rachel Greenwald. Son best-seller, *Find a Husband after 35 Using what I Learned at Harvard Business School,* apprend à la célibataire de plus de 35 ans à se vendre (comme un produit) au consommateur (le fameux *Mr Right*) grâce à un programme de *business management* en 15 points. Oubliez la romance : « *Reading my book is like dialing "Marriage 911": It's an emergency.* » « Lire mon livre c'est comme appeler le 911[1] du mariage. C'est une urgence. »

Comme souvent, la pression, autant sociale que commerciale, finit par produire des réactions inverses. *Quirkyalone* est un mot apparu en 1999 dans le lexique de la romance américaine. Il désigne les célibataires que l'industrie du *matching* hérisse et qui préfèrent s'en remettre au romanesque du hasard des rencontres, quitte à rester seuls plus longtemps. Vive l'amour !

THE RULES

Même dans une ville aussi ouverte que New York, le *dating* a un protocole que l'on doit sinon appliquer, tout au moins connaître. À moins qu'il ne s'agisse d'une *one-night stand*, une nuit sans lendemain (le *casual sex* ayant, bien entendu, beaucoup d'adeptes

---

1. Le 911 est le numéro des urgences aux États-Unis.

ici), le *dating* a ses *do's* et ses *dont's*, les choses à faire et à ne pas faire.

Lors de la première *date*, c'est à l'homme de régler l'addition. S'il ne vous invite pas, au restaurant ou au cinéma par exemple, il y a fort à parier que vous vous êtes trompée sur la nature du rendez-vous. Et s'il vous invite, c'est rarement un geste amical gratuit.

Une relation doit progresser *step by step*. Si vous pouvez vous permettre d'échanger un baiser à la première *date*, en revanche pas de sexe avant la troisième, sous peine de passer pour une fille trop facile. Mais s'il ne s'est rien passé à la quatrième, vous pouvez commencer à vous inquiéter. Si une copine vous raconte qu'elle n'en est qu'à la *second base* avec le garçon qu'elle fréquente (fréquenter est sans doute le mot le plus juste pour traduire le verbe *to date*), n'ouvrez pas des yeux ronds. Les Américains décrivent souvent le degré d'intimité physique d'une relation en utilisant les termes techniques du base-ball. *First base*, c'est un baiser, *second base*, c'est peloter les seins, *third base*, c'est passer sous la ceinture et *home run*, c'est coucher ensemble.

Tant que vous n'en avez pas discuté avec votre *date*, vous ne pouvez pas le considérer comme votre *boyfriend*. Même si vous faites l'amour avec lui depuis plusieurs semaines. Dans le pays où tout est régi par le contrat, tout changement dans la nature de votre relation doit être formulé à haute et intelligible voix. Et jusque-là, tout est permis, y compris d'avoir plusieurs *dates* en même temps. Ça n'est pas tromper, c'est juste du *double dating*. Entendons-nous bien. Les New-Yorkaises n'appliquent pas à la lettre ces règles, dont certaines sont très vieux jeu. Mais le cadre des relations sentimentales est beaucoup plus codifié qu'en Europe et ce cérémonial fait partie de l'imagerie populaire.

Le paroxysme a été atteint en 1995, avec l'apparition des *rules girls*, surnom donné aux jeunes femmes qui se sont mises à appliquer sans discernement les préceptes du best-seller *The Rules*. Dans ce livre, vendu à plus de quatre millions d'exemplaires, deux Américaines donnaient aux jeunes femmes la formule, selon elles magique, pour attirer les hommes et les garder. Parmi leurs 35 règles d'or : « Ce n'est pas à toi de faire le premier pas », « Tu ne dois pas parler à un garçon mais attendre qu'il t'aborde », « Tu ne dois pas l'appeler et rarement retourner ses appels téléphoniques », « Tu dois le laisser mener le jeu, avoir toutes les initiatives », « Tu ne dois pas accepter une *date* pour samedi si l'invitation est formulée après mercredi », « Tu dois arrêter de fréquenter un garçon qui ne t'offre pas un cadeau romantique pour ton anniversaire ou pour la Saint-Valentin », « Tu dois être honnête mais mystérieuse ». En gros, *play hard to get* : joue les femmes fatales inaccessibles et il sera à tes pieds. Cette vision des rapports hommes / femmes, digne des années 50 et pas vraiment en faveur de l'émancipation féminine, a suscité bien des débats. Mais certaines ne jurent que par les *rules* et affirment que sans ce livre leur vie sentimentale ressemblerait au désert de Gobi.

LE PRIX DES CHOSES, LE PRIX DE L'AMOUR

En 1932, une place de ciné coûtait 25 *cents*. Les octogénaires nostalgiques se souviennent de l'époque où l'on pouvait sortir une fille pour un dollar la soirée. Ah, le bon vieux temps est bien révolu ! À New York, ciné et dîner sont les tickets gagnants de la première *date*. Traditionnellement, c'est le garçon qui doit inviter la fille, même si beaucoup de garçons trouvent cela vieux jeu et pensent que l'addition devrait être divisée en deux; après tout la prise de risque est partagée. Aussi simple que le programme puisse paraître, il faut mettre la main au porte-monnaie. Selon le site datable.com, New York remporte la palme de la ville où la *date* est la plus chère.

Le prix d'une *date* pour un garçon :
Dîner, boissons et tip inclus au River Café : 130 $
Cinéma : 22 $
Pop-corn et Coca : 12 $
Un dernier verre : 18 $
TOTAL : 182 $
(Pour les fauchés, rabattez-vous sur la suggestion de *New York Magazine* : Pop Burger à 5 $ le hot dog.)

Le prix d'une *date* pour une fille :
Les filles aussi doivent casser leur tirelire si elles veulent avoir quelques chances de succès.
Brushing chez le coiffeur : 35 $
Manucure-pédicure : 38 $
Épilation demi-jambes, aisselles, maillot, sourcils : 78 $
Une boite d'Altoids (bonbons à la menthe) pour la bonne haleine : 2 $
Une paire de collants : 9 $
Taxi retour : 13 $
Paquet de mouchoirs en papier : 0,75 $
TOTAL : 175,75 $

Quant à ceux qui refusent de suivre le protocole, Brooklyn leur tend les bras. La bière est moins chère, les filles plus décontractées, et les *dates* meilleur marché. Le site datable.com suggère quelques activités moins onéreuses. Mais visiblement, les rédacteurs n'ont pas compris la quintessence des New-Yorkais. Ils suggèrent par exemple d'organiser la *date* pendant la journée. Mais qui a du temps libre entre 9 heures et 17 heures à New York ? À part quelques *trophy wives* (et encore, elles sont généralement très occupées à courir de Chanel à leur coiffeur Frédéric Fekkai, les deux sont dans le même immeuble, mais c'est quand même éreintant). Autre suggestion de datable.com : louer un canoë pour faire un tour sur la rivière. C'est effectivement très romantique de pagayer sur l'Hudson River – et une vraie *bargain* (une affaire) puisqu'on peut se faire prêter des kayaks par l'association New York City Downtown Boathouse –, mais même si c'est gratis, risquer de perdre sa *date* sous un tanker serait vraiment dommage.

EUROTRASH

Si vous êtes installée un soir au bar de Serafina sur Lafayette Street et que vous vous faites aborder par un Français ou un Allemand arrogant, prudence ! S'il vous invite à passer le Nouvel An dans sa maison à Saint-Barth ou un week-end à Saint-Tropez, puis vous propose, en vous collant d'un peu trop près, de l'accompagner boire une coupe dans le *basement* de Butter, ne cherchez pas : vous avez certainement affaire à un *Eurotrash*. À New York, c'est le surnom donné à la jeunesse dorée européenne qui, sous prétexte de faire des études ou de travailler dans la finance, passe ses nuits à faire la fête et à draguer dans les night-clubs de la ville. Le terme peu flatteur est né au début des années 80 : les New-Yorkais, qui étaient au lit vers minuit pour être au bureau aux aurores, frais et dispos, voyaient d'un mauvais œil la jet-set du Vieux Continent faire couler le champagne à flots à 3 heures du matin et faire l'apologie de l'oisiveté noceuse. Aujourd'hui, les fils de bonnes familles européennes, en général élégants, flambeurs, frimeurs, beaux parleurs mais pas forcément gentlemen, sont toujours aussi noctambules. Si vous croisez un spécimen, sachez que vous êtes plus en terrain de drague à la hussarde que de *dating* pudique.

Me and Mr Right

UN JOUR MON PRINCE VIENDRA

Pour certaines, ouvrir le *New York Times* le dimanche, à la dernière page de la section « Sunday Style », frise l'addiction. On n'y découvre pas les cours de la Bourse, ni des hommes nus, mais des portraits de couples s'étant juré amour et fidélité la semaine passée. Les faire-part de mariage du journal sont légendaires. Il faut dire que le Mariage lui-même est une institution à New York. Un événement sacré qui, pour les New-Yorkaises, mérite bien un M majuscule. Même à New York, l'une des villes les plus libérales du pays, le concubinage n'est pas convenable.

« *I think he's gonna propose* », peut-on entendre soupirer les filles qui sortent entre copines. Tout commence avec la question. Ah, la plus belle question… « *Will you marry me?* » Ces quelques mots doivent être accompagnés des accessoires indispensables de la demande en mariage. Un morceau de carbone ayant un point de fusion de 3 550 degrés s'impose. Pour celles qui ont séché les cours de chimie, il s'agit d'un diamant. De bonnes articulations sont essentielles, car la demande doit se faire – chevaleresque – un genou à terre.

C'est officiellement à ce moment-là que, comme on dit ici, *the two make a pair*, les deux forment une paire. C'est à ce moment-là aussi que l'on peut se proclamer *engaged*, comprenez Fiancée, l'un des états les plus recherchés et désirables dans la ville. Être fiancée correspond à peu près à gagner à la loterie sans même avoir acheté un ticket. On devient le centre de toutes les attentions, les célibataires regardent l'heureuse élue avec un air d'envie, et les mariées avec un soupir de nostalgie.

Par une curieuse alchimie, dès que l'annulaire s'orne d'une pierre, la main gauche s'arque, dos tourné vers l'assemblée. Vous pouvez être sûr que c'est une fiancée.

Règle numéro un : bague il doit y avoir. Ah! *The Ring...* Une de nos connaissances qui avait choisi un sublime voyage à Cuba en lieu et place de bague de fiançailles s'est fait méchamment railler sur une plage de la communauté bobo de Fire Island : « *Dahling, where is the ring?* » « Où est la bague? » a demandé une voisine de serviette sur un air de reproche. Et lorsque notre amie a répondu qu'elle avait opté pour les souvenirs plutôt qu'un caillou, l'inquisitrice estivante s'est écriée : « C'est tes enfants qui seront fâchés. Ce n'est pas avec tes souvenirs qu'ils vont se faire un collier! »

Et qu'on ne se trompe pas. Ce n'est pas un petit diamant qui fera l'affaire. Le diamant de mariage est extrêmement codifié. La sœur de notre copine Barnee, décrite comme une J.A.P. (voir Abécédaire, page 210) par cette dernière, a toujours dit que sa bague de fiançailles devrait être d'au moins deux carats, *VS1*, et *flawless* (sans impureté). Pour une New-Yorkaise, ce vocabulaire technique, qui est pour nous obscur, fait partie du langage courant. En plus d'être éternel, vous l'aurez compris, le diamant est impératif. Quand ils n'en ont pas les moyens, les futurs mariés, à défaut de dépenser des milliers de dollars, dépensent des trésors d'ingéniosité pour dégoter un diamant au rabais. Ce qui compte, c'est que ça brille. Cela dit, les prix de certains joailliers donnent le vertige. La bague de fiançailles la plus chère de Tiffany s'affiche à 1,2 million de dollars et chez Harry Winston, l'un des diamantaires les plus réputés de New York, on ne parle même plus de prix. Woody Allen a délicieusement croqué l'ambiance prénuptiale dans sa comédie musicale *Everyone Says I Love You*. Holden Spence (Edward Norton) manque de s'évanouir lorsqu'il va sélectionner la bague chez le fameux bijoutier de la 5ᵉ Avenue avec la sœur de sa *girlfriend* Schuyler Dandridge (Drew Barrymore). La scène est d'autant plus attrayante que l'on peut voir Woody Allen derrière la caméra, dans l'un des miroirs, lorsque le couple danse parmi les diamants. Par contre, quand le comédien Jerry Seinfeld a acheté la pierre précieuse chez Tiffany, toute la boutique était en ébullition. Le rustre n'aurait choisi que deux carats, à peine le minimum syndical! *Shocking!!!*

Barnee se souvient que lorsqu'elle a terminé l'université, son père lui a dit : « Soit je te donne 50 000 $ en espèces, soit je paie ton mariage. » Elle a choisi le mariage, soldé par un divorce huit ans plus tard. « Je voulais être une mariée, avoir la robe, la bague, tout le tralala. Si c'était à refaire, je choisirais les 50 000 $. »

Certains éléments sont indispensables à un mariage réussi. Les fleurs doivent venir de chez Preston Bailey, la pièce montée de chez Sylvia Weinstock (le dernier étage du gâteau sera congelé pendant un an et dégusté par le couple lors du premier anniversaire de mariage), le photographe doit faire du style photo reportage. Le coiffeur doit venir de chez Frédéric Fekkai et s'appeler Antoine ou Cédric. Le maquillage doit être fait par Laura Geller. Il doit y avoir un *rehearsal dinner*, généralement le soir précédant le mariage, et puis la cérémonie suivie du dîner. Le budget moyen avoisine les 50 000 $.

En gage de mariage heureux, la mariée doit porter : « *Something old, something new, something borrowed, something blue.* » « Une chose ancienne, une chose nouvelle, une chose empruntée, une chose bleue. »

À la sortie de l'hiver, la tension monte au rayon des robes de mariée chez Barneys et chez Saks Fifth Avenue. Trouver la parure de rêve, la robe de princesse, sublime, élégante. Ah ! *The Dress...* Les couturiers chouchous de ces demoiselles sont Vera Wang, la prêtresse de la robe nuptiale, Badgley Mischka et Oscar de la Renta. Aujourd'hui, la tendance est aux modèles en satin de soie blanche (la soie sauvage est *over*), bustier ajusté et jupe bouffante. Quant à la traîne, il faut vraiment qu'elle traîne.

Avant toute chose, le couple doit descendre à City Hall, la mairie. Un officier de l'état civil peu amène fait remplir un questionnaire, vérifie les documents officiels et remet la licence de mariage. Les futurs époux peuvent alors faire bénir leur union par qui bon leur semble, entendu que cette personne a le droit de procéder à des mariages. Un prêtre, un rabbin ou même un juge fera l'affaire, un maire aussi, même si *Mayor* Bloomberg n'est pas débordé à marier ses administrés. Dans une pièce à côté, un clerc marie à la chaîne tous ceux qui n'ont pas de quoi investir dans un mariage digne de ce nom. Les couples en jean baskets répondent au rébarbatif « *Next on line* » de l'officier d'état civil blasé, avant de dire « *I do* » et de s'embrasser sous l'œil froid de l'officiant. Il n'est pas rare de voir un futur marié alpaguer un passant pour lui demander d'être son témoin. Lors d'une visite à City Hall, un jeune Chinois s'est précipité sur moi en me demandant, dans un anglais approximatif : « *Please can you be witness? I did not know we need witness. You sign for us. Thank you, thank you.* » (« S'il vous plaît, pouvez-vous être témoin ? Je ne savais pas qu'il faut un témoin. Vous signez pour nous. Merci, merci. »)

Le jour J, ce n'est ni plus ni moins que la perfection qui est visée. *The perfect wedding.* Préparé pendant des mois. Et pour ne rien laisser au hasard, il est courant d'embaucher une *wedding planner* (voir *Wedding planner*, p. 112), histoire d'éviter les faux pas. Ou du moins s'ils sont commis, il est plus facile de blâmer l'organisatrice que belle-maman. Le chemin de l'église sera tapissé de soie. Une future mariée a même mis ses demoiselles d'honneur au régime draconien et exigé que leurs cheveux soient teints de la même couleur. Carley Roney, fondatrice du site web The Knot, spécialisé dans le mariage, a trouvé un surnom de choix pour ces futures mariées obsédées par les moindres détails : les *bridezillas* (quand les *brides*, les mariées, rencontrent Godzilla). Et le plan de table pour le dîner donnerait des maux de tête au plus brillant chef de protocole.

Une affaire encore plus difficile à mener lorsque les conjoints sont de cultures, de religions ou d'univers différents.

Malgré son brassage culturel et sa diversité, et sans doute aussi à cause de cela, New York a parfois du mal à se réconcilier avec les unions mixtes. Le rabbin Roger Ross et sa femme, Reverend Deborah Steen Sei Mei, ont décidé d'aider les couples dans cette situation en célébrant des cérémonies interreligieuses. Ils suggèrent de garder un peu des deux traditions. Généralement, Jésus n'a pas droit de cité, mais le couple choisit un passage de la Bible et le Kiddush, la prière nuptiale juive traditionnelle. Un verre est brisé selon la tradition juive, et une bougie est allumée pour la tradition chrétienne.

Marcy Blum a organisé des centaines de mariages. « Les unions interculturelles sont toujours source de tensions. L'histoire la plus révélatrice, c'est lorsque mon amie Fern s'est mariée avec sa compagne. Le mariage n'avait rien de légal, puisque l'État de New York ne reconnaît pas l'union homosexuelle. Ses parents étaient aux cent coups, non pas qu'elle fasse un mariage lesbien, mais qu'elle s'unisse à une non-juive. »

Noelle, la trentaine divorcée, d'origine italienne, explique que ses parents sont très tolérants. « Mon père est catholique pratiquant, je crois qu'il accepterait tout le monde, quelles que soient sa race, sa religion, son origine sociale, enfin, à condition que je me marie. Il ne pardonnerait pas une union libre ! » La tolérance a ses limites.

Si Marcy Blum ne peut promettre à ses clients un mariage heureux, elle peut au moins leur garantir une fête réussie. C'est déjà un bon début. Voilà presque vingt ans que cette New-Yorkaise flamboyante propose ses services de *wedding planner*. Parmi ses clients, l'acteur Kevin Bacon, le romancier à succès Tom Clancy, la famille Rockefeller et, plus récemment, Billy Joel. Autant dire que Marcy ne fait pas dans le petit mariage. « En général, mes clients dépensent entre 350 000 et 600 000 $. » Marcy est capable de satisfaire les demandes les plus extravagantes. Faire venir des éléphants, transformer un restaurant en jardin d'intérieur en le décorant avec plus de 200 000 $ de fleurs, obtenir l'autorisation de fermer une rue et la couvrir d'une tente de réception : rien ou presque ne lui résiste. « Oh ! si ! Je me souviens, une fois, la mariée souhaitait être déguisée en fée clochette et arriver suspendue dans les airs. Mais les assurances n'ont pas voulu jouer le jeu. » Il y a aussi les *week-end weddings*, dont la logistique n'a rien à envier à celle de la tournée d'une rock star et pour lesquels elle doit organiser non pas un mais trois dîners : le *welcome dinner*, puis le *rehearsal dinner* (pour répéter la cérémonie, la veille), et enfin la *wedding party*. Et pour peu que le mariage ait lieu dans les Caraïbes ou à Londres, il faut évidemment prévoir quelques activités ludiques pour occuper les invités sur place.

Le luxueux St Regis Hotel, le Starrett-Lehigh Building[1] et les studios de photos, aux vues spectaculai-

---

1. Situé dans Chelsea, cet ancien entrepôt ferroviaire des années 30 est, selon nous, l'un des plus beaux bâtiments de la ville.

res, de la 26ᵉ Rue font partie de ses lieux new-yorkais préférés pour organiser des fêtes. « Je ne suis pas décoratrice, insiste Marcy. Un *wedding planner*, c'est beaucoup plus que ça. J'ai parfois l'impression d'être psy : j'entre dans l'intimité des gens, je passe des après-midi entiers à discuter du moindre détail de la cérémonie et donc de leur vie. » Quand Marcy a commencé dans le métier, il n'y avait que cinq *wedding planners* à New York. Aujourd'hui la concurrence est rude. « Certains disent qu'ils organisent trente mariages par an. Moi, je pense que douze c'est un maximum si on veut bien faire les choses. » Ses tarifs ? Pas moins de 30 000 $. « Mes clients sont souvent débordés par leur métier et ne veulent pas perdre de temps avec l'organisation. Je connais les bonnes adresses et toutes les ficelles. Avec moi, ils sont sûrs qu'il n'y aura pas d'oubli ni d'impair. Je dois penser à tout, y compris savoir qui ira chercher la grand-mère ou le fils du premier mariage à l'aéroport. D'ailleurs, c'est parfois moi qui m'en charge ! »

MADAME JANIS

Quand les milliardaires de la ville ont des velléités de mariage, c'est à Janis Spindel qu'ils viennent se confier. Janis, qui se surnomme elle-même Cupidon en tailleur Chanel, sait quel genre de femme les riches et célèbres recherchent. Et, moyennant finance, elle va se charger de draguer pour eux. « Les hommes qui ont des postes à très hautes responsabilités n'ont pas le temps d'avoir une vie sociale, donc ils viennent me voir, ils me disent très clairement ce qu'ils veulent. En fonction du profil du client, je facture entre 16 000 $ et 26 000 $ pour douze introductions. »

Si vous êtes au rayon parfumerie de Bloomingdale's et que vous vous faites accoster par une femme vous demandant si vous êtes célibataire, c'est sans doute Janis, en repérage pour un client. « Où que je sois, j'accoste des femmes. Mon métier, c'est de sortir, d'aller dans les boutiques, les bars, les soirées pour trouver des candidates. J'ai toujours les *desiderata* de mes clients en tête. »

Janis ne déparerait pas parmi des maquignons. Avec ses clients, elle parle blancheur de dents – « Passé 30 ans, tout le monde devrait se les faire blanchir » –, décolleté – « Les hommes n'aiment pas qu'une femme pose ses seins sur la table au premier dîner » –, tour de hanches – « Mes clients ne veulent pas de femmes enveloppées » – et tenues vestimentaires – « Sortez les jupes, montrez les jambes. Ils en ont marre des pantalons. »

Les services de Janis ne s'adressent qu'aux hommes. « Je ne prends pas de femmes dans ma clientèle, sauf si elles sont sublimissimes. Sinon, c'est trop difficile. Les femmes sont trop exigeantes. Par exemple, elles veulent un banquier blond aux yeux bleus et qui ne porte pas de barbe. Comme si le rasoir n'existait pas. Les hommes sont beaucoup plus ouverts, à condition qu'on leur présente la femme parfaite. »

« En ce moment, je cherche une femme d'environ trente ans, très belle, ayant fait des études supérieures et qui ne veut pas d'enfant, pour un homme de cinquante-neuf ans, un milliardaire. Celui-là me paye 26 000 $. C'est une demande difficile, mais j'y arriverai. Oh, *by the way*, vous n'auriez pas des copines françaises célibataires ? Les Françaises ont la cote, elles ont généralement de la classe, ça plaît bien. Le seul problème c'est qu'elles fument. »

Janis marie les riches de la ville depuis onze ans. « Tout a commencé parce qu'en un an, j'ai présenté douze copains à douze copines, et ça s'est conclu par douze mariages. Mes amis m'ont dit : "Tu sais assortir les gens, tu devrais en faire ton métier." Aujourd'hui, je parcours le monde pour trouver des femmes extraordinaires pour des hommes brillants. Je gagne très bien ma vie. » Et pour nous le prouver, Janis nous colle sous le nez une énorme bague offerte, dit-elle, par un multimillionnaire de 45 ans à qui elle a présenté une jeune femme de 28 ans. « Il était tellement heureux qu'il m'a offert cette bague, vous savez, c'est la même que celle que Ben Affleck a offerte à Jennifer Lopez. » Si le client a offert un diamant rose à 1,2 million de dollars de Harry Winston à Janis Spindel, on vous laisse imaginer ce qu'il a offert à sa future épouse…

ADRESSES DATING

8minutes dating
www.8minutedating.com

Janis Spindel
Serious Matchmaking, Inc
Tél. : 212-987-1582
www.janisspindelmatchmaker.com

Marcy Blum Associates Inc
259 West 11th Street
Tél. : 212-929-9814

St Regis Hotel
2 East 55th Street
Tél. : 212-753-4500

4 Quand
les pintades
s'envoient en l'air

New York, multisexe

En matière de sexe, notre copine Shelley n'est pas timide. Belle plante d'origine dominicaine, cheveux longs et bouche sensuelle, elle nous explique : « Moi, je suis bisexuelle. J'aime bien les hommes et j'aime bien aussi les femmes, pourquoi choisir quand on peut avoir les deux ? » Après tout, c'est vrai, Shelley ! Pourquoi choisir quand New York offre de quoi égayer les appétits sexuels de tous acabits ? Ici, on peut vivre à peu près tous ses rêves, faire l'amour avec des personnes de tous les sexes, oser les conduites les plus outrageuses sans outrager personne. La ligue des bonnes mœurs a choisi de ne pas franchir le Holland Tunnel. Pas de ministère du Vice et de la Vertu. Et même si Rudy[1] est passé par là, la vitalité sexuelle de New York est tenace.

Shelley assume pleinement son inclination pour les deux sexes : « Je n'ai pas de problème et généralement mes partenaires non plus. Je suis dans une relation hétérosexuelle depuis deux ans, mais si ça ne dure pas, je n'exclus pas de sortir avec une femme. » Au chapitre de la volupté, les hétéros ne sont pas en reste. Melinda Gallagher, fondatrice de Cake, qui promeut l'épanouissement sexuel de la femme, organise des *sex parties* pour les membres de son association. « Ce sont des fêtes destinées aux femmes. Les New-Yorkaises ont gagné beaucoup de leurs combats. Elles se sont bat-

---

1. Rudolph Giuliani, maire de New York de 1994 à 2001.

tues pour leurs droits, pour l'égalité avec les hommes, mais aujourd'hui, elles réalisent qu'il y a un manque dans leur vie sexuelle. Elles ont des fantasmes, elles veulent les explorer et nous leur proposons un espace pour ça. »

Les New-Yorkaises sont de plus en plus aventureuses, joueuses et exhibitionnistes. Comme on allait autrefois jouer au bowling entre amis, on va maintenant à des *sex parties*. Les soirées sexuelles sont les nouveaux hauts lieux de la branchitude new-yorkaise. Palagia, une New-Yorkaise d'origine grecque, se défend d'organiser des orgies. Depuis trois ans, elle organise des fêtes où de jeunes couples de cadres dynamiques et esthétiquement plaisants viennent faire l'amour, échanger leurs partenaires, faire un *ménage à trois*[1], ou à quatre, voire à cinq, ou plus simplement passer un bon moment dans une ambiance chargée d'érotisme. Les soirées ont lieu dans des appartements privés. L'adresse est divulguée à la dernière minute et un mot de passe est nécessaire. Lingerie fine et fantaisies sont exigées. Et vous pouvez laisser le reste – inhibitions comprises – au vestiaire.

Le Trapeze

Piste de danse au premier étage et parties fines au deuxième. Si vous êtes une âme en mal d'échangisme, courez au club de la 27e Rue. Les couples (en particulier les hommes) ne sont pas tous de la plus grande fraîcheur, mais tous sont libertins et si vous fantasmez plus sur Dick Cheney que sur Brad Pitt, alors Le Trapeze est fait pour vous.

Franck, un copain italo-suisse exilé à New York depuis plus de dix ans, a une bonne vue d'ensemble. « D'après mon expérience, les filles ici ont plein de

---

1. En français dans le texte.

tabous, mais elles veulent jouer les femmes libérées, alors dans l'intimité, on a l'impression qu'elles ont à la main un livre du genre *7 secrets pour rendre votre homme heureux au lit*. Elles font tout ce qu'elles ont lu, dans l'ordre ou dans le désordre et avec frénésie. Franchement, elles sont un peu névrosées. »

Névrosées, libérées, pudibondes et dévergondées. Pas facile de faire la part des choses. Les New-Yorkaises sont pleines de contradictions et pleines d'aspirations. De même que la ville offre toutes les cuisines du monde, elle propose de parfumer la vie sexuelle de ses habitants à tous les arômes de la perversité. *French Vanilla* ou café serré.

En plein cœur de Chelsea, la plus belle boutique de latex de la ville a ouvert ses portes il y a sept ans. L'odeur un peu entêtante de caoutchouc accompagne le cha-land qui parcourt les rayonnages de corsets lacés, de jupes fendues et de combinaisons intégrales. Le divin marquis s'y serait senti chez lui. Sam, propriétaire de la boutique DeMask, explique : « La mode SM est de plus en plus *mainstream*. J'attends avec impatience le jour où l'une de nos tenues sera portée aux Oscars. » Une employée qui réarrange les fouets et autres jouets de torture dans la vitrine se retourne vers nous : « Le SM a le vent en poupe. Les donjons tenus par des *domina-trix* s'ouvrent plus vite que des magasins de bonbons. En particulier vers la 30ᵉ Rue, c'est incroyable. À croire que toute la ville veut des fessées. »

Mistress Raven n'est pas une néophyte du BDSM (Domination Soumission Sado-Maso) : elle est la patronne intelligente et séduisante de Pandora's Box, le donjon le plus huppé de la ville. Le sourire franc, elle nous accueille avec spontanéité. « La rénovation a coûté un demi-million de dollars. Tout est dans le détail. Les pièces sont reproduites à l'identique. » Mistress Raven a ouvert son donjon il y a dix ans. Totalement légal, l'établissement a pignon sur rue. « Ce que nous faisons est permis, à condition qu'il n'y ait pas acte de pénétration. Nous n'avons jamais eu le moindre problème avec la loi. Vous savez, la ville tolère toutes les fantaisies sexuelles, à condition qu'elles soient mutuellement consenties, et ici, les clients paient pour recevoir leurs sévices. » À l'origine, Mistress Raven avait une existence tranquille. Son second mari l'a initiée à la culture SM. « Quand j'ai rencontré mon mari, je n'y connaissais rien. Il a commencé à me parler de ses fantasmes de soumission et de domination, alors j'ai éprouvé le besoin de m'informer, de connaître cet univers. Et puis, il y a eu le film *Maîtresse* du génial Barbet Schroeder, avec Gérard Depardieu. (Elle prononce *De-Pah-Diou*). Ce film a changé ma vie et j'ai décidé de travailler comme domina dans un club puis, une chose en entraînant une autre, j'ai commencé à recevoir les clients chez moi, et enfin j'ai ouvert un donjon. » Elle nous propose le tour du propriétaire. D'abord, elle nous montre la salle Ming : « C'est la salle de torture chinoise, les portes sont des antiquités. Au bout du couloir, vous avez la salle d'examen gynécologique. Notre collection de spéculums est inégalée. Ici, c'est la salle de classe. Nous avons beaucoup de fantaisies d'écoliers et d'institutrices. Là, c'est la salle de torture traditionnelle. » Mistress Raven remarque que la porte est fermée. « Ah quel dommage, une séance est en cours, j'aurais vraiment voulu… » La porte s'entrouvre, laissant passer une jeune femme en cuissardes à talons et corset en latex. Mistress Raven lui demande : « Dis, ton client serait OK pour qu'on entre ? » Le visage de la jeune domina s'illumine. « Oh, c'est exactement ce qu'il lui faut, des spectateurs. Il sera mortifié, il va adorer ça ! » Elle s'efface devant nous pour nous laisser entrer. Le client, un homme d'une cinquantaine d'années dans son plus simple appareil, est en train de recevoir des sévices que la pudeur nous empêche de décrire dans ces pages. Il a en effet l'air béat et notre intrusion semble le combler. Mistress Raven, d'un air très naturel, nous explique le fonctionnement de quelques machines, s'enquiert du bien-être du client – « *Is everything to your convenience ?* » –, puis reprend, sans se soucier de lui une seconde de plus : « New York est incontestablement la capitale américaine du SM. C'est une ville progressiste, peuplée de gens éduqués et sophistiqués. En même temps il y a beaucoup de désirs réprimés. Nous sommes une société puritaine, alors les fantasmes explosent et se vivent à 200 %. » Si le marquis de Sade avait pu choisir l'exil, il aurait choisi New York, *circa* 2008 !

Farès, vendeur de diamants chez un célébrissime bijoutier de la 5e Avenue, affectionne sans doute encore plus que nous le taffetas et les dentelles. Les soirs de fête, il enfile robes et paillettes (confectionnées sur mesure par Lola, sa couturière transsexuelle), perruques et faux cils. Il devient la glorieuse Sultana. Avec son divin accent égyptien, il admet que New York est la seule ville au monde où il peut combiner ces deux univers. « Tous mes collègues de la bijouterie sont venus me voir en Sultana quand je chante sur scène. Les gens adorent. »

Depuis cinq ans, Melinda Gallagher de Cake observe que les femmes expriment davantage leurs désirs.

Malgré les *stimuli* de la ville, beaucoup de chemin reste à faire avant de pouvoir affirmer que les New-Yorkaises vivent une sexualité libérée et sans tabous, mais Melinda espère contribuer à la troisième révolution sexuelle chez les 25-35 ans. « Elles réclament beaucoup d'orgasmes, une vie sexuelle riche et variée. Elles ont depuis longtemps un *goodie drawer* (comprenez un tiroir où elles rangent leurs godemichés). Maintenant, elles veulent passer à la vitesse supérieure : plus d'action et plus de plaisir avec leurs partenaires. » En bref, messieurs, à New York, être un mauvais coup *is not an option*.

Le plaisir, ça s'apprend

L'ÉCOLE DES FEMMES

À New York, entre un cours de cuisine, une classe de yoga, un atelier de tricot (c'est le grand retour du tricot chez les branchées) et une leçon d'espagnol, on peut aussi suivre un cours sur le plaisir féminin. Une discipline de plus en plus en vogue si l'on en juge par le nombre de *workshops* dédiés à l'extase de la femme qui fleurissent un peu partout dans la ville, dans des sex-shops, au Museum of Sex et dans diverses écoles créées par des divas ou des sexologues. Intriguées, nous voilà donc parties la fleur au corsage pour assister un dimanche soir à une conférence intitulée « Point G et éjaculation féminine ». Alors que nous prenons place sur des chaises pliantes au milieu d'une quarantaine de personnes, nous découvrons, posés sur une estrade face à nous, un lit, un flacon de lubrifiant, un rouleau de Sopalin et divers modèles de godemichés. Aïe! On pensait avoir signé pour une remise à niveau théorique, pas pour une séance de travaux pratiques! Les deux animatrices, Felice, perchée sur des bottes vernies à talons vertigineux, et Ashley, dont le physique androgyne n'est pas dépourvu de charme, mettent à l'aise leur auditoire. « Si vous reconnaissez une collègue de bureau dans l'assistance, restez naturel et n'allez pas faire des sous-entendus graveleux demain matin quand vous la verrez à la machine à café. » Les « élèves » sont essentiellement des femmes, entre 25 et 50 ans, certaines sont venues en couple, mais quelques hommes esseulés (voyeurs ou solidaires de la cause féminine?) traînent aussi dans l'assistance. L'atelier démarre par un cours d'anatomie qui repose, à notre grand soulagement, uniquement sur des dessins. « Nous allons vous expliquer comment localiser votre point G et comment le stimuler. Nous espérons que ça vous permettra d'en tirer autant de plaisir que nous. » Une heure et demie plus tard, après avoir visionné une vidéo on ne peut plus explicite, admiré un vagin en peluche, plongé la main (préalablement lubrifiée, d'où le Sopalin) dans un sexe géant en silicone pour toucher du doigt la fameuse zone érogène, regardé nos animatrices simuler des positions stimulantes (d'où le lit! Mais elles sont restées habillées et personne n'a eu à dévoiler son intimité) et faire une revue comparée de différents accessoires sexuels – le célèbre Rabbit Habit (voir Le sex-shop des filles, page 130) et le *dildo*[1] en verre sont chaudement recommandés –, nous repartons pétries de connaissances sur la « prostate féminine », avec le conseil suivant : « Prenez un après-midi *off*, restez au lit et mettez tout ça en pratique. »

L'ambiance du *workshop* avait beau être décontractée, et pour une fois absolument pas dogmatique, il était frappant de constater que les participantes n'étaient pas là pour rigoler (pas de gloussements ni de blagues de collégiennes), mais pour apprendre, stylo et carnet de notes à la main. Les New-Yorkaises vont à l'école du sexe comme elles vont à des cours du soir d'arrangement floral ou de décoration intérieure. Elles lisent ou vont même consulter Betty Dodson, prêtresse féministe de la masturbation qui en veut toujours autant à Freud pour avoir qualifié l'orgasme clitoridien d'« immature » et qui fait aujourd'hui l'apologie de la *dual stimulation*, comprenez la double stimulation, point G et clitoris. Il n'y a plus les *Clit-girls* d'un côté et les *G-girls* de l'autre, mais les *Combo-girls* qui doivent apprendre à profiter de toutes les opportunités.

Les New-Yorkaises sont de plus en plus nombreuses à consulter des sites Web dits adultes, à s'acheter des vibromasseurs, à regarder des films érotiques et pornographiques. En janvier 2004, deux habitantes de Brooklyn ont d'ailleurs lancé *Sweet Action*, un magazine porno destiné aux hétérosexuelles. Cinquante pages en couleur d'hommes nus. L'industrie du sexe, jusque-là orientée vers les hommes, s'est faite conviviale et *girlie* pour satisfaire les filles. Du sexe ludique vendu par des femmes à d'autres femmes. Certaines

---

1. Le godemiché.

organisent par exemple des *sex-toy parties*, également appelées *fuckerware parties*. Une hôtesse invite ses amies à déguster des petits-fours et des cocktails dans son salon, sauf que les Tupperware en polyéthylène des années 50 ont été remplacés par des objets oblongs en silicone et en latex. Passion parties, For Your Pleasure, des sociétés spécialisées dans l'organisation de ce genre d'événements, forment des consultantes pour animer des réunions de démonstration à domicile. Une activité apparemment lucrative.

Debra Curtis, anthropologue à l'université Salve Regina de Newport, à Rhode Island, s'est intéressée à cette émancipation récente dans un pays marqué par le puritanisme. « On assiste depuis quelques années à une sorte de nouvelle révolution sexuelle. Pas seulement chez les femmes éduquées et libérales des grandes villes comme New York. Ça concerne aussi la chauffeuse de bus et la femme au foyer de l'Amérique profonde. Elles ont hérité de la liberté sexuelle revendiquée dans les années 60. » Au cours de ses recherches, Debra Curtis a observé une évolution chez les femmes. « Dans les années 70, le sexe était considéré comme dangereux et sale par les féministes américaines. Il fallait s'en méfier et lutter contre les abus sexuels. Aujourd'hui, la sexualité est redevenue positive et synonyme de plaisir. Les femmes ont de nouveaux désirs. Les pratiques changent. Elles veulent contrôler leur vie sexuelle. Bien sûr, quand elles vivent dans un milieu conservateur, ce n'est pas toujours facile de concilier leurs fantasmes avec la peur du regard des autres. »

Les New-Yorkaises continuent de se battre pour l'égalité sociale et politique des sexes, et pour des droits menacés par les années Bush. Mais elles portent des talons, s'épilent, se maquillent, et voient dans le sexe une source de pouvoir et d'épanouissement personnel. Féminines et féministes à la fois, elles se réclament de la *Third wave feminism*, la troisième vague du féminisme. Et elles militent pour une égalité supplémentaire : l'égalité au lit. Pour que la relation sexuelle ne soit pas calquée sur la mécanique de l'orgasme masculin, mais qu'elle respecte le désir féminin. Ça vous rappelle quelque chose ?

LE SEX-SHOP DES FILLES

« Comment choisir le vibromasseur de vos rêves ? » La question peut choquer la novice, mais chez Babeland, il vaut mieux laisser sa pudeur à l'entrée. L'établissement n'a rien du sex-shop glauque de bas étage. Avec sa façade de briques rouges et sa vitrine aux couleurs chatoyantes, il se confond presque avec les devantures de créateurs et les magasins de vêtements branchés pour enfants bobos de cette rue de Soho.

À l'intérieur, c'est l'antre du point G, la caverne du clitoris, la tanière du plaisir féminin. Le Sephora du sexe en quelque sorte. Des gadgets en tous genres s'étalent à perte de vue, promesses d'une extase inégalée. Un peu partout, des petits écriteaux conseillent l'acheteuse potentielle. Ce qui n'est pas superflu. Comment s'y retrouver devant les nombreux modèles de godemichés par exemple, aux noms aussi mystérieux que Commando, Woody ou encore Jane Doe ? La taille, la forme, tout a évidemment son importance dans l'affaire. Premier conseil averti et pragmatique : « N'hésitez pas à comparer la longueur et l'épaisseur de l'objet en question avec vos doigts et vos mains pour voir si la taille convoitée est bien réaliste. » Après, tout est question de goût : la forme (droit ou courbé), le matériau – plastique, verre, caoutchouc ou silicone. Là, la vendeuse est catégorique : « Le silicone, y a pas mieux. » Devant votre air perplexe, elle ajoute, doctement : « Ça n'est pas poreux. Pour le nettoyer, il suffit de le plonger 10 minutes dans l'eau bouillante ou de le passer en machine. Et vous pouvez le chauffer ou le glacer, selon vos préférences. Ça coûte un peu plus cher, mais ça vous dure presque toute la vie. »

Personne ne se moquera de votre ignorance ou de vos hésitations de bleue. Les maîtresses des lieux sont toutes prêtes à partager leur savoir. Alors que vous retournez dans tous les sens un vibromasseur rose baptisé Rabbit Habit, dont le phallus en plastique est agrémenté sur le côté d'une petite tête de lapin, en vous demandant à quoi diable peuvent bien servir les oreilles de l'animal et les petites perles insérées dans le corps principal, une vendeuse vient gentiment vous préciser que c'est l'un de leurs best-sellers, avant d'empoigner l'objet en question pour vous en décrire les vertus : « C'est un vibromasseur 3 en 1 parfait pour les débutantes. Ça fait le point G, le clitoris et le vagin en même temps. » Ne vous avisez pas de la regarder avec des yeux de merlan frit et de lâcher un ricanement nerveux devant l'imagination débordante des fabricants de jouets érotiques. Le plaisir féminin, c'est sérieux. Un panneau explique quand même que si les vibromasseurs fantaisistes ressemblent à tout sauf à des accessoires sexuels, c'est parce qu'ils sont souvent fabriqués au Japon où la loi interdit de commercialiser des objets à fonction sexuelle et où ces gadgets ont longtemps été vendus au rayon jouets. Chez Babeland, pas de gêne ni d'ambiance *backroom*, l'orgasme de la femme est le but ultime à atteindre. Les rayons SM et *bondage* sont considérés comme des promesses de bonheur et non comme des vices à cacher. Comme on est chez les filles, on trouve des fouets dans une jolie gamme de couleurs, présentés tels des bijoux dans leurs écrins, et des petits accessoires spécialement conçus pour être glissés en toute discrétion dans un sac à main : les vibromasseurs en forme de vernis à ongles et de rouge à lèvres sont des indispensables.

C'est le troisième sex-shop ouvert par Claire et Rachel, originaires de Seattle. Elles ont voulu décomplexer leurs congénères et leur offrir un lieu où elles ne risqueraient pas d'être reluquées d'un air vicelard par des hommes en mal d'expériences *borderline*. L'endroit est dédié à toutes les femmes, quelles que soient leurs préférences sexuelles. Aphrodite ne l'aurait pas désavoué.

ADRESSES SEXE

Babeland – LE sex-shop des pintades
43 Mercer Street
Tél. : 212-966-2120

Betty Dodson – prêtresse de la masturbation
www.bettydodson.com

Cake

Une fois par mois, Melinda Gallagher et Emily Kramer organisent des soirées érotiques pour les femmes. Lors de notre passage, c'était le thème *pool party*. On a trouvé l'ambiance *mellow* (tranquille), mais on a vu des photos d'autres fêtes et certaines ont l'air « Oh-ah !! », chaud bouillant.
www.cakenyc.com

DeMask – boutique SM
135 West 22nd Street
Tél. : 212-352-2850

For your Pleasure – *sex-toys parties*
www.foryourpleasure.com

Le Trapeze
17 East 27th Street
Tél. : 212-532-0298

Masturbakers

Parfait pour un enterrement de vie de jeune fille, Masturbakers prépare des gâteaux en forme d'attributs sexuels. Au menu, les pâtissiers offrent une pléthore de pénis et de tétons aux couleurs presque réalistes. Ce n'est pas appétissant et c'est d'un goût vraiment douteux, mais si vous êtes d'humeur farceuse, allez-y.
511 East 12th Street
Tél. : 212-475-0476

Meow Mix, Henrietta Hudson, Cattyshack

La ville offre un grand choix de clubs et de bars pour les filles qui s'aiment entre elles. Voici le trio gagnant des clubs lesbiens. Commencez par Henrietta Hudson dans West Village, un incontournable de la scène *dyke*, accueillant également les hommes et les femmes hétéro. Allez ensuite au Meow Mix, qui réunit un mélange de *butches* (femmes au physique masculin) et de *femmes** (comprenez des femmes féminines). Ambiance saphique militante. Craquez pour le tee-shirt « *Don't fuck with the ladies* ».

Meow Mix
269 East Houston Street
Tél. : 212-254-0688
Cattyshack
249 4th Avenue, Brooklyn
Tel: 718-230-5740
Henrietta Hudson
438 Hudson Street
Tél. : 212-924-3347

Museum of Sex
233 5th Avenue
Tél. : 212-689-6337

One Leg Up fêtes – érotiques organisées par Palagia
www.onelegup.com

Pandora's Box – le donjon SM le plus raffiné de New York
250 West 26th Street
Tél. : 212-242-4577

Passion Parties – *sex-toys parties*
www.passionparties.com/

Pink Pussy Cat
C'est presque la genèse des sex-shops. On y trouve tout ce qu'il faut pour remplir son *goodie drawer* dans une ambiance lubrique à souhait. L'établissement de West 4th Street existe depuis les années 70, et à l'intérieur, rien n'a changé. Donc, c'est totalement ringard, particulièrement *sleazy* (vicelard), mais c'est un incontournable du jouet pour adultes. Le simple fait de franchir la porte donne l'impression d'avoir donné sa vie au stupre.

167 West 4th Street
Tél. : 212-243-0077

Sweet Action – le magazine porno pour filles
www.sweetactionmag.com

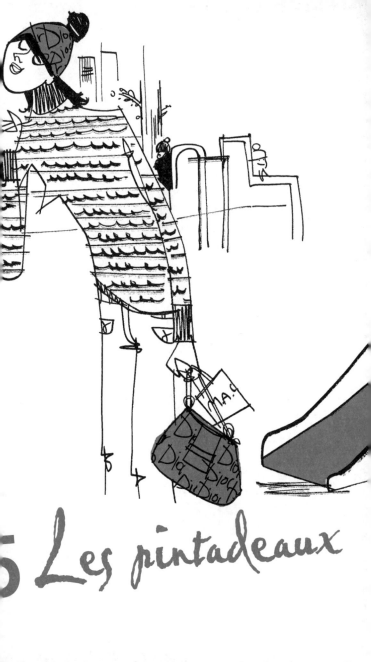

5 Les pintadeaux

La pintade quintessence de la mère poule

La *mama hip* est devenue une icône new-yorkaise, au même titre que la célibataire émancipée.

Les stars qui s'épanchent sur les joies de leur nouvelle maternité se succèdent en couverture des magazines branchés, les boutiques d'*European designers* pour enfants ouvrent les unes après les autres, et le sac à langer Kate Spade comme le porte-bébé Yamamoto sont les accessoires des femmes sexy qui en ont les moyens. C'est sûr, l'accessoire le plus branché, c'est un bébé porté sur la hanche comme l'annonçait le magazine *Vogue* en 2003.

Comme nous avons pu le lire, la pintade est l'archétype de la mère poule et, encore une fois, la New-Yorkaise se pare d'un attribut de notre oiseau fétiche.

New York, dont la *nightlife* interlope a fait rêver les noctambules du monde entier, est devenue une métropole familiale. À force de « dater », les *yuppies* qui se sont enrichis – et ont enrichi la ville – dans les années 90 grâce à Wall Street et à la bulle Internet ont fini par rencontrer l'âme sœur et par avoir des enfants.

Elle est loin l'époque où le ghetto B.C.B.G. de l'Upper East Side et son éternel rival bohème de l'Upper West Side étaient les deux seuls lieux résidentiels de Manhattan. Profitant de la politique de *gentrification* [1]

---

1. Politique de réhabilitation urbaine dont le but est de construire des quartiers résidentiels et d'attirer les classes moyennes supérieures.

et de la baisse de la criminalité, les bébés *middle-upper class* ont investi l'East Village, Tribeca, Chelsea, Battery Park City – d'anciens *no man's land*, districts industriels, repaires de marginaux et quartiers coupe-gorge de Manhattan – et des quartiers de Brooklyn, comme Fort Greene Park, Brooklyn Heights, Park Slope, Carroll Gardens et Williamsburg.

Élever un enfant à Manhattan coûte cher. Les appartements sont petits et hors de prix. Les modes de garde atteignent des tarifs exorbitants : 2 000 dollars par mois pour une *nanny* à temps plein, 1 200 dollars minimum par mois pour un *day care* ou une *preschool* – forcément privés puisque le système public n'accueille les enfants qu'à partir de 4-5 ans. Le répit financier – relatif puisqu'il faut de toute façon économiser pour les futurs frais d'université de Junior – ne commence qu'avec l'âge béni de l'entrée en *kindergarten* public. Mais face au niveau insuffisant de la plupart des établissements municipaux, certains parents continuent à se serrer la ceinture pour payer une bonne école privée à leur progéniture. D'autres, plus fortunés, plus pistonnés et plus névrosés, sont prêts à n'importe quoi pour faire entrer leur enfant dans des écoles privées ultra *select*, censées les mettre sur les rails de la réussite.

Si certaines familles finissent par déménager dans les *suburbs* à la naissance du deuxième ou du troisième, beaucoup restent *in the city*, décidées à profiter de sa diversité et de sa richesse culturelle. Et dans cette ville bien plus *kid-friendly* que Paris, par exemple, on peut trouver des activités pratiques et souvent gratuites pour les enfants en bas âge.

On ne vous apprend rien : concilier vie familiale, carrière et épanouissement personnel n'est facile nulle part. Mais ça l'est sans doute encore moins à New York, ville championne du *workaholism*. Il n'est pas étonnant que les jeunes femmes qui viennent ici aient l'ambition chevillée au corps et des rêves de réussite professionnelle. Leur devise : « *The sky is the limit* ». Du coup, *ooops!*, entre un *conference call* et un *board meeting*, elles réalisent à 40 ans qu'elles ont oublié de faire un bébé. De fait, rien n'aide les femmes à devenir mères. Le congé maternité légal se résume à huit semaines non rémunérées dans les entreprises de plus de 50 salariés, le système public ne prend quasiment pas en charge les enfants en bas âge, et une minorité d'entreprises commence tout juste à s'intéresser à l'aménagement du temps de travail pour les mères – et pour les pères. 72 % des Américaines dont les enfants ont moins de 18 ans travaillent. Mais, pour la première fois en 40 ans, les statistiques montrent que le pourcentage de femmes travaillant avec des enfants de moins d'un an a diminué[1]. À New York, de plus en plus de femmes mariées, blanches, trentenaires et éduquées, décident d'abandonner, au moins quelques années, leur job pour élever leurs enfants, convaincues qu'elles ne peuvent pas « tout avoir en même temps ». Un phénomène pour l'instant marginal, baptisé *the opt-out revolution*, mais que les sociologues surveillent de près.

Ici, les *stay-at-home mothers* et les *working mothers* for-ment deux clans qui se livrent une guerre idéologique sans merci, comme l'Amérique en a le secret pour les questions de société. C'est à celles qui seront les mères les plus parfaites. Et dans ce domaine, on

---

1. Passant de 58 % en 1998 à 55 % en 2000.

a vraiment l'impression qu'elles sont de moins en moins nombreuses à faire confiance à leurs instincts. Les maisons d'édition ont bien compris leur désarroi et ne se privent pas de publier les thèses dogmatiques et contradictoires de dizaines de pédiatres. Bientôt, il faudra publier un livre qui leur expliquera comment arrêter de penser selon les livres.

La saison de la ponte

CONGRATULATIONS

« *Congratulations, you're pregnant.* » Le test est positif, la prise de sang a confirmé le résultat. Dans quelques mois, votre ventre va s'arrondir. Et, d'un seul coup, vous venez de basculer dans une nouvelle dimension. La dimension XXL avec taille épaisse et chevilles enflées. À New York, être enceinte est une drôle d'aventure. Toute la ville a son mot à dire sur la façon dont les femmes enceintes vivent leur vie. D'abord, bien sûr, les obstétriciens. Lors de la première visite, les médecins se font un devoir de donner une liste d'aliments interdits : hot dogs (*anyway*, qui voudrait manger ces choses grasses, première cause d'empoisonnement alimentaire dans la ville ?), fromages (en particulier les français, qui puent), sushi, thon et, bien sûr, vin. Certains prennent la chose tellement au sérieux que récemment un barman a refusé de servir un verre de vin à une cliente française enceinte de 8 mois. Alors qu'elle protestait en arguant du fait que son obstétricien l'avait autorisée à consommer des boissons alcoolisées, le barman zélé lui a mis la recommandation du *Surgeon General* (le directeur général de la santé américain) sous le nez : « *Drinking while pregnant can cause birth defect.* » « *How can you do that to your unborn child!?* » (« Boire enceinte peut causer des malformations fœtales. » « Comment pouvez-vous faire ça à votre futur enfant ? ») Dans sa harangue, il l'a accusée d'être une mauvaise mère avant même que l'enfant soit né. C'est sûr, il y a quelques différences culturelles entre New York et Paris.

Dès qu'on prononce le mot *pregnancy*, il devient normal de montrer des photos de femmes nues, des gros plans en tous genres, des bébés venant au monde dans les scènes les plus graphiques, en couleur et en haute résolution. Pour une raison étrange, tout ce qui jusque-là était tabou peut être exposé ouvertement. L'intimité des femmes enceintes est discutée en long en large et en travers sans que personne s'en offusque, bien au contraire. Dilatation, contractions et col de l'utérus sont au menu des conversations entre amis, même si c'est au grand dam de la principale concernée. Le placenta d'une femme enceinte est un sujet de conversation aussi courant que les résultats des Yankees (l'équipe vedette de base-ball).

La grossesse a ses rituels, l'un des plus attendus étant la *Baby Shower*. Le lecteur attentif aura compris qu'il ne s'agit pas d'une douche ergonomique pour nouveau-né. C'est une tradition d'origine victorienne qui consiste à « doucher » la future maman de cadeaux. Il y a les incontournables : la chaise haute, le tire-lait Medela (une des copines s'empressera d'ouvrir la boîte et d'expliquer avec force gesticulations comment s'en servir), le panier Bellini ou encore le hochet ou la cuillère en argent massif de Tiffany. Seules les femmes ont le droit de cité et elles échangent moult conseils avec la future maman, son ventre rebondi sur les genoux, qui ouvre les cadeaux les uns après les autres en sirotant une tisane relaxante et en mangeant des gâteaux à la crème.

Généralement, ce genre de réunion est le théâtre de débats acharnés sur les techniques Lamaze, Bradley et autres méthodes d'accouchement. Car la préparation à l'accouchement n'est pas seulement l'affaire d'une sage-femme experte en respiration saccadée. Deux écoles s'affrontent. D'un côté les pro-péridurale, de l'autre les anti. Les anti-anesthésie étant généralement des hommes (mais que savent-ils des douleurs de l'enfantement ?) ou bien des femmes de plus de 60 ans qui ont gardé un souvenir brumeux de leur accouchement. Comment dissuader des parents de choisir l'accouchement sans douleur ? Pat Lindsey-Salvo, accoucheuse, enseigne à l'hôpital Beth Israel. Très sympa et dynamique, elle n'est pas contre la péridurale, mais elle insiste lourdement sur ses effets secondaires « épouvantables », en particulier pour le bébé. *« Epidural will make baby lethargic. »* Pour être honnêtes, on n'a jamais vu un nouveau-né réclamer ses chaussures et son manteau pour aller danser. Mais du coup, les pères sont totalement séduits par le message et découragent leur partenaire de choisir une péridurale. Comme cet homme qui expliquait à une copine : « Tu comprends, Sarah est formidable, elle sait bien qu'au moment de l'accouchement, il ne s'agit plus d'elle mais du bébé. » Une fois à l'hôpital, inutile de s'installer confortablement. Au bout de 36 heures, les jeunes mamans et leurs petits anges sont mis dehors. Le deuxième jour, les infirmières demandent en boucle : *« Did the baby poop?* » (« Est-ce que le bébé a fait caca ? ») La première décharge fécale de Junior vous renverra direct dans vos appartements.

Pendant les cours de préparation à la naissance, les croisées de La Leche League, l'association internationale de promotion de l'allaitement, se jettent sur les futures mères. « *Bottle is evil* ». Le biberon c'est le Mal. Et de vanter les bienfaits de l'allaitement, formidable pour le *bonding*, c'est-à-dire pour créer des liens avec son bébé. La Leche League recommande aux femmes d'allaiter exclusivement, de ne pas donner de biberon du tout pendant les premiers mois, sinon Baby risque de souffrir de *nipple confusion* (littéralement : la confusion de téton). Ce mal étrange affecterait les bébés et mettrait en péril le succès de la tétée. En fait, après un rapide tour d'horizon, on doit avouer qu'on connaît beaucoup d'hommes souffrant de *nipple confusion*. La Mecque des femmes qui allaitent, c'est The Upper Breast Side, situé dans le quartier quasi éponyme de l'Upper West Side. C'est l'empire de la poitrine, le temple du lait maternel. Le magasin est légendaire pour faire essayer les tire-lait avant l'achat.

N'allez pas chercher conseil auprès de La Leche League pour sevrer votre enfant. Lorsque nous y sommes allées avec Grand Bébé, on nous a conseillé d'allaiter deux fois plus la nuit pour compenser les tétées manquées dans la journée. « *Yes, you can breastfeed four or five times at night.* » « Tu n'as qu'à allaiter quatre ou cinq fois par nuit. » Dans une ambiance maternelle-fusionnelle, les encouragements fusent pour les stakhanovistes de l'allaitement. Une mère explique que ses tétons se sont « allongés de 6 pouces » (mieux que le nez de Pinocchio, et les mensonges n'y sont pour rien). Réponse de l'animatrice : « Vous faites le boulot le plus merveilleux qui soit. » Tenez-vous-le pour dit, les New-Yorkaises ont une *nursing career*. Pendant la réunion, chaque enfant a été mis au sein au moins trois fois, y compris ceux de deux et trois ans qui se sont servis eux-mêmes comme ils se serviraient dans le réfrigérateur, en déboutonnant chemise et corset pour s'envoyer une petite lampée. On n'aurait jamais cru des bambins capables d'autant de dextérité pour dégrafer un soutien-gorge. On en regretterait presque de ne pas avoir investi dans un corsage d'allaitement quand on était adolescentes. Ça aurait évité à nos petits amis bien des contorsions inutiles !

Si le *baby blues* frappe, des dizaines de mains se tendent. Il existe des groupes de soutien en tous genres pour les jeunes mamans. On vient y trouver du réconfort, des idées, des conseils après des nuits blanches. Toutes les questions sont les bienvenues : « Dylan pète beaucoup et c'est embarrassant, que puis-je faire ? » Eh oui ! les bébés ne naissent pas avec les bonnes manières. Tout un univers social s'est donc constitué pour les mamans et leur marmaille. Impossible de se sentir isolée. Visites organisées de musées avec Bambino, ou alors, suprême activité, cinéma avec bébé.

Le programme Reel Moms, sponsorisé par *Child Magazine* et *Playskool*, permet aux mères d'aller au ciné une fois par semaine avec leur enfant de moins d'un an. Les *hot mamas* de la ville, *sexy-foxy* habillées en Prada et décolleté plongeant, se réunissent dans un multiplex de la 34ᵉ Rue. À l'ouverture des portes, cinquante minutes d'activités d'éveil avec musique *live* et hochets pour papoter en attendant la séance. Au programme lors de notre visite avec Grand Bébé :

Secret Window, avec le talentueux Johnny Depp. On ne vous racontera pas la fin, mais on doit avouer que ce n'était pas tout à fait approprié pour des enfants de cet âge. L'affiche annonçait pourtant la couleur : « Images choquantes pour des enfants de moins de 13 ans, violence, terreur, contenu sexuel et langage licencieux. » Qu'importe, la plupart des poupons ont regardé le film, hypnotisés par les images. Grand Bébé, quant à lui, a eu la bonne idée de s'endormir. Quand les images comportent moins de violence, Reel Moms affiche salle comble. Un succès qui n'est pas volé.

Après avoir survécu à une année de nuits sans sommeil, de vomi projectile et de couches sales, les parents sont généralement tellement stupéfaits qu'ils dépensent plus d'argent qu'ils n'en ont pour l'anniversaire de Cherub. À l'âge de 12 mois, Baby se retrouve entouré de plusieurs dizaines de petits camarades, d'un clown, d'un magicien et d'un musicien. Classiquement, les réjouissances se passent dans une salle louée pour l'occasion. On chante, on boit du jus de pomme et on mange du gâteau au chocolat. Papa et maman sont radieux. C'est généralement au moment de souffler les bougies que Baby fond en larmes, le visage écarlate et le nez morveux. C'est *too much*. Trop de stimulation, de sucre, de petits camarades et de « *Congratulations, Birthday Boy!* ». Douze mois : l'âge de la première overdose.

MES DEUX MAMANS

Après avoir emménagé ensemble dans un appartement Downtown, il y a deux ans, Lisa Springer et sa compagne Liz ont décidé de fonder une famille.

« Nous étions sûres de notre décision et nous n'avions pas de temps à perdre, explique Lisa, professeur à New York University et écrivain. J'avais déjà 45 ans, Liz en avait 39. » L'insémination artificielle avec donneur n'étant pas réservée aux couples hétérosexuels aux États-Unis, elles sont allées à la banque pour acheter du sperme. Liz est tombée enceinte après la deuxième insémination et Aviv est né en 2003.

Liz et Lisa sont loin d'être une exception. Leur fils appartient à la génération dite des *gay babyboomers* : un couple lesbien sur trois et un couple gay sur cinq a des enfants[1].

Bien sûr, les *backrooms* et les tenues en cuir sur corps bodybuildés façon Village People n'ont pas disparu des alentours de Christopher Street, berceau des luttes homosexuelles dans les années 60-70. Mais les couffins et les poussettes ont envahi les rues bordées d'arbres et de *brownstones*[2] du Village, et l'on croise de plus en plus de mamans en couple sur les *playgrounds* de Chelsea ou dans les salles d'attente des pédiatres.

Le *gay babyboom* est sans doute plus accepté dans une ville comme New York, traditionnellement tolérante et qui compte l'une des communautés homosexuelles les plus importantes du pays, que dans le reste des États-Unis. Si Lisa dit avoir été stigmatisée en tant que lesbienne par le passé, elle n'a pour l'instant ressenti aucun ostracisme en tant que *lesbian mom*. « Quand les gens nous abordent dans la rue, par exemple pour

---

1. Parmi les 600 000 foyers se déclarant homosexuels. Recensement national 2000 (données les plus récentes disponibles).

2. Les *brownstones* sont des maisons du XIXe siècle, dont le nom est tiré de la pierre (un grès couleur chocolat) ayant servi à leur construction.

nous demander où nous avons acheté la poussette d'Aviv (une Bugaboo bien sûr, voir La star des trottoirs, page 160), ils intègrent tout de suite le fait que nous sommes ses deux mères et il n'y a pas de malaise. L'"homoparentalité" est beaucoup plus facile à vivre ici, ou dans des villes comme San Francisco et Los Angeles, qu'ailleurs dans le pays. » Au nom de la diversité des familles, une école privée de l'Upper West Side a, par exemple, décidé de ne plus célébrer la Fête des mères ni celle des pères. Ces parents, eux au moins, n'auront plus à porter les colliers de nouilles confectionnés par leur progéniture !

Grâce à la loi « *Second parent adoption* », Lisa pourra reconnaître Aviv. Curieux procédé qui veut que la mère biologique renonce l'espace de quelques instants à ses droits parentaux pour que les deux femmes puissent conjointement adopter l'enfant. Lisa regrette que les homosexuels soient obligés de passer par ce coûteux processus (25 000 $ de frais d'adoption), alors que les hétérosexuels qui ont recours à l'insémination artificielle quand le père est stérile n'en ont pas besoin. « Mais c'est un vrai progrès comparé à ce qu'il se passe dans d'autres États. »

Au grand dam des conservateurs du pays, les études des associations médicales se succèdent pour montrer que les enfants élevés par des homosexuels se développent de la même façon que les autres. Alors que le débat sur le *same sex wedding* a été l'un des principaux thèmes de la campagne présidentielle de 2004, de plus en plus de gays revendiquent aujourd'hui le droit d'exister non plus seulement en tant qu'individus, mais aussi en tant que familles. Et les New-Yorkais font, comme souvent, figure de pionniers.

C'est un samedi après-midi frigorifiant dont New York a le secret. Malgré le vent glacial qui s'engouffre dans les rues de Tribeca, des grappes d'enfants convergent en trottinant vers le Riegel Building d'où s'échappe un joyeux tintamarre. À l'intérieur du loft, des clowns, des jongleurs, un plafond de ballons blancs gonflés à l'hélium, une profusion de friandises et de gâteaux. Les centaines d'enfants présents ne sont pas venus aider un petit camarade fortuné à souffler ses bougies d'anniversaire. Ils sont ici, et leurs parents aussi, pour faire la fête avec leur docteur. Un orchestre joue le tube des Beatles « *Mi-chelllle, ma bellllle* ». La star aujourd'hui, c'est « Dr Michel », comme ils l'appellent, le pédiatre le plus branché de la ville, qui fête les dix ans de son cabinet et la sortie de son livre, *The New Basics for the Modern Parents*.

Michel Cohen est français et c'est *the* pédiatre *in town*. Il faut dire qu'il a tout pour séduire. La blouse blanche, il a oublié qu'elle existait. Cheveux savamment ébouriffés, visage juvénile, il accueille ses patients en chemises orange ou violettes Paul Smith et autres tenues bigarrées de ses créateurs préférés, APC et Comme des Garçons. Aux beaux jours, il n'est pas rare de le voir examiner les petits malades en tongs. Il y a quinze ans, il a quitté la France pour vivre à New York. Longtemps tenté par la chorégraphie, il a finalement opté pour la médecine et s'est installé à Tribeca (*TRIangle-BElow-CAnal Street*). L'ancien district industriel de la ville, dont les entrepôts ont été transformés en ateliers d'artistes et en lofts, est à l'image du pédiatre : relax. Dans une société américaine où les médecins ouvrent tous les parapluies pour se protéger des procès, Dr Michel nous rappellerait presque nos médecins de campagne : il fait des *home visits*, une pratique en voie de disparition, habite à un bloc de là avec sa femme et ses trois filles, et il suffit de prendre un café en terrasse avec lui pour mesurer sa popularité : pas cinq minutes sans qu'il fasse un clin d'œil ou un brin de causette. Un vrai médecin de campagne, sauf que son village est l'un des quartiers les plus branchés de New York, donc du monde. Sauf que sa clientèle cosmopolite compte son lot de bobos promenant leurs *fashion babies* habillés en designers européens et de célébrités comme l'actrice Jennifer Connelly et la photographe Annie Leibovitz. Et sauf que lorsqu'on pousse la porte de son *office*, on a l'impression d'arriver sur *L'Île aux enfants* relookée par Le Corbusier. Il a conçu toute la déco avec sa femme, une artiste peintre.

Désigné *must-have* pédiatre par le *New York Post*, Michel Cohen sait assurément jouer de sa *hype* (pendant quelques mois, on a pu voir trôner dans sa salle d'attente la page du magazine *GQ* sur laquelle il posait, un bébé potelé dans les bras, vêtu d'une veste à carreaux et d'une chemise fleurie). Dr Michel est un sujet de conversation intarissable sur les *playgrounds* : « *You should try him, he's fabulous* », « *I love him, love him, love him. And he's so sexy, that can't hurt* » (« Vous devriez l'essayer, il est fabuleux », « Je l'adooooore ! Et il est tellement sexy que ça ne peut pas faire de mal. ») Son succès ne tient évidemment pas seulement aux couleurs chatoyantes de son cabinet et à son regard charmeur. Son contact décontracté et sa conception de la médecine sont une bouffée d'oxygène dans une ville où la pratique est dominée par l'hypertechnicité. Au risque de se faire des ennemis dans un domaine où les experts autoproclamés pullulent, il assène son credo : la *low intervention*. Autrement dit, faire comprendre que les antibiotiques en particulier, et les médicaments en général, sont loin d'être toujours nécessaires. Dr Michel s'est attiré les foudres de certains en reconnaissant qu'une femme n'a pas forcément envie d'allaiter son nouveau-né, en recommandant aux parents de mettre des limites très tôt pour éviter de voir leurs enfants un jour diagnostiqués à tort hyperactifs. Mais son bon sens, rafraîchissant, a rendu le sourire à des centaines de familles.

Êtes-vous une professional mom ?

MOMMY AND ME

Longtemps Jimmy s'est couché de bonne heure. C'est normal, Jimmy a de longues journées qui l'attendent. Dans l'espoir d'être un homme complet, il s'affaire à son éducation. Jimmy fait de la natation le mardi, de la musique le jeudi. Le vendredi, il fait du *networking* : il rencontre des gens de son âge pendant une heure pour échanger avec eux son point de vue sur le monde. Une ou deux fois par mois, il va au musée et bientôt, il fera de la gymnastique et du football. Jimmy est un homme complet, un homme de son temps. Le seul hic : Jimmy ne parle pas. Il ne marche pas non plus. Rien d'anormal, en fait. Jimmy n'a que onze mois.

Playgrounds and Co

Les urbanistes français devraient faire un petit tour à New York pour s'inspirer de ses *playgrounds*. Dès qu'il y a un rayon de soleil, les aires de jeux, souvent entourées de pelouses et d'arbres, sont prises d'assaut par des ribambelles de gamins. Les Américains ont tout compris, comme souvent quand il s'agit de s'amuser, aux envies des enfants et aux inquiétudes des parents : sol en caoutchouc, toboggans, structures ludiques en métal, balançoires équipées de grandes culottes en plastique dans lesquelles on peut installer un bébé dès qu'il sait tenir sa tête, bacs à sable où l'on est certaine de ne pas tomber sur une crotte (les chiens ont leurs propres *playgrounds*). Sans oublier les fameux *sprinklers*, jets d'eau ouverts dès les premières chaleurs et jusqu'à la fin de l'été indien, sous lesquels se bidonnent des bambins en couche-culotte (même à quatre mois, on ne s'expose pas nu !, avatar du puritanisme). L'un des charmes de New York, sans doute son principal mérite, c'est de renvoyer au monde l'image de sa diversité, de prouver que le mélange des langues et des couleurs est la principale énergie – renouvelable ! – de la planète. C'est sans doute pour cela que les Nations unies ne pouvaient pas dresser leur imposant bâtiment de verre ailleurs que sur les bords de l'East River. La diversité du monde ne se manifeste pas tant par cette assemblée hétéroclite de diplomates que par les quelque 860 *playgrounds*, que l'on pourrait assimiler à des mini-succursales, non officielles bien sûr, de l'ONU. À regarder ses terrains de jeux, New York mérite bien son qualificatif de « capitale du monde ». Parmi nos préférés, pour les installations mais aussi pour l'ambiance et l'environnement, ceux de Hudson River Park, Madison Park, Thompkins Square, Washington Square, Fort Greene Park (Brooklyn) et, bien sûr, les nombreuses aires de jeu de Prospect Park (Brooklyn) et de Central Park (bien que certains, situés dans l'Upper East Side, soient un peu snob).

À l'étage du Sydney Playground, une salle de jeux pour enfants de Tribeca, les mamans et leurs rejetons s'assoient en cercle. Robin, l'animatrice, attrape sa guitare et réclame l'attention de ses élèves. Elle égrène quelques notes et entame la chanson d'ouverture, emblème du programme, Music Together. « *Hello everybody, so glad to see you, hello to Jimmy, so glad to see you...* » Les mamans, les nounous et les quelques papas présents répètent en cœur : « *Hello to Lucy, to Oriana, to Seith, hello to the moms, to the dads, to the nannies, to the grand parents, we're so glad to see you-ouououou.* » Toutes les chansons riment avec bonheur. Les airs sont gais et les messages sont positifs, tolérants et pleins d'amour. Une tonalité différente des comptines françaises qui pendouillent Pierre, qui ordonnent à Jeannette de ne pas pleurer, qui célèbrent la mère Michel et son chat perdu, la bergère qui bât son petit chaton et encouragent au tabagisme dès le biberon, « J'ai du bon tabac dans ma tabatière »!

À New York, quasiment dès la naissance, les bébés ont une vie sociale trépidante. Cours en tous genres et hyperstimulation : la course commence et ne s'arrête jamais. Les New-Yorkaises, comme la nature, ont horreur du vide. Dès que le petit Trevor a commencé à marcher, sa mère l'a inscrit à un cours de gymnastique. Dur dur de tenir en équilibre sur une poutre lorsqu'on a des pieds de bébé. Qu'importe! La philosophie des bacs à sable, c'est *Jumpstart*. Commencer le plus tôt possible pour prendre de l'avance dans la vie. Faire de la musique à 4 mois, de la natation à 8, du dessin avant même de savoir tenir un crayon. Et le *nec plus ultra* : les cours de yoga pour enfants. Dès 3 ans, on fait la salutation au soleil et la respiration alternée. Junior et ses camarades se contorsionnent sur des tapis de sol en écoutant le silence. Les parents sont convaincus que leurs garnements apprendront à mieux gérer leur stress. L'avantage, comme toujours à New York, c'est qu'il y en a pour tous les goûts. Et à condition de ne pas transformer l'agenda de Junior en agenda de ministre, ces activités sont vraiment plaisantes.

De plus en plus souvent, on voit des parents demander que leur progéniture soit suivie par des thérapeutes pour accélérer le processus d'apprentissage. Early intervention est un programme qui enrôle les enfants ayant des retards de développement. Le problème, c'est que les enfants n'ont plus le droit de se développer à leur rythme. Si Junior ne marche pas à un an, ce n'est pas normal. S'il n'aime pas garder ses chaussettes aux pieds ou bien s'il répugne à toucher du sable, c'est forcément qu'il a un problème tactile et sensoriel. Pour ne pas vouloir garder son chapeau sur la tête, Bambino a été diagnostiqué avec un retard de développement qui lui a valu une année de thérapie. Et les parents en redemandent en se disant : « Si ça ne fait pas de bien, ça ne peut pas faire de mal. » Pourquoi pas, puisque apparemment il faut l'aide du bon Dieu et de tous ses saints pour décrocher une place dans une bonne école maternelle.

L'enjeu est tel que de plus en plus de mères décident de quitter leur job, de renoncer à des salaires replets et à des fonctions à responsabilités pour s'occuper de leurs enfants. Les *professional mothers* ont choisi de faire de leur descendance le nouveau théâtre de leurs ambitions. D'ailleurs, qu'on ne vienne pas leur dire qu'elles ne travaillent pas. Pour être *politically correct*, on ne dit plus « mère au foyer » mais « femme ayant un travail non rémunéré ». Elles se concentrent totalement sur l'apprentissage de leurs enfants, s'investissent corps, âme et porte-monnaie dans les activités culturelles et sportives de Cherub, enfournent des plâtrées de *cookies* et de *cup cakes* pour la kermesse de l'école et cousent de leurs blanches mains les costumes de Halloween. Un phénomène que la sociologue Sharon Hays appelle *intensive mothering*. Cette approche est d'ailleurs défendue par les trois maîtres anglo-saxons de la pédiatrie, T. Berry Brazelton, Benjamin Spock et Penelope Leach, dont les ouvrages font toujours référence et qui servent de livres de chevet à bon nombre de mamans new-yorkaises. Après avoir tout lu sur le développement des enfants, elles aiguisent leur philosophie sur les bancs des *playgrounds* et lancent une offensive grandeur nature sur l'intellect de leurs mouflets. Premièrement, il faut lire aux enfants *in utero*; deuxièmement, dès 4 mois, il faut participer à un maximum d'activités; troisièmement, il faut organiser des *playdates* à tour de bras (la *playdate* est une institution new-yorkaise. On est loin du simple goûter avec Choco BN et jus de fruits. Ici, il faut prendre rendez-vous, organiser des jeux et divertir les mamans autant que les enfants). Même si tous ces préceptes sont valables et partent d'un excellent sentiment, ça frise parfois l'absurde. Il n'est pas rare de voir des mamans à la bibliothèque en train de lire en boucle *Guess How Much I Love You* (*Devine combien je t'aime*) à leur nouveau-né endormi dans sa poussette, ou encore de les voir parler à leur gamin de 2 ans, détachant chaque syllabe sur le mode *read my lips* (lis sur mes lèvres) : « *Look, the Ba-By is sleeeeee-ping!* » (« Regarde, le bé-bé dooort! »). Ou même ces parents se vantant que leur enfant de 16 mois connaît son alphabet, ses couleurs et toutes les paroles de la chanson *Itsy Bitsy Spider*. Pourquoi pas les logarithmes? Le syndrome Mozart s'est emparé de la ville. Les enfants ont presque le devoir d'être surdoués. À en croire certains, si Bambino n'a pas déjà prouvé la théorie du big-bang à l'âge de 3 ans, c'est vraiment qu'il est en situation d'échec.

Indoor playgrounds

C'est vrai, l'hiver est long à New York, mais il est assez facile de trouver des endroits ludiques pour se réchauffer après une bataille de boules de neige ou une descente de luge sur les collines de Central Park. Un petit tour au Children's Museum of Manhattan, sur la 83e Rue, une halte dans une bibliothèque municipale ou dans un Barnes and Noble (l'équivalent de la Fnac) pour écouter un conteur lire un livre pendant les rituels *story times* (même la chaîne Gap en organise maintenant dans certaines de ses boutiques). À moins d'aller à Books of Wonder, une super librairie pour enfants dans le quartier de Flatiron (*story time* tous les dimanches à midi). On recommande également deux magasins de jouets : Kidding Around, dans Chelsea, et Geppetto's Toys Box, dans le West Village. Ça permet d'éviter FAO Schwartz sur la 5e Avenue, immense *world company* d'aliénation consumériste dont l'insupportable musique d'ambiance « *Welcome to my world* » tape autant sur les nerfs que ses montagnes de peluches. À tout prendre, dans le genre mammouth, il vaut mieux se replier sur Toys R' Us, à Times Square.

Corollaire de cette tendance : la pensée positive. La mère de William ne dit jamais non. Elle est toujours enthousiaste. Chaque fois que William fait un pâté de sable, elle s'écrie : « *Yeah, sweety, good job!!!* » William se voit appelé « *Good booooy* » à peu près tous les quarts d'heure. Dès qu'il pleure, sa mère se précipite et lui fait ingurgiter de pleines poignées de Cheerios ou de Goldfish (les snacks favoris des enfants américains) pour le consoler, ou, selon les cas, elle dégaine son téton pour l'allaiter. « *It's OK, poor darling.* » Quand William essaye de crever l'œil de sa petite camarade Ashley, qu'il lui mord la joue et lui vole sa poupée, la maman de William se lève, entraîne son fils vers la petite fille et dit, s'adressant à son rejeton : « *William, what you did is bad, Mommy is very upset.* Maintenant, excuse-toi auprès d'Ashley. *Ashley, William is sorry.* » En réalité, William n'est absolument pas désolé. Il n'a pas la moindre idée de ce que « désolé » signifie. À vrai dire, il a trouvé ce moment franchement plaisant. « Ashley hurle, maman s'occupe de moi, et je suis le centre d'attention. *Yeah*! » Du coup, une fois la petite réprimande terminée, William tourne les talons, attrape sa pelle, la remplit de sable et balance le tout au visage d'Ashley. C'est généralement à ce moment-là que la mère de William se confond en excuses et déclare : « *It's not his fault.* Son père et moi sommes en instance de divorce, *but rest assured, we have our hands on* : William est suivi par un thérapeute. » Ashley n'est visiblement pas impressionnée par les progrès thérapeutiques de William. Du coup, elle braille à s'époumoner, comme il se doit dans ce genre de circonstances.

Kid friendly

En cas de panne d'inspiration, la valeur sûre c'est le site www.urbanbaby.com pour dégoter une idée de spectacle, d'activité pour le week-end ou tout simplement l'adresse d'un nouveau restaurant *kid-friendly* pour déjeuner ou prendre un brunch. Autre net avantage de cette ville, les enfants sont quasiment toujours les bienvenus dans les restaurants. Parmi nos favoris, pour l'accueil ou pour les attentions qui leur sont réservées (crayons pour dessiner sur les nappes en papier, ballons, espace pour les poussettes, *high chairs* et *boosters*) : The Coffee Shop, Good Enough to Eat, City Bakery, Duke's, John's Pizzeria, Kat's Delicatessen, Lexington Candy Shop, Junior's Restaurant, Chez Oskar, Cowgirl Hall of Fame, Bubby's, Odeon, Tribeca Grill et Gigino's at Wagner Park (uniquement pour y manger en terrasse quand il fait beau : incroyable vue sur la baie de New York avec la statue de la Liberté quasiment à portée de main et une pelouse parfaite pour jouer au ballon en attendant d'être servi).

La brochure interpelle : une photo de deux adolescents, la moue boudeuse et la mine renfrognée. Le prospectus demande : « Avez-vous jamais souhaité avoir le mode d'emploi ? » Bien sûr, tous les parents ont rêvé, à un moment ou à un autre, que leur loupiot soit accompagné du manuel d'utilisation. Comment changer une couche, faire dormir Poupon, le faire manger, calmer ses colères. Eh bien, tout cela est beaucoup trop important pour être laissé au hasard, à l'empirisme et au bon sens. Adieu jugeote, bonjour stages de formation pour parents ! Les séminaires sont censés offrir des réponses infaillibles aux questions des pères et des mères. Toutes les maternités de la ville proposent des cours aux jeunes parents : soins quotidiens du nourrisson, bienfaits des massages, gérer les caprices, que faire de son enfant agressif (la réponse n'est pas : l'enfermer dans la cave et jeter la clef !), comment faire de vos enfants des rats de bibliothèque, comment élever un surdoué… Si votre enfant pique une colère et se roule par terre, pas de panique. L'équivalent de la *hot line* informatique appliquée à la pédagogie est enfin à votre disposition. Décrochez votre téléphone et appelez un conseiller. Au bout du fil, un expert vous expliquera comment désamorcer la bombe. Sauf que Cherub n'est pas livré avec l'icône « redémarrer ». Qu'importe !

Julie Ross, *parenting coach*, a fait des appréhensions des parents son fonds de commerce. Elle explique très sérieusement que l'instinct parental n'existe pas et que la spontanéité est le chemin le plus court vers la catastrophe. Il vaut bien mieux suivre ses conseils à la lettre. Elle offre des séminaires aux parents en détresse ainsi que des séances particulières pour 150 $ de l'heure. Lors d'un séminaire sur le thème « Comment élever des enfants pour qu'ils aient confiance en eux », elle explique à une quarantaine de parents que, sans s'en rendre compte, ils font du sabotage. Pire que des barbouzes sur le Rainbow Warrior, ils minent la confiance que les enfants ont en eux. Ses préceptes : il ne faut pas dire « *Don't* » et « *Be careful* » (« Ne fais pas » et « Attention »). Au contraire, il est recommandé de se concentrer sur les aspects positifs. Par exemple, ne pas dire : « N'oublie pas de faire tes devoirs », mais : « Mon chéri, je suis sûre que tu vas bien vite faire tes leçons. » Ou encore, au lieu de « *Be careful* », dites plutôt : « J'apprécie que tu sois aussi prudent. » Enfin la botte secrète de Julie Ross pour avoir un enfant bien dans sa peau : le mot d'amour quotidien. Prenez votre plus belle plume et écrivez à votre enfant : « Chère Suzy, je t'aime plus que toutes les étoiles. » Le lendemain, notez : « Merci mon amour d'avoir débarrassé la table hier soir. » Répétez *ad libitum*. Tout cela est absolument sérieux et des centaines de familles angoissées payent pour entendre ce genre de conseils. Si Bambino finit drogué et alcoolique, c'est sans doute que vous avez fait une faute d'orthographe dans votre mot d'amour.

LA STAR DES TROTTOIRS

Il y a deux ou trois ans, un rapide coup d'œil aux armadas de poussettes alignées dans les *playgrounds* de la ville permettait de constater que de Fort Greene Park à Washington Square, et de Battery Park à l'Upper East

Side, les parents investissaient dans des modèles classiques et fonctionnels qui se ressemblaient tous plus ou moins. Deux poids lourds se partageaient *grosso modo* le marché : l'italien Peg Perego et l'anglais MacLaren, dont la bonne vieille *umbrella stroller* à imprimé écossais semblait indétrônable. La fameuse Baby Jogger à trois roues, comble de la branchitude, était plutôt réservée aux *runners*.

Aujourd'hui tout a changé : la voiture pour enfant est entrée dans une ère nouvelle et les New-Yorkais, toujours à l'affût de ce qui se fait de mieux et de nouveau, se ruent sur des poussettes plus high-tech les unes que les autres. Super-légères, pliables d'une main, avec mini-baffles intégrés dans la capote pour brancher son lecteur MP3 ou avec compartiment spécial pour ranger son téléphone portable, en titane ou avec siège en cuir : à Manhattan, le signe extérieur de statut social, ce n'est pas l'automobile, c'est la poussette. Comme les habitants possèdent rarement une voiture, ils sont prêts à mettre plusieurs centaines de dollars dans un char à bras pour Junior. Et depuis quelques mois, la star des trottoirs (et la préférée des stars, Julianne Moore et Kate Hudson en tête), c'est la Bugaboo, poussette tout-terrain grâce à ses roues pivotantes. La Hummer des *strollers* disent les mauvaises langues, en référence au monstrueux véhicule 4 × 4 de l'armée américaine devenu la coqueluche des rappeurs et de certaines célébrités hollywoodiennes (plutôt républicaines). La fonction quatre roues motrices mise à part, l'analogie s'arrête là. Tout droit venu des Pays-Bas, le look ergonomico-trendy de la Bugaboo séduit plutôt les New-Yorkais écologiquement corrects – et prêts à dépenser 700 $. Grâce à elle, la poussette a enfin pris des couleurs : orange vif, rouge Hermès, aubergine ou denim. Quant à ceux qui ont vraiment de l'argent – non mais on veut dire vraiment de l'argent ! –, ils imitent Sarah Jessica Parker, Brooke Shields et Madonna en achetant une Silver Cross – malgré son prix, plus de 2 000 $, la Rolls du landau s'est démocratisée puisqu'elle était au départ réservée aux héritiers de la couronne d'Angleterre. À moins qu'ils n'optent pour une MacLaren en titane, au même tarif, ou à imprimé Burberry, le fabricant anglais ayant bien été obligé de suivre dans la surenchère. Tout est bon pour avoir l'air d'une *hot mama*. Même BabyBjörn s'y est mis avec une version cuir du porte-bébé. Seul problème des poussettes nouvelle génération : leur ultra-performance a un effet pervers ; elles peuvent supporter plus de 20 kilos, du coup, il n'est pas rare de voir des enfants de 6 ans, Game Boy à la main, encore poussés par leurs parents. Ce qui fait hurler les pédiatres américains qui voient dans cette forme de sédentarité une cause de plus d'obésité… comme s'ils avaient besoin de ça.

Les aides de camp de la Générale Mommy

LES NANNIES

Lorsque Bambin vient au monde, on se dit que ce petit être fragile ne nous quittera jamais. Bien trop fragile pour qu'on s'en éloigne, même pour aller aux toilettes. D'ailleurs, lors d'un récent sondage auprès des femmes présentes à un meeting de La Leche League, l'organisation internationale pro-allaitement, huit mains sur douze se sont levées lorsque l'animatrice a demandé : « Qui a déjà fait pipi avec Baby sur les genoux ? » Oh oui ! Baby est si fragile qu'on ne peut pas imaginer faire un pas sans lui. Sauf cette mère qui a fait la une du *New York Post* pour avoir oublié son nouveau-né dans un taxi ! Cela dit, après des nuits sans sommeil, on comprend. Il paraît que ça s'appelle *maternal amnesia*. Mais pour la majorité, laisser Baby avec d'autres plus de 15 minutes est inconcevable. Sauf qu'après trois semaines de nuits blanches, des points de suture qui n'en finissent pas de cicatriser et une garde-robe à refaire parce que Baby est du genre « régurgiteur », on pourrait bien le laisser avec le vendeur de journaux du coin, tellement on est épuisée. C'est généralement à ce moment-là qu'on se décide à recruter la personne qui deviendra la plus importante dans notre vie, après Baby et Hubby [1] : nous avons nommé Nanny. Lors du premier entretien, on se demande : « *What took you so long ?* » Elle est parfaite, forcément parfaite. Qu'est-ce qu'on y connaît de toute façon ? Elle a déjà trois enfants (donc beaucoup plus d'expérience que nous), elle a dix doigts (qui lui servent à langer Baby en moins d'une demi-heure. Nous aussi on en a dix, mais on ne sait pas s'en servir !) et elle dort 8 heures par nuit. « *OK, you have the job.* » Quand Hubby la rencontre enfin, il a des doutes. Il est ahuri par ses faux ongles, plus longs que des dents de vampire. Alors qu'elle change la couche de Baby, il s'exclame : « Si elle ne fait pas gaffe, elle va le circoncire ! » Et de se rendre compte qu'avec un peu plus

---

1. Diminutif de *husband*, c'est-à-dire le mari.

d'objectivité, Nanny n'est pas la bonne candidate. Tout bien considéré, c'est vrai qu'elle est en retard tous les jours, quand elle n'est pas malade, et qu'en fait elle n'a pas trois grands enfants, mais cinq dont deux en bas âge. Mauvaise pioche. Commence alors le parcours du combattant du recrutement. Un des modes très usités : la petite annonce. Le guide *City Baby* (la bible des parents new-yorkais) recommande de faire paraître une *ad* dans le *Irish Echo*. La perspective d'une nounou aux cheveux roux et aux taches de son est totalement séduisante. Elle aura onze frères et sœurs, saura s'occuper de Baby à la perfection, sera dévouée et fidèle. Ahhh ! Depuis fort longtemps, les Irlandaises de New York ont rendu leurs tabliers de servantes pour des jobs plus lucratifs (d'autant que les Irlandais sont le plus gros contingent de gagnants à la loterie de la Carte verte). Si vous publiez une annonce dans le *Irish Echo*, soyez prêtes, votre téléphone sonnera sans arrêt pendant une semaine et c'est toute la communauté des Caraïbes, des Philippines, du Brésil, du Pakistan et du Pérou qui vous appellera. Les messages se succéderont sur le répondeur avec des accents qui vous feront faire le tour du monde en restant assise dans votre fauteuil. Accent façon Bob Marley, Bollywood, Salma Hayek… à vous de choisir. Et vous verrez défiler le meilleur (Mimi, 35 ans, références impeccables, diplôme d'infirmière en poche, qui a changé la couche de Baby pendant l'interview et a réussi à l'endormir en moins de cinq minutes) et le pire (Cindy, témoin de Jéhovah qui s'affole de notre pauvre sens moral parce qu'on a fait vacciner Baby !).

Choisir parmi les 400 candidates qui répondent à l'annonce est une affaire dantesque. Impossible, bien sûr, de les interviewer toutes. Baby serait déjà à l'université qu'on y serait encore. Alors, il faut laisser jouer l'intuition. Certains ont recours à d'autres techniques pour épauler leurs instincts : la *nannycam*. La nouvelle star des familles n'est pas plus grosse qu'un dé à coudre et elle vous révélera tout ce que vous avez toujours voulu savoir sur Nanny. La *nannycam* est un mouchard que vous dissimulerez dans l'ours en peluche de Baby et qui filmera Nanny à son insu. La parano des parents est telle que la caméra cachée est devenue un bestseller, alors qu'elle était jusque-là réservée aux journalistes d'investigation et aux gangsters. Même si elle est légale à New York, le sujet est source de controverse. Certains ne jurent que par elle, d'autres considèrent que si l'on suspecte Nanny et qu'on est prêt à l'espionner, alors il vaut mieux la renvoyer sur-le-champ. Moyennant finance, vous pouvez aussi demander à une agence de faire une enquête sur la candidate. En 24 heures, vous aurez toutes ses précédentes adresses, son casier judiciaire, ses anciens employeurs, bref, vous aurez sous vos yeux son passé noir sur blanc.

Et si votre relation avec Nanny connaît des jours difficiles, ne baissez pas les bras, inscrivez-la à un séminaire de formation. Les thèmes incluent : « Comment motiver votre nounou ? », « Comment se faire des amis et organiser des *playdates* ? », ou encore « Quelles activités selon l'âge du bébé ? ». Lorsque Keisha, 19 ans et fraîchement débarquée de sa Sainte-Lucie natale, a commencé à garder la petite Carolyne, ses employeurs ont immédiatement décidé de lui faire faire un stage de formation aux techniques de premiers secours. Une formule gagnante : les parents se sont sentis rassurés et Keisha s'est sentie adoptée.

Le sujet des *nannies* est parmi les plus épidermiques de la ville, à mettre sur le même plan que Rudy Giuliani, la nouvelle Freedom Tower à Ground Zero, ou l'augmentation du prix de la Metrocard. Un sujet ultra-sensible qui a fait du livre *Nanny Diaries*, de Emma McLaughlin et Nicola Kraus, un succès. Les auteurs, deux étudiantes qui ont travaillé comme *nannies* pendant plus de huit ans à elles deux, racontent leurs expériences de Mary Poppins sur un ton croqué. Les lecteurs ont été fascinés de découvrir les coulisses de la garde d'enfants dans le milieu de l'Upper East Side.

À New York, le plus gros des troupes des nounous vient des Caraïbes : Jamaïque, Barbade, Trinidad, Sainte-Lucie. Elles portent des noms fleurant bon le soleil : Keisha, Chandra, Anita, Philippia, Olivia ou Serah. Elles ont l'accent alangui des îles, des formes girondes et des chevelures monumentales. Lorsque la greffe prend, elles deviennent des membres à part entière de la maisonnée. Sans elles, les New-Yorkaises ne pourraient pas avoir une carrière subjuguante, une vie de couple réussie, des rêves, des ambitions et du temps libre pour se faire faire les ongles. Les femmes savent bien que lorsqu'elles embauchent une nounou, elles deviennent moitié employeur et trois quarts assistante sociale. C'est une lourde charge financière pour les familles dans une ville où les crèches n'existent quasiment pas. Mais chaque jour, lorsqu'on voit Petit Garçon courir vers « Tata » ou « Phiphi » le sourire béat, et qu'on peut partir travailler l'esprit tranquille (même si on a le cœur gros), se lancer dans des projets audacieux (par exemple écrire un livre sur les femmes à New York), on se dit que ça vaut le coup de spon-

soriser Nanny pour sa Carte verte, de payer le billet
d'avion New York-La Barbade pour son fils, de faire
le voyage jusqu'à Brooklyn pour aller à son église le
dimanche, de l'encourager à retourner à l'école et de
lui donner une bonne prime à la fin de l'année.

Parce que sans toutes les Tata, Phiphi, Sawa et Dada
de la ville, jamais les New-Yorkaises ne pourraient en
faire autant.

ENTENDU À LA SALLE DE GYM

J'arrive devant les vélos d'intérieur de ma salle de
gym. Ils sont tous pris sauf un. Il est flanqué d'une
jeune pintade à droite et d'une autre à gauche. Les
deux oiselles sont, semble-t-il, copines. Je me demande
pourquoi elles ne pédalent pas côte à côte – c'est
encore ma veine de me retrouver entre elles ! Ça ne les
empêche pas un instant de papoter, au-dessus de ma
tête, comme si je n'existais pas.

Bien malgré moi, j'écoute leur conversation et, cette
fois-ci, je n'ai pas besoin de mon walkman pour me
distraire :

Eva, la pintade de droite, blonde à la manucure irréprochable, demande à sa copine Lisa, petite brune en
queue-de-cheval :

— Tu connais Cathy ?

— Uhm ?!

— Tu sais, la fille qui fait du Pilates avec nous. Celle
qui a le tapis de sol Prada.

— Ah ! Ouais !

— Elle aussi, elle vient d'avoir un deuxième bébé.

— Et elle trouve le temps d'aller à la gym trois fois
par semaine ?!

— Oh! Tu sais, elle a énormément de chance, elle a une *nanny* à domicile. Elle peut sortir quand elle veut. Gym, dîners, cinés, restaus…

— Quelle chance elle a !

— Ouais ! Je suis raide de jalousie… Le mois dernier, elle a eu un petit souci.

— Ah! bon?

— Oui, son mari est mort d'un infarctus.

— *Ooh shoot, that's bad, hum!* (Ah, merde, c'est dur ça!)

— Ouais! Mais bon, elle a une *nanny* à plein temps qui l'aide, donc ça va.

— Quelle veinarde!

— Lisa, t'as brûlé combien de calories?

PROFESSION : BABYPROOFER

Qui exposerait délibérément son bébé à des dangers? Personne, mais pour en être bien sûr, à New York, on embauche un expert en sécurité infantile. Tout comme il existe des *ghostbusters*, il y a des *babyproofers* dont le seul métier est de passer votre maison au peigne fin pour s'assurer que Baby ne risque pas sa vie à chaque embrasure de porte.

La première visite coûte entre 50 et 100 $, et elle inclut une inspection détaillée de votre environnement. « Ah non, ma bonne dame! Ranger la tronçonneuse de votre mari avec les jouets de Junior, c'est pas une bonne idée! » Comme dirait un de nos amis au langage fleuri : « *No shit, Sherlock?* » Eh oui! Si Baby tombe – ça tombe sous le sens – il risque de se faire mal. Mais si c'est un professionnel qui le dit, ça prend tout de suite plus de valeur.

Après l'inspection, les *babyproofers* proposent de minimiser tous les dangers. Installer des clenches de sûreté aux portes des placards, couvrir les coins de table avec de la mousse et rendre les prises électriques inaccessibles pour des petits doigts trop curieux. Le devis pour un deux-pièces s'élève à 200 $. Ce qui ne vous épargnera pas de surveiller de près ce que fait Junior. Parce qu'on n'est jamais trop prudent.

Grandes écoles pour bébés

CHARLEMAGNE À NEW YORK

Si Charlemagne vivait aujourd'hui à New York, il serait multimillionnaire. Sans doute, en secret, chaque famille lui voue-t-elle un culte mâtiné de rancœur. Un après-midi de mars, deux mères regardaient leurs bambins jouer sur un *playground* de Central Park (voir *Playgrounds and Co,* page 153). Lieu social s'il en est à New York. Suivant leur marmaille à la trace, l'une dit à l'autre : « C'est terrible, on a reçu l'enveloppe fine ce matin. Je suis effondrée. Trevor n'ira jamais à Harvard ! » « *Ohh noooo! Sweety!* répond l'autre prenant un air contrit de circonstance. C'est terrible ! *Whatayugonnadu* ? »

Le petit Trevor n'a pas l'air de s'en faire : un enfant, ma foi, bien portant qui court du toboggan à la balançoire. En bref, quels que soient les tracas de sa mère, lui, il s'en balance.

Sur le moment, nous sommes perplexes. À quel mauvais augure cette enveloppe fine (*the thin enveloppe*) fait-elle référence? Après une petite enquête, nous arrivons enfin à comprendre pourquoi cette mère est convaincue que son rejeton de deux ans aux jolies boucles blondes n'a plus aucune chance d'intégrer une des meilleures universités du pays.

New York est une ville de rituels. Et l'un des plus sacro-saints pour les familles new-yorkaises a lieu le mardi suivant Labor Day[1]. La pintade new-yorkaise est une mère très attentive, qui place beaucoup d'espoirs dans sa progéniture. Or donc, après avoir festoyé tout l'été dans les Hamptons (voir *Hamptons follies*, p. 220), le mardi suivant le *Labor Day week-end*, dès 7 h 30 du matin, les mères anxieuses se précipitent sur leur téléphone pour appeler les écoles privées et obtenir un formulaire d'inscription. C'est celle qui aura le plus de dextérité à composer le numéro qui aura la chance de pouvoir poser sa candidature. En général, passé midi, ce n'est même plus la peine d'essayer. Tous les formulaires ont été envoyés. S'ensuit la visite formelle de l'école. Décryptez : le directeur des admissions évalue si les parents sont conformes au style de l'établissement. Et enfin, la fameuse interview. Car, à New York, le premier entretien d'embauche se fait en couche-culotte. Dès deux ans,

---

1. À ne pas confondre avec la fête du Travail. Dans La Mecque du capitalisme, on ne fête pas le travail comme les communistes par un jour chômé le 1er mai, mais par un week-end de repos avant d'attaquer la rentrée en septembre.

l'interview est de rigueur pour entrer dans une école privée.

Source d'anxiété s'il en est! Ce jour-là, les mères disent oui à leurs bambins quelle que soit la requête. Un *doughnut* (1 000 calories de sucre et de graisse) chez le vendeur du coin? « Oui, mon amour. » Prendre le bain avec toutes les peluches? « Mais bien sûr, mon chéri. » Il faut éviter les *tantrums*, les colères tant redoutées, à tout prix. On a même entendu dire que certaines mères donnent de la Ritalin à leur enfant le jour J. Dans la salle d'attente du directeur de l'école, il y a généralement plusieurs familles dont les enfants seront évalués en même temps. Charlotte Gould, dont la fille India vient d'être admise à l'école maternelle, se souvient : « La tension était palpable entre les parents, certains grondaient leurs enfants qui pleuraient. J'ai essayé d'engager la conversation, mais personne n'a desserré les mâchoires. »

Dès la première semaine de mars, les réponses commencent à arriver. Chaque famille attend le dossier final d'inscription, document épais d'au moins 15 pages, et tremble d'horreur à l'idée de recevoir la fameuse *thin enveloppe*, la lettre type de rejet que la mère de Trevor a reçue dans sa boîte aux lettres.

Si en France, nous rêvons tous que nos enfants fassent une grande école, à New York, les parents rêvent que leurs enfants fassent une « grande école maternelle ». La liste de la Baby Ivy League, comme on l'appelle ici, est publiée chaque année dans la presse et ces écoles se vantent d'avoir le plus fort taux d'admission dans la fameuse Ivy League (Princeton, Yale, Harvard, Brown, Columbia, Cornell, Dartmouth, Penn), les huit universités les plus prestigieuses du pays. Ce rêve de succès a un prix : entre 15 000 et 28 000 $ par an.

Une place au jardin d'enfants est bien l'une des rares choses que l'argent ne peut garantir – enfin, ça ne peut pas nuire d'en avoir beaucoup. On se souvient d'ailleurs du scandale, en décembre 2002, de l'école 92 Street Y. Un célèbre analyste de Wall Street, Jack Grubman, aurait publié des rapports financiers outrageusement favorables en échange du piston de Sandy Weil, de Citibank, pour une place dans la proverbiale école de l'Upper East Side. Deux places en l'occurrence, car l'infortuné – quoique très fortuné – Grubman est père de jumeaux et aurait été délesté de 28 000 $ par an. En effet, il n'y a pas de prix de gros pour une paire de mouflets.

Le marathon est devenu tellement difficile que des agences proposent leurs services pour épauler les parents dans cette épreuve. Amanda Uhry, la fondatrice de l'agence Manhattan Private School Advisors, annonce d'entrée la couleur. Une petite annonce vantant ses mérites explique : « L'école privée est un mariage de 14 ans qui vous coûtera 300 000 $, si votre enfant a la chance d'être admis. Vous avez besoin de nous ! » Sur son site Internet, elle va même jusqu'à dire : « Si vous n'utilisez pas nos services, soyez convaincus que vos rivaux, eux, ont sauté sur l'occasion. »

Roxana Reid, de Smart City Kids, a une approche plus empathique. Elle est présente à chaque étape de la course. Formulaire d'admission, préparation à la visite de l'école, interview… « Parfois, je vais même faire du shopping avec les parents pour qu'ils soient habillés comme il faut. Mon rôle est de maximiser le potentiel de chaque famille en fonction de l'école. » Même si elle amène un peu de bon sens dans cette frénésie, ses services restent très chers : 2 500 $ pour l'admission à l'école maternelle. Et comme le faisait remarquer un lecteur du *New York Times* après la parution d'un article sur cette nouvelle espèce de conseillers : « Le plus remarquable est de réaliser que des gens qui peuvent se permettre de payer 300 000 $ pour l'éducation de leurs enfants sont si peu sûrs d'eux-mêmes qu'ils doivent payer 3 000 $ pour apprendre des choses aussi simples que s'habiller convenablement, éteindre son portable pendant l'interview, écrire une note de remerciement. »

Vous vous demandez sans doute quelle est la différence entre une école à 5 000 $ par an (une *cheap school*) et une école à 12 000 $ par an. La réponse est simple : pour 5 000 $, Chérubin fera de la pâte à modeler, du coloriage et du collage. Pour 12 000 $, Chérubin fera – on vous laisse deviner ! – de la pâte à modeler, du coloriage et du collage ! (Pour ces tarifs, vous n'aurez qu'un programme à mi-temps.)

Et qu'est-ce qui provoque une telle inflation de la pâte à modeler ? Une place dans une bonne université – et que Chérub ne s'avise pas de se découvrir une vocation de cuistot ou de plombier ! Mais surtout, pendant que Bambin récitera son alphabet, vous, chers géniteurs, vous pourrez vous vanter d'aller à la réunion de parents d'élèves avec Woody Allen, Michael J. Fox et Kevin Kline.

Dernièrement, une copine française nous demandait pourquoi ne pas mettre les enfants dans une école maternelle publique. C'est simplement parce que dans la ville où rien n'est impossible, la ville où tout existe, les maternelles publiques, ça n'existe pas.

Pour reprendre l'expression de Cindy Adams, éditorialiste du *New York Post* : « *Only in New York, kids, only in New York.* »

STAGES COMMANDOS

« Je m'appelle Nancy. Mon fils Deklan a 9 mois et je voudrais l'inscrire à l'école. » Les douze familles présentes ont toutes le même but, et c'est pour cela qu'elles sont là. Elles viennent des quartiers huppés de Manhattan : l'Upper East Side, l'Upper West Side, le West Village, Tribeca. La même question leur brûle les lèvres, la même angoisse leur consume le cœur. Est-ce que Deklan, Henry, Leah et les autres iront à l'école ? Neuf mois est un bon âge pour se poser cette question, même si certains considèrent que c'est un peu tard.

Les parents inquiets viennent acheter de l'apaisement auprès de Victoria Goldman et de Roxana Reid, les deux animatrices d'un séminaire intitulé : « *Getting in* : le kit de survie de l'admission à l'école maternelle ». Pour 195 $, les deux présentatrices expliquent et « déminent » le parcours du combattant. Elles apprennent littéralement aux parents à répondre aux questions des directeurs d'école, à remplir le formulaire d'inscription avec des phrases inspirées et intelligentes. « Si la directrice vous demande de parler de votre enfant, donnez des exemples : "Lorsque nous mélangeons la farine et le beurre pour faire un gâteau, il aime participer. Lorsque nous allons au musée, il fait preuve de beaucoup de curiosité." » Tant pis si votre après-midi pâtisserie s'est soldé par des murs couverts de farine et si les gardiens du musée parlent encore de votre passage.

Les stratégies sont amplement discutées. Telles des Napoléon préparant leur Austerlitz, Roxana et Victoria expliquent le déploiement des troupes : « Si vous voulez une école dans l'Upper East Side, vous devez postuler à un minimum de huit écoles, n'hésitez pas à aller jusqu'à douze. Le mardi suivant le week-end de Labor Day, recrutez au moins quatre personnes pour appeler les établissements. Commencez à téléphoner à 7 h 30 du matin. Et donnez l'école la plus difficile à la personne qui a le plus de vélocité à appuyer sur la touche Bis. » Lorsque les parents réalisent que tout cela est dit de la façon la plus sérieuse du monde, ils se renfrognent dans leur siège. D'un coup, tout le monde se tasse et les teints deviennent livides. Les parents notent encore plus frénétiquement tout ce que les animatrices disent.

Un père à l'agonie du désespoir ose intervenir : « Mais comment les écoles font-elles la différence entre les enfants ? Prenez les familles dans cette salle, on a tous l'air pareil. Comment les écoles font-elles la sélection ? » Compatissante, Roxana, en choisissant ses mots avec soin pour ne pas heurter les sensibilités, répond : « Vous n'êtes pas tous pareils. Les écoles ont leurs critères. Elles veulent des familles du quartier et les enfants des capitaines d'industrie de la ville, les leaders. Le piston joue beaucoup. »

Dans un acte désespéré de bravoure et de rébellion, une mère s'insurge : « Mais enfin, c'est fou. Ils finiront bien par aller à l'école, même si on ne fait pas tout ça. Ça me paraît exagéré. » Dix paires d'yeux se braquent sur elle, horrifiés. D'un air encore plus compatissant, Victoria la rappelle à la dure réalité. « Si vous ne faites pas cela, les 2 000 parents qui eux font tout ça auront une des 500 places disponibles. Vous mettrez votre fille dans une école publique. Elle aura une mauvaise éducation, un mauvais niveau scolaire et elle n'intégrera pas une bonne université. Donc elle aura un mauvais emploi et je crois comprendre que si vous êtes là, c'est parce que vous voulez le meilleur pour elle, non ? » La rebelle aux cheveux noirs et aux lèvres rouge sang perd d'un coup cinq centimètres. Elle se tasse dans sa chaise et devient cireuse, comme les autres.

Les childfree

NO KIDDING

« *Could you please control your brats, they are driving me crazy*[1] *!* » Même dans une ville aussi *kid-friendly* que New York, il arrive de voir des adultes excédés prendre à partie des parents dont la progéniture turbulente vient troubler la quiétude d'un restaurant ou d'un spectacle.

Aux États-Unis, les gens qui ne veulent pas d'enfants sont de plus en plus nombreux et, fait nouveau, ils se regroupent en associations pour défendre leur style de vie. Les adultes sans enfants (plus de 14 millions) sont

---

1. « Pouvez-vous, s'il vous plaît, contrôler vos sales mioches, ils sont en train de me rendre dingue ! »

le segment de population qui progresse le plus vite. 18 % des Américaines de 40 à 44 ans ne sont pas mères (10 % de plus qu'en 1976) : parmi elles, de plus en plus de femmes estiment ne pas avoir le *mommy gene* et ne pas en avoir besoin pour être épanouies. Un choix délibéré, « *childfree-not-childless!* » (« libres d'enfants-et-non-sans enfants ! »), tellement délibéré que certains ont recours à la vasectomie ou à la ligature des trompes à 25-30 ans pour ne pas avoir de mauvaise surprise. Les *childfree*, qui vivent plus souvent dans les villes de la côte Ouest et de la côte Est, étouffent dans une société normalisatrice centrée sur le *baby* et dont les *family values* passent forcément par le schéma tradi-tionnel « parents-enfants ».

C'est une guerre idéologique et leur rejet peut prendre des formes radicales : certains sites Internet ne parlent pas de bébés mais de « *brats* » (sales mioches), de « *crib lizards* » (têtards de berceau) ou encore de « *grotesque creatures* ». Ça, ce sont les épithètes les plus *soft*, la décence nous empêchant de vous faire part des plus haineuses.

Tous les *childfree* ne détestent pas les gamins. En général, ils blâment plutôt les parents pour leur éduca-tion laxiste et défendent, dans les cas les plus extrêmes, l'idée d'une *license to parents*, sorte de permis dont l'ob-tention serait indispensable à tous ceux qui souhaite-raient fonder une famille… un peu comme on passe son permis de conduire !

En revanche, ils en ont marre d'avoir l'impression de venir d'une autre planète simplement parce qu'ils n'ont pas de désir de reproduction. Qu'on ne vienne surtout pas leur dire que ce sont des *yuppies* matéria-listes et égoïstes. Pour eux, les égoïstes sont ceux qui ne pensent qu'à « se cloner » et qui aggravent un peu plus chaque jour la surpopulation de la planète. Les *child-free* s'estiment laissés pour compte et victimes d'injustices permanentes. Qui doit rester tard au bureau pour faire le boulot des *soccer moms*, parties dans leur *SUV* (leur 4 × 4) assister au spectacle du petit dernier ou à une réunion à l'école ? Qui paie des impôts pour financer les écoles et les aires de jeux sans bénéficier des mêmes déductions fiscales que les familles ? Qui est enquiquiné au cinéma par des mômes mal élevés ? (Beaucoup de Bed and Breakfast les ont manifestement entendus en décidant de refuser les enfants le week-end.) Voilà pour les principales récriminations que l'on peut lire sur les forums de discussion. Et comme le financement des retraites ne se fait pas ici par répartition, mais par capitalisation, on ne peut même pas leur rétorquer : « D'accord, mais qui va payer votre retraite ? »

Pour ne pas avoir à supporter une conversation monothématique « couches-culottes et biberons » et à s'extasier toute la soirée sur le babillage des bébés de leurs amis – bébés qui apparemment ne vont jamais se coucher –, les célibataires et les adultes sans enfants se retrouvent pour des dîners ou des activités culturelles organisés par des associations comme No Kidding, un club qui compte aujourd'hui 94 antennes, dont trois à New York. Pour rien au monde, disent-ils, ils ne renonceraient à leur mode de vie « spontané » et « enrichissant ». D'ailleurs, les couples libres d'enfants ne se désignent-ils pas comme des *THINKERs* (*Two Healthy Incomes, No Kids, Early Retirement*[1]), moins stressés

---

1. Double revenu, pas d'enfants, retraite jeune.

et plus amoureux que les pauvres parents *SITCOMs* (*Single Income, Two Children, Oppressive Mortgage*[1]) ?

PAS DE ÇA ENTRE NOUS, CHÉRIE

Environ quatre fois par an, Mitchell Schrage, avocat new-yorkais spécialisé dans les affaires matrimoniales, voit débarquer dans son bureau de la 56ᵉ Rue des couples sur le point de se jurer amour et fidélité, qui lui demandent d'ajouter la clause suivante à leur contrat de mariage : « Après en avoir longuement discuté, les deux parties promettent de ne jamais avoir d'enfant, biologique ou adoptif, ensemble. » « Ça n'est vraiment pas fréquent, souligne Mᵉ Schrage, mais on en voit plus qu'avant. J'essaie de dissuader mes clients dans la mesure où ce genre de clause n'a aucune valeur légale, mais ils insistent pour que ce soit écrit noir sur blanc quelque part. En général, ce sont des hommes riches qui ont déjà eu des enfants et qui épousent en troisièmes ou quatrièmes noces des femmes plus jeunes qu'eux. » Beaucoup plus jeunes même, selon Janis Spindel (voir Madame Janis, page 113), qui dirige une agence matrimoniale pour millionnaires. « C'est vrai, un certain nombre de mes clients sont des hommes très fortunés qui, à 50 ans, ne veulent plus repasser par la case couches-biberons. *"Been there, done that"* : ils estiment avoir déjà donné lors d'un précédent mariage et veulent profiter d'une vie sans contraintes avec une jolie jeune femme, parfois de vingt ou trente ans leur cadette. Certaines acceptent de renoncer aux enfants en échange d'une vie luxueuse.

---

1. Revenu unique, deux enfants, remboursement d'emprunt étouffant.

Mais ça peut mal tourner. » Même les *trophy wives*, pour reprendre l'expression consacrée par le magazine *Forbes*, finissent un jour par regretter leur décision et par divorcer. Souvent trop tard, car le glas de leur horloge biologique a déjà sonné.

ADRESSES ENFANTS

92nd Street Y – école et atelier d'éveil
1395 Lexington Avenue
Tél. : 212-415-5729

Barnes and Noble – chaîne de librairies
www.barnesandnoble.com

Books of Wonder – librairie pour enfants
16 West 18th Street
Tél. : 212-989-3270

Children's Museum of Manhattan
212 West 83rd Street
Tél. : 212-721-1223

FAO Schwartz – magasin de jouets
767 5th Avenue
Tél. : 212-644-9400

Geppetto's Toy Box
10 Christopher Street
Tél. : 212-620-7511

Julie A. Ross – consultante en parentologie (oui ! c'est son titre !)
Parenting Horizons
405 West 57th Street
Tél. : 212-765-2377

Kidding around – magasin de jouets
60 West 15th Street
Tél. : 212-645-6337

La Leche League of New York City – Association pour
promouvoir l'allaitement
Tél. : 212-794-4687

Manhattan Private School Advisors
350 Central Park
Tél. : 212-280-7777

Michel Cohen – pédiatre
46 Warren Street
Tél. : 212-227-7666

Music Together – cours de musique pour enfants
Tél. : 1-800-728-2692
www.musictogether.com

No Kidding – association de *child-free*
Box 2802, Vancouver, BC,
Canada V6B 3X2
Tél. : 604-538-7736
www.nokidding.net

Reel Moms – cinéma pour mamans et bébés
Loews Cineplex
http://enjoytheshow.com/reelmoms

Smart City Kids – coach en admission dans les écoles privées
Tél. : 212-979-1829
www.smartcitykids.com

Sydney's Playground – aire de jeux en intérieur
66 White Street
Tél. : 212-431-9125

The Upper Breast Side – paradis de l'allaitement
220 West 71st Street
Tél. : 212-873-2653

Toys R'Us Times Square – magasin de jouets
1514 Broadway
Tél. : 1-800-869-7787

6 Les animaux de la pintade

In love with Médor

J'AI ÉPOUSÉ MON CHIEN

Quand vous vous promenez avec un bébé à New York, il vous arrive fréquemment de vous faire aborder par des passants qui poussent des petits cris extatiques à la simple vue de votre rejeton assoupi dans sa poussette : « *Sooo cute! Sooo precious!* Il est tel-le-ment mignon! Tel-le-ment adorable! Il s'appelle comment? Il a quel âge? » Et vous de répondre aimablement à cet assaut de compliments chaleureux. Là où ça se complique, c'est quand la personne en question se retourne pour montrer du doigt le chien qu'elle tient en laisse, en disant d'une voix émue : « Le mien a 4 mois, il s'appelle Max. Max, dis bonjour au bébé, tu vois, il a le même âge que toi! » Si vous pensez que ce genre de scène n'arrive qu'avec des vieilles filles qui n'ont jamais eu que leur bichon frisé pour combler leur solitude et animer leur minuscule deux-pièces, vous vous trompez. C'est même tout le contraire : 20 % des 18-24 ans ont un chien, mais seulement 5 % des plus de 65 ans. C'est fou le nombre de jolies trentenaires qui parlent de leur terrier jack-russell comme elles parleraient de leur bébé ou de leur petit ami, sans jamais afficher le moindre dégoût quand il lui donne de grands coups de langue sur le visage, y compris sur la bouche. Le chien peut vite devenir l'homme de la maison (le risque de déception est limité). Ou bien prendre la place de l'enfant.

New York est le royaume du *pet*[1]. Huit millions d'habitants pour 1 million de chiens et 4 millions de

---

1. Prononcez « pait ». Les *pets*, ce sont les animaux domestiques.

chats, selon les estimations. Les stéréotypes sont les mêmes qu'ailleurs : le bichon maltais, le shihtzu, le labrador et le yorkshire marchent très fort Upper East Side, le pitbull et le chihuahua fréquentent plus les appartements de Harlem, et le rottweiler arpente plutôt les trottoirs du Bronx. Mais quel que soit leur type de chien, les New-Yorkais s'en séparent rarement, sauf pour aller travailler.

La relation fusionnelle à tendance pathologique prête à des scènes de rue assez perturbantes. Un chat qui se fait pousser dans une balançoire par son maître à Union Square (essayez d'expliquer à votre garçon de 2 ans et à tous ceux qui font la queue derrière que non ils ne peuvent pas faire de la balançoire parce qu'il faut attendre que le chat ait fini son tour). Une voisine rencontrée dans l'ascenseur qui fait la leçon à son « voyou de labrador » comme si elle avait affaire à un enfant de 4 ans parce qu'il a mangé tous les sushis prévus pour sa *party* – « *Naughty boy!* » Une dame qui promène son caniche sur la 23e Rue, confortablement installé sur des coussins dans un Caddie. Un teckel assis dans une poussette d'enfant, ledit enfant trottinant aux côtés de ses parents, ou mieux encore, le porte-chien ventral inspiré du BabyBjörn (l'entreprise PAWshop.com vend aussi sur Internet des poussettes spécialement conçues pour les chiens et les chats).

Civisme oblige, tout est prévu pour que cette passion n'empoisonne pas le quotidien des autres. Il est par exemple très rare de marcher dans une crotte à New York : qui ne ramasse pas derrière son animal risque une amende (réellement appliquée) de 100 $ et un bon savon des passants. Le petit sac en plastique noué à la laisse est devenu l'accessoire indispensable. Il est également exceptionnel d'entendre un chien hurler à la mort dans un appartement de Manhattan pendant que sa maîtresse est au boulot (laquelle maîtresse peut d'ailleurs aller jusqu'à poursuivre en justice le propriétaire de son appartement s'il n'aime pas les chiens. Des avocats new-yorkais comme Karen Copeland se sont spécialisés dans la défense des *pets* qui risquent l'expulsion). Un *dog-walker* vient s'en occuper dans la journée, comme une nounou s'occupe d'un bébé. Il est d'ailleurs souvent mieux payé que la nounou, entre 10 et 20 $ la demi-heure de promenade. La hausse du chômage a rendu la concurrence tellement acharnée que certains prétendants n'hésitent pas à arracher sournoisement les petites annonces affichées dans la rue par leurs rivaux. Les *dog-sitters* se retrouvent généralement à la tête d'une meute hétéroclite de molosses et de petites choses à poils qu'ils sortent faire leurs besoins et se dégourdir les pattes dans des *dog runs*, enclos de sable que l'on trouve dans tous les parcs, exclusivement réservés aux ébats des quadrupèdes et devant lesquels s'agglutinent les badauds attendris, malgré l'odeur de pissotière. Quant aux *sitters* des chats, ils s'engagent à faire jouer Sox avec sa souris en plastique pendant au moins un quart d'heure.

Mais le *pet* vraiment chanceux a droit au grand jeu, au traitement de luxe, au panard total : la crèche. Pour une trentaine de dollars par jour (le tarif varie en fonction de la taille de l'animal), Princess peut, par exemple, passer la journée chez Biscuits & Bath, l'un des *day cares* spécialisés de la ville. Pourquoi la laisser déprimer seule à la maison alors qu'elle peut « s'amuser avec ses amis et toutes sortes de jouets sur du vrai gazon d'intérieur », explique très sérieusement le site Internet de l'établissement. « Nous promenons votre animal toutes les trois heures pour lui faire prendre l'air frais et profiter du soleil. » À moins que la bête ne préfère piquer une tête dans la piscine ouverte toute l'année. Au fait, si Princess est un caniche timide, pas de panique : l'établissement organise régulièrement des cours pour regonfler le *self-esteem* des petits chiens et leur apprendre à supporter la vie en collectivité.

Polos Ralph Lauren, colliers et laisses Prada, Vuitton, Chanel et Burberry, médailles en argent de Tiffany et même vestes en cuir noir Harley-Davidson font partie des cadeaux que les New-Yorkais n'hésitent pas à faire à leurs chiens. Les gents canine et féline sont évidemment une niche commerciale fabuleuse. Fontaine d'eau purifiée d'appartement à hauteur de gueule, balles de tennis parfumées à la menthe pour l'haleine, manteaux en cuir vintage vendus dans les boutiques branchées, chaussons pour ne pas se brûler les pattes l'été sur le bitume. Sans oublier les cartons d'invitation et la liste de cadeaux pour la *birthday party* de Buddy, organisée comme il se doit par un professionnel (chapeaux pointus de rigueur pour tous les invités à poils). Comment ça les manucures pour chiens, ça ne peut pas exister ? Le Yuppy Puppy est une teinte argentée très courue pour les griffes. De toute façon, dans une ville où l'on déguise son rottweiler en Blanche-Neige – avec robe à épaules bouffantes – pour défiler dans la Dog Run Halloween Parade organisée chaque année à Tompkins Square, une « *pet-icure* », ça reste finalement assez discret (quand vous découvrez, éberluée, que des costumes pour chiens Walt Disney sont vendus au rayon enfants de Party City, un magasin spécialisé dans l'art de la fête où vous étiez venue chercher une tenue d'Halloween pour votre fils, vous réalisez, encore plus effarée, que les gens qui vous entourent trouvent ça totalement normal et *cute*).

De nombreuses études, largement commentées par les médias, estiment que 25 % des animaux domestiques américains sont obèses (après tout, aucune raison pour qu'ils échappent à la *junk food* de leurs maîtres). Mais à Manhattan, ils sont priés de suivre leurs *joggers* de propriétaires. Ils n'aiment pas sortir ? Un prof de gym vient les entraîner à domicile. Une contracture musculaire post-exercice ? Le masseur à 75 $ de l'heure est là. Le pompon, c'est le Ruff Yoga, les cours de yoga pour chiens. La première démonstration publique a été organisée à Madison Square Park, en juillet 2003, par le club de sport Crunch. Imaginez, par 40 °C à l'ombre et une moiteur difficilement supportable pour n'importe quel être humain normalement constitué, une vingtaine de personnes, majoritairement des femmes, collées à leur cocker ou à leur yorkshire qui auraient sans doute donné cher pour rester sur le canapé du salon climatisé. En fait de poses de yoga, le cours consistait surtout à se frotter à une boule de poils, dégoulinant autant de sueur que sa maîtresse. Les amateurs de zoophilie ne se seraient pas sentis dépaysés.

Les animaux new-yorkais vivent encore plus vieux que les autres. Les chiens sont systématiquement tenus en laisse (toujours au nom du civisme) et risquent moins de terminer sous un taxi que les touristes imprudents qui se tiennent un peu trop près de la circulation. Certains New-Yorkais sont capables de dépenser des milliers de dollars, voire d'hypothéquer leur maison, pour faire soigner leurs compagnons. La ville abrite le plus grand centre vétérinaire du pays : plus de 60 000 *pets* franchissent chaque année la porte de l'Animal Medical Center, bâtiment gris de huit étages situé dans un quartier sinistre, le long du FDR (le périph' Est de New York). L'établissement accueille essentiellement des chiens et des chats, mais dans 10 % des cas, ce sont des hamsters, des tortues, des furets, des serpents, des oiseaux, des perroquets (et même des rats !) mal en point. *« We treat anything that fits in a cab[1] »,* comme dit son directeur. D'ailleurs, on peut parfois voir devant la porte d'entrée un taxi orange de la compagnie Pet Ride attendre qu'un animal ait fini son traitement pour le ramener chez lui (à 35 $ de l'heure, course non comprise, le chauffeur a tout son temps !). Et en matière de traitements, nos amies les bêtes n'ont vraiment rien à nous envier. Scanner, IRM, ultrasons, bloc opératoire, soins intensifs, arthroscopie, pacemakers, chirurgie cardiaque et neurologique, transplantation de rein, chimio et radiothérapie : c'est la médecine de

---

1. Nous soignons tout ce qui peut tenir dans un taxi.

pointe appliquée aux animaux, grâce, entre autres, à la générosité de donateurs comme la famille Rockefeller et Oscar de la Renta. Quatre-vingts vétérinaires travaillent ici. Ils sont cardiologues, hématologues, cancérologues, chirurgiens, ophtalmologues, gastro-entérologues, neurologues ou encore urgentistes. Dans le couloir des salles d'examen clinique, des dizaines de vétérinaires, d'internes et d'aides-soignants vêtus de blouses blanches ou bleues discutent de l'état de leurs patients, en commentant des clichés radio affichés sur les écrans lumineux. Pour un peu, on se croirait dans la série télévisée *Urgences*, les teckels et les lapins en plus. Lors de notre visite, Kelly, un brave labrador beige âgé de 5 ans, termine sa sixième semaine d'hémodialyse, à raison de trois séances hebdomadaires de cinq heures (son maître, lui, s'est déjà délesté de 18 000 $). À quelques mètres de là, Greg (qui, comme son nom ne l'indique pas, est un perroquet gris femelle), mascotte du service où sont soignés les animaux exotiques, imite le miaulement d'un chat. Dans les cages voisines, un perroquet gris africain attend d'être transféré au bloc pour une mauvaise fracture de l'humérus (eh oui! les perroquets ont un humérus!), et deux perroquets Amazone patientent pour leur manucure-pédicure annuelle et un petit ponçage de bec. Dans la pièce d'à côté, on nous explique très sérieusement que trois furets vivent ici en permanence car ils sont donneurs de sang pour leurs congénères malades.

Et quand les maîtres ne se remettent pas de la mort de leur animal favori, ils peuvent consulter Susan Cohen, une assistante sociale qui les aide à faire le deuil. Ne croyez pas que ce soit considéré comme une extravagance. À New York, il est de bon ton d'envoyer une carte de condoléances quand un ami perd son chien.

Dans n'importe quelle papeterie, vous trouvez des rayonnages entiers de *pet sympathy cards* à côté des cartes de vœux pour les anniversaires et les départs en retraite.

En bons New-Yorkais, les êtres poilus ou à plumes ont aussi leur psy et leur chiropracteur. En fait, le seul truc qui n'existe pas, c'est la chirurgie esthétique. Mais à ce rythme, le lifting canin ne devrait pas tarder à voir le jour.

Pale Male
le mâle parfait est un rapace

Il est célèbre. C'est une star de cinéma. Quand il croise ses fans, il les dédaigne totalement. Il a un fan-club, un site Internet. Il connaît du beau monde. Il est élégant et racé. Il habite l'un des immeubles les plus prestigieux de la ville, sa vue sur Central Park vaut des millions de dollars. Qu'importe, il ne paie pas de loyer. Si nos chères pintades sont des oiselles au sens figuré, lui est un oiseau singulier, au sens propre du terme. Pale Male est l'oiseau le plus illustre de la ville. Un rapace qui a décidé de nicher sur un immeuble de la 5e Avenue. Depuis, la ville se prend pour *National Geographic*.

En passant à Central Park, du côté de la 72ᵉ Rue, il est toujours surprenant de voir l'énorme télescope, et les promeneurs en arrêt. Certains ont leurs jumelles, d'autres viennent avec leurs carnets de notes.

Les habitantes se passionnent pour l'oiseau de proie qui est venu établir son empire sur Central Park. Trop contentes de faire de l'anthropomorphisme, elles lui font incarner toutes les valeurs du mâle idéal. C'est un capitaliste qui a jeté son dévolu sur l'un des endroits les plus prisés de la planète. Il est un très bon père, il produit trois petits chaque saison. Il est le personnage principal d'un documentaire. Enfin, c'est un vrai New-Yorkais.

Tout a commencé il y a seize ans lorsqu'en survolant le parc, le volatile s'est dit qu'il allait tenter sa chance à New York. Les habitants se sont pris de passion pour la bête sauvage. Pale Male a construit son nid au-dessus d'une fenêtre d'un des *co-ops* les plus *select* de la ville (Barbra Streisand a voulu acheter un appartement dans cet immeuble, mais elle a été refusée par le directoire). Pale Male, mine de rien, s'est accaparé la corniche du dernier étage sans rien demander à personne. Chaque printemps, les *regulars*, assis sur un banc au bord du *boat pond*, observent chacun de ses mouvements. La naissance des oisillons est toujours un grand moment. Pale Male a su convaincre de jeunes oiselles de partager son aventure. Il en est à sa quatrième épouse. Rien que de très standard. Pendant très longtemps, il a utilisé la terrasse de Woody Allen comme terrain de ses jeux érotiques. Les *regulars* étaient pantois de voir Pale Male et sa belle s'accoupler sous le nez du réalisateur de *Hannah et ses sœurs*. Woody a finalement vendu son *penthouse*. Au départ, Kit, une des habituées (de Pale Male et de Woody), pensait que cette horde de curieux munis de leurs binoculaires matait le pauvre metteur en scène. Quand elle a compris qu'il s'agissait de Pale Male, elle a bien ri. Pale Male est de l'espèce des buses à queue rousse. Ça a forcément moins de classe en français, mais en anglais ça se traduit par *red tailed hawk*. Romantique, viril, fascinant. Le climax de la saison a lieu quand les petits quittent le nid. Une fois partis, ils n'y reviennent jamais. Les voir s'envoler provoque des scènes de délires enfiévrés dans le parc.

Au cours des années, Pale Male a su captiver des gens de classes et d'origines totalement différentes. D'un seul coup, la *lady* de l'Upper East Side promenant son chien a sympathisé avec le sans-abri, le flic s'est pris de sympathie pour le baba cool local. Grâce à lui, des couples se sont formés, des bébés sont nés, un livre a été écrit, un documentaire réalisé. Et Nora Ephron (scénariste de *Quand Harry rencontre Sally*) a acquis les droits cinématographiques. *Pale Male* est peut-être la prochaine comédie romantique. Mais il s'en fiche, il a un pigeon à chasser.

ADRESSES DES PETS

Biscuits & Bath Doggie Village – baby-sitting pour chiens
701 2nd Avenue
Tél. : 212-419-2500
www.biscuitsandbath.com

Le Chien
La version Upper East Side du chienchien à sa mémère. C'est le lieu favori des *beautiful people* et de leurs compagnons à quatre pattes, *dixit* la propriétaire qui n'a apparemment pas de problème de fausse modestie puisqu'elle n'hésite pas à dire que la boutique est à son image, « chic et sophistiquée ». Nous, on pense que c'est surtout le royaume du mauvais goût mais bon, les goûts et les couleurs… Manteaux canins imitation chinchilla (350 $) ou avec poignets et col en fausses plumes d'autruche (195 $). Et avec ça, vous achèterez bien un peu de parfum pour votre chienne, un mélange de tubéreuse et de jasmin vendu 50 $ la bouteille.
1044 3rd Avenue Trump Plaza
Tél. : 212-752-2120
www.lechiennyc.com

New York Dog Spa & Hotel
L'établissement, qui fait garderie et toilettage (et aussi massage), vend toutes sortes d'accessoires à la mode, notamment le fameux Pooch Pack, le porte-chien ventral (environ 40 $).
145 West 18th Street
Tél. : 212-243-1199
www.nydogspa.com

Party City – tout pour faire la fête
38 West 14th Street
Tél. : 212-271-7310
www.partycity.com

PetCo
C'est le supermarché pour animaux domestiques. On y trouve les croquettes et les gadgets pour amuser Médor ou Pop le poisson rouge. Pour 12,99 $, vous pouvez vous procurer le Chuckit ball launcher, sorte

de longue cuillère ramasse lance balles. Ce sont les copains de Médor qui vont être bluffés !

860 Broadway
Tél. : 212-358-0692
www.petco.com

Sharper Image

Chaîne spécialisée non pas dans le chien, mais dans les gadgets. Après vous être octroyé une petite pause allongé dans un fauteuil au dossier vibromasseur, jetez un coup d'œil pour rire au Bow-lingual Dog Translator (environ 100 $). Accroché au cou de Buddy, ce gadget électronique, *made in Japan*, est censé analyser et traduire ses aboiements. Si deux petits yeux et une langue qui pend apparaissent sur l'écran, ça veut dire que Buddy veut jouer avec vous. Si ce sont des gros yeux avec une gueule menaçante, alors Buddy n'est pas content. Comme si vous ne pouviez pas vous en rendre compte par vous-même.

www.sharperimage.com

The Animal Medical Center

510 East 62nd Street
Tél. : 212-838-8100

Trixie + Peanut Pet Emporium – vêtements hip pour Médor

23 East 20th Street
Tél. : 212-358-0881
www.trixieandpeanut.com

7 Un volatile
sociable

« 7 h 30, éveil mental. 7 h 45, petit déjeuner. 8 heures, psychanalyse. 8 h 15, voir le cuisinier. 8 h 30, méditation silencieuse. 8 h 45, massage facial. 9 heures, vendeur de miniatures persanes. 9 h 15, correspondance. 9 h 30, manucure. 9 h 45, gymnastique rythmique. 10 heures, mise en plis. 10 h 15, pose pour buste. 10 h 30, délégation de la fête de la Maternité. 11 heures, leçon de danse. 11 h 30, Comité du contrôle des naissances chez Mrs... »

Edith Wharton, *Les New-Yorkaises*, 1927

Girls night out

VIRÉES ENTRE FILLES

Les New-Yorkaises aiment sortir avec leurs *girlfriends*[1]. On les voit déambulant dans les rues en riant aux éclats, attablées dans les restaurants à la mode ou savourant des cocktails colorés dans les bars. Il existe d'ailleurs un terme *catchy* pour désigner ces virées entre copines : *girls night out*. C'est un rendez-vous quasiment aussi formel qu'une *date* avec un garçon (évidemment beaucoup moins stressant) et, pour sortir entre elles, les New-Yorkaises se pomponnent presque autant que pour un rancard amoureux. Maquillées, manucurées, brushinguées, elles arborent souvent la tenue de circonstance : jean à taille basse, mules étroites à talons hauts et l'indispensable petit top élégant *spaghetti straps* (à fines bretelles) et décolleté plongeant. Même en plein hiver. À croire que nous ne sommes pas fabriquées de la même façon puisque nous, pauvres Européennes frileuses, disparaissons sous trois épaisseurs de cols roulés dès les premiers frimas.

---

1. En anglais, *girlfriend* désigne à la fois une petite amie et une simple amie du sexe féminin, ce qui peut être source de confusion quand une interlocutrice vous parle de sa *girlfriend* Alice.

Carole, une amie comédienne et serveuse dans un restaurant de l'East Village, nous raconte que certains soirs, le restaurant est rempli de bandes de filles en goguette. « Les serveurs adorent ça ! »

Le célibataire hétérosexuel est-il à ce point une denrée rare pour que les New-Yorkaises passent autant de temps ensemble ? À moins que ce ne soit leur conception de la fraternité (d'ailleurs, ici les filles appellent ça *sisterhood*) et de la camaraderie, plus légère et superficielle que chez les Latines. Ou encore que la mixité platonique ne va pas de soi au pays des procès pour harcèlement sexuel ? Sans doute un peu des trois.

Une *girls night out* classique consiste le plus souvent à dîner dans un restaurant et/ou à prendre un verre dans un *lounge*. Mais pas n'importe quel verre. Le carburant obligatoire, c'est le cocktail. Si possible à base de vodka, noyée dans divers nectars fruités et sucrés. Bref, facile à boire. « Le cocktail fait partie de la culture américaine, au même titre que les comédies musicales, l'*apple pie* et le base-ball », nous explique Dale DeGroff, le roi du cocktail, ancien *bartender* vedette du Rainbow Room, le célèbre bar du Rockefeller building. « Mais ça fait seulement une dizaine d'années que les femmes se sont mises aux cocktails. Avant, elles buvaient du Perrier et du chardonnay. » Nous rencontrons Dale et sa femme au Flatiron Lounge, le bar du moment, dans le quartier éponyme. Beaucoup de congénères viennent y goûter les mixtures de la talentueuse Julie Reiner, l'une des propriétaires et jeune protégée de Dale DeGroff. « Elles commandent toutes des Cosmopolitan. Évidemment à cause de *Sex and the City*. Les filles pensent que boire un Cosmo, c'est cool. Je tente de les convaincre d'essayer quelque chose de plus original. Ça marche souvent, car elles sont plus aventureuses que les hommes. »

Les New-Yorkaises ne vont pas tellement danser entre filles. D'ailleurs on ne danse pas tant que ça à New York. Dans un grand nombre de clubs où l'on vient écouter de la musique, on peut voir placardé sur les murs l'avertissement *« No dancing allowed »*. Dans sa croisade sécuritaire, l'ancien maire Rudolph Giuliani a déterré dans les années 90 une loi qui remonte à l'époque de la prohibition, la *cabaret law*, qui interdit de danser dans un club ne disposant pas d'une licence de cabaret (très onéreuse). Des dizaines de clubs et de bars ont été fermés pour avoir violé cette loi, et « la police de la danse » (oui, il y a une police de la danse à New York, elle a même un nom : *the Cabaret squad*) existe toujours, même si Michael Bloomberg a promis d'assouplir le système.

Les clubs du moment pour écouter de la musique et/ou danser sont Lotus, The Box et Marquee. Mais cela aura sans doute changé dans six mois au rythme auquel les clubs se montent et se démontent à New York.

La *girls night out* par excellence, c'est la *bachelorette party*. Les New-Yorkaises adorent organiser les enterrements de vie de jeune fille. Parmi les grands classiques, pas toujours de bon goût comme le veut la tradition : participer au spectacle dansant interactif disco kitsch The Donkey Show, dîner à Lucky Cheng's, le restaurant de *drag queens* de l'East Village, jouer au bowling avec les étudiants de NYU à Bowlmor Lanes, ou encore verser dans le Chippendale avec un spectacle de *male strippers*.

> ### Où dîner entre filles
>
> Sur les conseils de notre amie Tracy, qui s'y connaît en *girls night out* : Takahachi (selon elle le restaurant japonais le plus convivial de la ville à des prix imbattables), Blue Hill (bistro américain inventif au cœur de Greenwich Village) et DuMont (bonne bouffe de bistro de quartier à Williamsburg).

En bonnes New-Yorkaises, nous avons institué nos *girls night out*. Un dîner mensuel qui réunit nos copines françaises et américaines. Un rituel que nous avons baptisé « les dîners de pintades ». Forcément.

> ### Meatpacking. Not so hip
>
> Un conseil, épargnez-vous le voyage jusqu'au Meatpacking District le soir. L'ancien quartier des abattoirs (il ne reste plus beaucoup de bouchers) n'a vraiment plus rien du quartier interlope avant-gardiste. Beaucoup trop de *Bridge & Tunnels* et de *beautiful people* que déverse un flot continu de limousines *stretch* et de taxis. Beaucoup trop de restaurants pseudo-branchés et de promoteurs alléchés.

LEURS COCKTAILS PRÉFÉRÉS

Cosmopolitan

La boisson de choix des filles de *Sex and the City* et des New-Yorkaises en général. Un soir, Julie Reiner, de Flatiron Lounge, essayait de convaincre une cliente de goûter un cocktail différent. Voyant la cliente vraiment rétive, elle s'est résignée et, d'un ton biblique, lui a répondu : « *A Cosmo you want, and a Cosmo you shall have[1] !* »

4 cl de vodka citron
2 cl de Cointreau

---

1. « Un cosmo tu veux, un cosmo tu auras ! »

1 cl de jus de citron vert

2 cl de jus d'airelle (*cranberry* en anglais)

Secouez avec des glaçons. Filtrez la boisson dans un verre à cocktail. Garnissez avec un zeste d'orange.

Mai Tai à la goyave

La recette de l'été de Julie Reiner (elle n'utilise que des produits frais)

2 cl de rhum Cruzan Single Barrell Estate

2 cl de Marie Brizard orange curaçao

1 cl de sirop d'orgeat

2 cl de jus de citron vert

1 cl de jus d'orange

3 cl de purée de goyave

Mettez tous les ingrédients dans un shaker avec des glaçons, remuez et versez dans un verre cheminée avec des glaçons. Décorez d'un quartier d'ananas et d'une orchidée.

Martini Perfect

Non, ce n'est pas la boisson apéritive de Martini et Rossi (qui n'est qu'un des ingrédients du cocktail) et c'est bien la boisson favorite de James Bond. L'agent 007 la déguste *stirred not shaken*.

6 cl de gin ou de vodka

1 cl de vermouth français sec

1 cl de vermouth italien doux

Remuez trente fois avec des glaçons (ne surtout pas secouer), filtrez dans un verre à cocktail garni d'un peu de glace. Décorez d'une olive.

Manhattan, selon Dale DeGroff,
le *king of cocktails*

6 cl de Bourbon

3 cl de vermouth italien doux

2 traits d'Angostura bitters

Mélangez les ingrédients dans un shaker avec de la glace pilée et remuez comme pour un Martini. Versez dans un verre à cocktail. Décorez d'une cerise. Si vous préférez un Dry Manhattan, remplacez le vermouth doux par du vermouth sec et décorez d'un zeste de citron.

World cocktail

Servi au World Bar, dans l'une des tours de Donald Trump, c'est le cocktail le plus cher de la ville. Il se compose de cognac Remy XO, de pineau des Charentes, de veuve-clicquot (prononcez « Vouvclikoe »), de divers ingrédients et d'une flaque d'or 23 carats liquide. Le tout est préparé sur un plateau en argent massif à la table. Mélanger l'or et l'argent, oh, quelle faute de goût! Quant à mélanger champagne et pineau des Charentes, nous ne ferons pas de commentaire. Apprêtez-vous à débourser 50 $.

Social noise

CRIAILLEMENT

« Et elle ne cesse de jeter un cri discordant qui perce l'air comme une pointe[1]. » C'est ainsi que Jules Renard décrit le cri de la pintade…

Les *boom boxes* ont beau avoir disparu au sud de la 110e Rue, New York n'est pas une ville paisible et

---

1. *Histoires naturelles*, Flammarion, 1999.

silencieuse. Des marteaux-piqueurs à 7 h 30 le samedi matin, une bitumeuse en pleine nuit pour refaire l'asphalte (mieux vaut déranger le sommeil des riverains que l'économie diurne), les sirènes des pompiers, les camions qui roulent sur les énormes plaques de métal qui bouchent, tels des sparadraps, les innombrables trous de la chaussée, une benne qui broie au-dessous de nos fenêtres les meubles d'un syndicat d'enseignants qui déménage (c'est vrai, après tout, pourquoi les donner?), les klaxons des taxis, les airs conditionnés… Ces nuisances sonores, les habitants peuvent les dénoncer en téléphonant au 311, le numéro mis en place par la mairie pour tenter d'améliorer la qualité de vie. Mais les services du 311 ne peuvent rien contre le bruit le plus cocasse de la ville : le *social noise*. Cette façon qu'ont beaucoup de New-Yorkaises de monter dans les suraigus pour un oui ou pour un non. Par exemple, quand elles vous rencontrent pour la première fois : « *Soooooo greeaaaat to finally actually meeiiit youuu!* » Ou bien quand deux amies prennent leur énième *cafe latte* de la semaine ensemble : « *It's soooo good to seiii youuuu!* » comme s'il s'était passé trois guerres et deux ouragans depuis leur dernière entrevue. Ou encore pour remercier l'employé derrière son comptoir : « *Thank you sooooooo much!* », comme s'il venait de leur sauver la vie. L'adverbe *so* est la charpente du *social noise*. Il s'emploie à tout bout de champ en mettant l'emphase sur le « o ». Combien de fois nous est-il arrivé de ne plus nous entendre au restaurant parce que notre conversation était couverte par les criaillements de nos voisines de table. À côté de leur enthousiasme tantôt rafraîchissant, tantôt agaçant, notre retenue cartésienne nous fait souvent passer pour des glaçons neurasthéniques.

« Complainte ou jacassement, le chant des pintades rend sensible et matérialise le champ d'activité du groupe, c'est le lien virtuel qui rassure la compagnie tout en protégeant l'individu dans ses occupations. […] Isolée, la pintade se tait. La solitude la rend muette[1]. »

ABÉCÉDAIRE, LE VOCABULAIRE DE SURVIE

Awesome (adj.)

Sensas. Se prononce d'une voix suraiguë et les genoux flageolants. Utilisé pour qualifier tout et n'importe quoi. « *Your bag (haircut, girlfriend, umbrella, etc.) is awesome.* »

B&T (n.)

Bridge and Tunnel. Littéralement « Pont et Tunnel ». Se dit de tous ceux qui ne vivent pas sur l'île de Manhattan. L'équivalent de nos banlieusards.

Commitment (n.)

Engagement. Le mot le plus effrayant pour la gent masculine. S'emploie par exemple dans « *Oh! It's terrible! Jack is afraid of commitment.* »

Do (v.)

Forme grammaticale incorrecte dont les New-Yorkais abusent. S'emploie en particulier quand il est question d'emploi du temps : « *I can't do a 3 o'clock meeting, but I can do lunch tomorrow.* »

---

1. Jean-Marie Lamblard, *L'Oiseau nègre, l'aventure des pintades dionysiaques*, éditions Imago, 2003.

Empower (v.)

Intraduisible. Cela étant dit, ça se rapproche de « Prends ta vie en main, sois forte, aie confiance en tes capacités et que la force soit avec toi. » S'applique à Wonderwoman et au commun des mortels, dans tous les domaines. Par exemple : « *Empower your sex life.* »

Fag hag (n.)

Se dit des femmes qui recherchent l'amitié des homosexuels. Vient de *fag*, terme péjoratif pour homosexuel, et *hag*, terme péjoratif désignant une vieille femme.

Good for you! (expr.)

« Tant mieux pour toi ! » Se prononce d'un ton enthousiaste. Les New-Yorkaises savent se réjouir candidement pour leurs comparses. « Ton patron t'a augmentée ? *Good for you !* Tu as une *date* ce soir ? *Good for you !* Tu vas dîner chez Nobu ? *Good for you !* »

Hot (adj.)

Synonyme de sexy. S'emploie pour décrire hommes, femmes, lieux et objets, comme dans l'expression consacrée *Hot mama*.

It (adj.)

Se dit d'une pintade branchée. « *The It girl* ».

J.A.P. (acronyme)

Jewish American Princess. S'assortit de sa petite sœur séculaire et fortunée, P.A.P. : *Park Avenue Princess*. Se dit de la jeunesse dorée, gâtée et capricieuse. Fréquente assidûment les écoles privées et les soirées mondaines.

Keep up (v.)

Garder le rythme. Fondamental pour tenir le coup à New York. Dans la ville des *control freaks* (comprenez : « Pas une minute de mon agenda et pas un aspect de ma vie ne doivent m'échapper »), on doit *keep up* avec le yoga, les nouveaux restaurants, la mode, les poussettes, et bien sûr la motivation. Surtout ne pas se faire prendre en flagrant délit d'être *sooo last season*.

Lost in New York (expr. familière)

Façon urbaine pour un garçon de se plaindre quand il descend au sud de l'équateur et que la fille prend son temps pour jouir. Relevé dans Urbandictionary.com : « *I was so lost in New York last night with that chick I got tired.* »

Moron (n.)

Abruti. À mi-chemin entre débile profond et crétin, *moron* est l'insulte de choix des New-Yorkais. S'utilise essentiellement dans l'expression « *Bush is a moron* ».

Networking (n.)

Indispensable dans le kit de survie. Le réseau de relations. Ce qui implique de penser à envoyer une *greeting card* au cousin du copain du voisin.

Over (adv.)

Flanque un grand nombre de mots. L'équivalent de « hyper », mais en moins ringard. *Overachiever. Overstressed. Overbooked. Over the top.*

Plus one (n.)

Se dit de l'âme charitable qui accepte gracieusement d'accompagner sa copine célibataire quand elle est invitée. « *Do you want to be my plus one tonight?* »

Queen (n.)

Dancing queen. Drama queen. Drag queen. I'm the queen. Quintessence de la pintade.

Regular (adj.)

Se dit du café que l'on commande à emporter. Ne vous attendez pas à une tasse de café noir : ici, l'expression *regular coffee* désigne un café avec du lait et deux sucres.

Shlemiel (n.)

Terme yiddish qui désigne une personne maladroite. Beaucoup de mots yiddish sont passés dans le langage courant. Pas besoin d'aller chez Katz's, le plus vieux deli du Lower East Side, ou dans le quartier des diamantaires, sur la 47ᵉ Rue, pour se faire comprendre. Si vous traitez votre plombier latino de *shlemiel*, ne vous étonnez pas que, du tac au tac, il vous traite de *shlub* (stupide). Par contre, s'il vous traite de *shmok* (la pire insulte), renvoyez-le sur-le-champ.

Taxi (n.)

C'est l'un des premiers mots que nos enfants ont prononcés, en bons New-Yorkais. Malgré une augmentation de leurs tarifs de 25 % en 2004, les *yellow cabs* restent un mode de transport pratique. N'oubliez pas le *tip* (pourboire), n'hésitez pas à imposer votre itinéraire aux chauffeurs qui n'ont jamais de plan de la ville avec eux. Faites-vous déposer comme les habitués, *near corner* ou *far corner* (avant ou après le passage piéton).

Ultimate (adj.)

Summum. Le qualificatif de la ville. Définit par extension tout ce qui se rapporte à New York. *The ultimate city, the ultimate people, the ultimate pizza…*

Vavavoom (interj.)

Rien à voir avec la campagne de pub de Thierry Henry pour la Renault Clio. À New York, *vavavoom* se dit d'une fille, d'une robe ou d'une coupe de cheveux. C'est le *wow* local.

Whatever (interj.)

Signifie « qu'importe! ». S'emploie à tout bout de champ. En particulier par les passifs agressifs pour clouer le bec à leurs interlocuteurs. Un art achevé de l'esquive, une façon habile de dire « *F—k off* ».

Xo Xo (n.)

Abréviation utilisée à l'écrit, essentiellement à la fin des emails. L'étymologie n'est pas claire, mais *grosso modo* ça veut dire bisou et câlin.

Yucky and Yummy (interj.)

Les équivalents de « beurk » et « miam ».

Zsa-zsa zou (n.)

Entendu dans la bouche de Carrie Bradshaw, dans l'épisode 74 de *Sex and the City*. Désigne, depuis, l'attribut indispensable d'une relation sentimentale,

ce je-ne-sais-quoi qui donne des papillons dans le
ventre.

Un oiseau charitable

CHARITY BUSINESS

L'expression « femmes de charité » s'applique parfaitement aux New-Yorkaises. La philanthropie est
l'une des activités favorites de la ville. Chaque soir
compte son gala, son dîner, son inauguration, tous
destinés à remplir les caisses d'associations caritatives.
Il faut dire qu'elles pullulent. Femmes battues, enfants
malades, théâtre de création, musique classique, animaux maltraités, chaque cause trouve ses généreux par-
rains et marraines. Tous les ans, le musée de la Radio
et de la Télévision organise un raout dans la gran-
diose salle de bal du Waldorf=Astoria. L'occasion pour
le monde du petit écran de se réunir et d'honorer un
de ses pairs. En 2004, c'était le tour de Tom Brokaw,
le présentateur vedette de la chaîne NBC. Toute une
faune d'hommes puissants (patrons d'agences publicitaires, producteurs, etc.), généralement accompagnés
de leurs (très) jeunes épouses, se presse pour entendre
le discours des diverses célébrités qui se succèdent à la
tribune. Discours *funny and witty* de rigueur, éclats de
rire obligatoires. La formule est lucrative. Chaque table

se vend 10 000 $. Ce sont généralement les entreprises qui mettent la main au portefeuille. Entre deux bouchées de filet de bœuf trop cuit, l'écran géant s'anime d'extraits des reportages de Tom Brokaw, images de famine en Afrique, pauvreté aux États-Unis, conflit au Kosovo. Indigeste contraste que personne ne semble remarquer, les invités étant bien trop occupés à célébrer l'un des leurs et à faire du *networking*.

Dans un système politique qui finance des organisations non gouvernementales pour remplir des missions de service public, l'univers caritatif est effervescent. Donner est quasiment considéré comme un devoir. Les New-Yorkais ont leurs associations favorites auxquelles ils contribuent régulièrement. Être généreux est aussi un moyen de s'élever socialement. Rien de tel que de trôner aux côtés d'un des grands noms de la ville, Rockefeller, Pierpont, Vanderbilt, sur le petit dépliant de remerciements.

D'ailleurs, les New-Yorkais qui fréquentent assidûment les cercles philanthropiques se précipitent le lendemain sur le site Internet newyorksocialdiary.com pour voir si leur photo y a été publiée.

Les grandes fortunes de New York sont d'une insolente générosité et ce n'est pas un hasard. Dans un pays où les contribuables sont fortement taxés (les États-Unis sont loin d'être un paradis fiscal ; il y a peu d'exceptions, d'exemptions et de réductions), les donations sont substantiellement déductibles. Un encouragement qui décuple l'altruisme. Du coup, tout le monde met la main au porte-monnaie plus libéralement. Quasiment tous les événements sportifs sont destinés à financer une bonne cause. Comme le faisait remarquer Lawrence (comme Lawrence d'Arabie), un de nos copains entrepreneur : « Ici par exemple, tu joues au golf et on appelle ça de la philanthropie. »

Les écoles privées sont toutes des *non-for-profit organizations* et de ce fait permettent à leurs donateurs de déduire leurs largesses. Même la petite école de quartier n'hésite pas à organiser un *fundraising* réunissant les parents d'élèves et mettant aux enchères des biens plus ou moins alléchants. Une vieille croûte, un sac à main années 80, un week-end dans le New Hampshire. Un père d'élève, ophtalmologue, a même offert des injections de Botox. Rien à voir avec la myopie, mais tout le monde s'est rué dessus, même si l'officiant n'est pas dermatologue. Front lisse et prise de risque pour la bonne cause.

L'adage « Dis-moi qui est ta *charity* et je te dirai qui tu es » s'applique bien aux New-Yorkais. Par exemple, Henry Kissinger est un généreux donateur du New York Animal Medical Center. On défend les faibles que l'on peut.

Si vos poches ne sont pas aussi replètes que celles des grands de la ville, ce n'est pas un problème, vous pouvez donner de votre temps. Servir la soupe populaire le soir de Thanksgiving, donner des cours de soutien à des enfants de Harlem, écrire du courrier pour les analphabètes. Il existe même une association qui fonctionne comme une agence d'intérim pour les volontaires. Vous êtes libre un soir par semaine et vous avez des compétences juridiques, vous serez peut-être choisie par une association d'assistance légale. Ça permet aux New-Yorkaises de se sentir utiles et de contribuer au bon fonctionnement du système social. Et si vous n'avez ni argent ni compétences, vous pouvez toujours participer aux multiples marches et courses de charité qui sont organisées chaque semaine. Ou bien vous inspirer de cet hurluberlu qui a décidé de donner des *hugs*, des embrassades, aux passants. Il s'est installé avec sa pancarte dans Washington Square Park pour offrir des *free hugs* à qui en voudrait. Et ça a été un joli succès. Car si les New-Yorkais savent donner, ils savent aussi gracieusement recevoir.

I ♥ NY

Les New-Yorkais ont la réputation d'être grossiers, *rude* comme on dit ici (prononcez « wroud »), et de ne s'intéresser qu'à eux-mêmes (et à leur ville, *the greatest city in the world*).

Mais si vous vous adaptez au rythme de la cité, vous découvrez rapidement qu'à condition de ne pas entraver leur efficacité légendaire, les New-Yorkais sont des êtres charmants.

Ils vous cèdent volontiers le passage en entrant dans un restaurant et vous tiennent la porte en sortant des magasins. Ils vous saluent en souriant – c'est parfois un sourire commercial et superficiel, mais c'est toujours plus plaisant que la bougonnerie, même sincère, des Parisiens. Ils ne vous disent pas simplement « *Good bye* », mais « *Have a good one* », quoi que soit le *one* en question, c'est-à-dire la suite de votre journée.

Les New-Yorkais aiment aider. C'est dans leur nature. Certes, ils marchent vite, ne veulent pas perdre de temps et sont adeptes du « Aide-toi, le ciel t'aidera ». Mais il y a toujours quelqu'un pour vous secourir spontanément quand vous avez l'air perdu dans la rue ou pour vous aider à porter la poussette dans les escaliers du métro.

Les New-Yorkais sont sociables et chaleureux. En témoigne cette anecdote : un matin où je sortais de chez moi, le sourire aux lèvres parce que je pensais à quelque chose de plaisant, un inconnu m'a rendu mon sourire avant de s'exclamer en passant : « *Thanks for the smile!* »

Les New-Yorkais sont tolérants. Leur devise : « *Mind your own business*[1]. »

Enfin, *last but not least*, ils sont optimistes. Un trait de caractère assez déconcertant quand on est français, mais dont on s'accommode très vite.

LA THANK YOU NOTE

Dernièrement, mon fils a été invité à un anniversaire. J'ai reçu l'invitation en bonne et due forme, par courrier. Une invitation manuscrite digne d'un président. Qui a dit qu'à l'heure d'Internet, on ne prenait plus la plume ? Ou peut-être est-ce justement à cause d'Internet que les New-Yorkaises se rebellent. Elles écrivent. Profusément. Les New-Yorkaises efficaces sont concises. Elles écrivent des cartes, des notes, des mots, des vœux et des remerciements. La fameuse *thank you note*, véritable huile de la société (pseudo)mondaine. Une soirée, vite une *thank you note*, un cadeau de départ en retraite, *fissa*, une *thank you note*. Impensable de ne pas envoyer une *thank you note* après un entretien pour un nouveau job. Le texte, en substance, sera le suivant : « Merci d'avoir pris un peu de votre temps précieux pour me rencontrer », et d'en remettre une dose sur le mode « Je suis

1. Mêle-toi de ce qui te regarde.

fabuleuse et grâce à mon talent, vous gagnerez des millions de dollars et tout se finira en chansons! ». Au registre du suintement de gratitude, c'est pire qu'une soirée d'oscars. Les papeteries regorgent de cartes de remerciement pour toutes les occasions. Lorsque mon fils est allé au goûter d'anniversaire de sa camarade Camilla, il a bien sûr apporté un cadeau. Aïe! Qui doit remercier qui? Nous, pour l'invitation, ou bien eux, pour le cadeau? Dans le doute, le lendemain, je me suis fendue d'une note de remerciement. « Merci pour votre invitation. » Au courrier, je recevais une *thank you note* : « Merci pour votre très joli cadeau. » Pour voir jusqu'où ça pouvait aller, j'ai empoigné mon plus beau stylo et j'ai écrit : « Merci pour votre charmante carte de remerciement. » Les parents de Camilla ne l'entendaient pas de cette oreille. Le surlendemain, ils m'ont traquée au parc. Avec un grand sourire, ils m'ont dit : « *Oh! Thank you* pour ta *thank you note.* » *Damn it!* Ils ont gagné. Je n'ai pas surenchéri.

Transhumance estivale

HAMPTONS FOLLIES

Il était une fois une île merveilleuse qu'on appelait Long Island. Comme son nom l'indique, elle était longue et elle déployait ses kilomètres de plages de sable fin et blanc. Elle était peuplée par des agriculteurs qui cultivaient des champs de pommes de terre et des pêcheurs qui pêchaient des baleines, des bons poissons et des crustacés (et des huîtres qui n'ont rien à envier à nos fines de claire). Tout y était paisible et tranquille, la vie y était d'un calme enchanteur (d'autres diraient déprimant ?). Mais un jour, de riches habitants de Manhattan ont réalisé que cette île était merveilleuse et que ses plages pourraient bien devenir leur lieu de villégiature. Depuis, les baleines ne sont plus chassées à Sag Harbor, et les vaches d'East Hampton ont été remplacées par une faune d'un autre type (parfois d'ailleurs tout aussi bovine). La quiétude a fait place à une vie estivale agitée.

À partir de *Memorial Day week-end* (le troisième week-end de mai), les petits villages de Southampton, East Hampton, Westhampton, Sag Harbor et Bridgehampton sont envahis d'estivants fortunés et branchés, qui rivalisent d'imagination pour être les plus exubérants et les plus tapageurs.

Pour parcourir les 120 kilomètres qui séparent Manhattan des Hamptons, les moyens de transport sont nombreux. Le train pour les plébéiens, les bus Jitney qui font les navettes depuis 1974 (le meilleur moyen de faire des rencontres), la voiture personnelle (quatre heures d'embouteillages garanties), ou, pour ceux qui voyagent avec style, l'hélicoptère (la façon la plus sûre de *beat the traffic* et de déguster son cocktail au bord de la piscine avant le coucher du soleil). La dernière formule est aussi la plus onéreuse (environ 400 $ pour un aller simple), mais quand on paye 20 millions de dollars pour une résidence secondaire et qu'on veut dîner *alfresco*, un trajet en hélicoptère paraît être une bonne affaire.

Ces dix dernières années, les fermes des environs ont presque toutes disparu. L'immobilier a totalement explosé et des maisons au style architectural aussi indéfinissable que le sexe des anges sont sorties de terre. La demeure de l'industriel Ira Rennert a battu tous les records. Construite sur un ancien champ de pommes de terre, elle compte vingt-neuf chambres, un garage pouvant accueillir cent voitures, un bowling, et 10 000 mètres carrés habitables. Rennert, qui y a emménagé en été 2004, déclarait à la presse : « *This is my insurance policy against being old and lonely.* » « C'est mon contrat d'assurance pour ne pas être vieux et seul. »

Lisa Metselaar, une *socialite* de l'Upper East Side, passe ses vacances aux Hamptons depuis plus de vingt ans. « Quand j'étais à l'université, je louais une chambre dans une maison et j'y allais avec une copine tous les week-ends. » Depuis, Lisa a épousé un homme suffisamment fortuné pour lui offrir une maison de vacances. « *Anyway*, qui voudrait passer ses vacances à Manhattan ? Il fait trop chaud, c'est *disgusting*, insupportable. Je prends mes quartiers d'été et j'emporte la totalité de mes penderies, chaussures comprises. Ça me prend trois voyages, mais comme ça, je n'ai pas besoin de revenir en ville parce qu'il me manque un sac à main ou une paire de sandales. » Lisa aime sa maison et les fêtes dont les Hamptons regorgent. Elle appartient à diverses associations, *beach clubs, golf clubs,* etc. « Socialement, c'est important d'appartenir à des clubs. Ça permet de cultiver ses relations et c'est très pratique avec les enfants. » Les clubs privés sont ancrés dans le mode de vie des Hamptons. Pour certains estivants, ils en sont même la raison d'être. Parmi les plus élitistes du pays, Shinnecock Hills Golf Club à Southampton est connu pour ne pas admettre les Juifs. Une discrimination que personne ne songe à remettre en question, même si elle en irrite plus d'un. Un de nos copains, un sexy joueur de golf de confession israélite, nous faisait part de son acrimonie : « Heureusement que, grâce aux tournois de charité, j'ai eu l'occasion d'y jouer dans le passé. C'est un parcours de golf magnifique, mais le comble, c'est que les installations ne sont même pas luxueuses. C'est juste super *select*. Soyons clairs, si tu n'es pas descendant en droite ligne du *Mayflower*, tu n'as aucune chance d'y être admis, *seriously*! »

Le pedigree doit à leurs yeux être irréprochable et il est parfois ardu de comprendre le discernement avec lequel les clubs acceptent ou refusent leurs membres. Notre sexy golfeur n'est pas digne d'être admis dans un club des Hamptons, mais par contre, Mr Barthold von Ribbentrop est membre du Meadow Club à Southampton, et tant pis pour le passé nazi attaché à son nom, un père ministre des Affaires étrangères de Hitler, coupable de crimes contre l'humanité et dont la vie s'est achevée une corde au cou à Nuremberg.

Être *prominent* (une personne en vue) est nécessaire pour être membre, mais il faut que ce soit pour les bonnes raisons (von Ribbentrop n'y est pas admis en mémoire de son père, mais en tant qu'ancien directeur de la filiale new-yorkaise de la Deutsche Bank). Quand on appartient à un club privé, il est vraiment mal vu d'être cité dans les journaux à scandale. Trop de « Page Six » (la page des ragots du *New York Post*) peut s'avérer désastreux. Pourtant les scandales font en grande partie le frisson des Hamptons. En juillet 2001, Lizzie Grubman, une attachée de presse, fille d'un très riche avocat, atteignait d'un coup la célébrité pour avoir caressé d'un peu trop près un groupe de *partigoers* (fêtards) avec les pare-chocs de sa voiture. Au départ de l'histoire, la blondinette se serait fait tancer par le videur d'une discothèque qui lui demandait de mieux garer son 4 × 4. N'aimant pas le ton du videur, elle l'a traité de *white trash* (intraduisible, mais se rapprochant de « sale plouc »), a démarré en trombe, et au lieu d'aller de l'avant, elle a enclenché la marche arrière, prenant au passage 16 piétons en sandwich entre sa voiture et le mur (quelques blessures, mais rien de trop grave). Le hasard se charge bien de la cocasserie, car tout cela se passait devant un club baptisé Conscience Point Inn. L'incident a valu à Lizzie de faire la une des journaux pendant des mois.

Aux Hamptons, entre clubs privés, restaurants *hip*, boîtes de nuit survoltées et soirées mondaines, le snobisme a atteint son Himalaya au bord de l'océan.

Tips des plages

Robert Moses Beach

La pointe la plus occidentale de l'île de Fire Island, seule partie accessible aux voitures. Baptisée du nom de l'ignoble promoteur new-yorkais responsable de la destruction de la magnifique gare de Penn Station. Il n'empêche que les plages de sable fin sont grandes et belles. Elles attirent beaucoup de monde en été. Le phare est très beau.

Long Beach

Pour s'échapper de New York un jour de grosse chaleur, Long Beach est facilement accessible. Le samedi et le dimanche matin, on voit de jeunes New-Yorkaises en tongs, parasol et chaise de plage sous le bras, courir pour attraper leur train. Sur place, ambiance familiale avec des immeubles moches en toile de fond.

Jones Beach

C'est apparemment la plage qui embauche les maîtres nageurs les plus sexy. Et ils prennent votre sécurité très au sérieux. Un peu plus loin que Long Beach, donc plus sauvage. Très grandes plages.

Brighton Beach

Un monde en soi. Allez-y pour l'ambiance populaire et le bonheur de se dire qu'on va à la plage depuis Manhattan en métro. Sur les planches, observez les vieux Russes qui jouent aux dominos. Terminez votre journée par un dîner dans l'un des restaurants du bord de mer. Commandez de la bière brune ou de la vodka.

Fire Island

Le banc de sable qui flanque Long Island est paré de nombreuses communautés de vacances charmantes. Les voitures sont inter-dites. Anciens villages de pêcheurs, les maisons sur pilotis sont toutes construites en bois. Certaines, d'architecture moderne, sont superbes. Choisissez la communauté bobo de Fair Harbor, essentiellement des gens des médias, de la pub et de l'édition, ou bien celle de Pines (les pins), la communauté homosexuelle où se trouvent les plus belles maisons (prononcez « Païn » et oubliez les mauvais jeux de mots). Communauté connue aussi pour sa vie nocturne intense.

Beauty Bar

Qui a dit qu'il fallait choisir entre boire et être belle ? Dans cet ancien salon de beauté *sixties* de l'East Village transformé en bar, on peut siroter une Margarita tout en se faisant faire une manucure. Le tout pour 10 $.

231 East 14th Street
Tél. : 212-539-1389

Bowlmor Lanes

Pour réussir quelques *strikes* entre copines dans un décor à la *Austin Power*. Certains soirs, l'ambiance peut devenir *wild*[1].

110 University Place
Tél. : 212-255-8188

Butter – le restau des célébrités
415 Lafayette Street
Tél. : 212-253-2828

Coyote Ugly Saloon

Un saloon en plein Manhattan. L'ambiance est plus Montana que Madison. Les filles sont invitées à se dévêtir autant qu'elles le souhaitent pour danser sur le bar. Sans doute une des plus grandes collections de soutiens-gorge qu'il vous soit donné de voir.

153 1st Avenue
Tél. : 212-477-4431

Dale DeGroff – le roi du cocktail
http://kingcocktail.com

Flatiron Lounge

Parfait pour débuter ou poursuivre une *girls night out* puisque ce *lounge* Arts déco, ouvert par trois amies *bartenders*, est une affaire de femmes. Si vous venez en groupe, réservez l'un des box. Parmi nos cocktails préférés (et le préféré du staff), on vous recommande le Juniper Breeze. Et le Flight of the day : une dégustation de trois mini-cocktails sur le thème du jour.

37 West 19th Street
Tél. : 212-727-7741

Hudson bars

Ne vous attardez pas au grand bar et choisissez plutôt la bibliothèque lambrissée revisitée par Starck. Faites une partie de billard en appréciant un cognac.

356 West 58th Street
Tél. : 212-554-6000

Lotus – night club
409 West 14 Street
Tél. : 212-243-4420

---

1. Sauvage.

Marquee – night club
289 10th Avenue
Tél. : 646-473-0202

Milk and Honey
Sacha, le propriétaire de ce minuscule bar du Lower East Side, en avait assez du *name-dropping* et du *starfucking* de la nuit new-yorkaise. Alors, pour avoir le droit de venir (et donc de connaître l'adresse, tenue secrète), il faut réserver par téléphone. Or le numéro de téléphone est aussi tenu secret. Bref, il vous faudra connaître quelqu'un qui connaît quelqu'un qui a le numéro, qui soit dit en passant change tous les six mois. Les cocktails sont délicieux. Les hommes n'ont pas le droit d'adresser la parole en premier aux femmes, ni de leur donner leur numéro de téléphone, sous peine de se faire expulser.

Pegu Club
Ouvert par la talentueuse Audrey Saunders, le club est un hommage au légendaire mess des officiers britanniques de Rangoon. Audrey, disciple de génie de Dale DeGroff, concocte des potions aux effets magiques. Le gin-gin mule vous soignera de tous les maux. Audrey prépare tous ses jus de fruits frais sur place et elle fabrique même ses bitters, y compris une angostura aux saveurs complexes. »
77 W. Houston Street
Tél. : 212-473-7348

Pravda
Post-modern Soviet Chic. Les Martini font partie des spécialités de l'un des meilleurs bars de la ville.
281 Lafayette Street
Tél. : 212-334-5015

The Box – le club *trendy* du moment
189 Chrystie Street
Tél. : 212-982-9301

The Donkey Show – striptease
547 West 21st Street
Tél. : 212-307-4100

The Rainbow Room – une des plus belles vues de New York.
Dommage que ce ne soit plus un bar aujourd'hui.
30 Rockefeller Plaza
Tél. : 212-632-5100

World Bar
845 UN Plaza / Trump World Tower
Tél. : 212-935-9361

8 Un oiseau
pas domestique

À votre service

ANYTHING CAN BE ORDERED

Bien sûr, quand on vit à New York, il faut faire une croix sur des petits plaisirs essentiels de la vie comme discuter de la météo avec son primeur pendant qu'il vous choisit un bon melon mûr à point pour le dîner. Mais la ville a d'autres avantages dont les habitants savent profiter (et nous aussi).

New York, c'est la ville du service, de l'abondance et des horaires à géométrie variable.

Au départ, ça a quelque chose d'effrayant. Le sentiment que les gens sont insatiables et n'arrêtent jamais de consommer. « *We appreciate your business* » peut-on lire à l'entrée des magasins, ouverts tard le soir, le dimanche et les jours fériés. Venant d'un pays où les commerces respectent le jour du Seigneur et la fête du Travail, ça déconcerte forcément. Et puis, après quelques mois d'immersion, on se dit que ça n'est finalement pas si mal. Le supermarché qui ferme à 1 heure du matin, le *deli* ouvert 24 heures sur 24, le drugstore du coin : il y a toujours un endroit pour vendre ce dont vous avez besoin en urgence (même une lime à ongles ! Et même un bouquet de fleurs, puisque New York s'est enfin décidé à avoir des fleurs dignes de ce nom). Deux jours après la sortie de la maternité, quand, anéantie par la privation de sommeil et ne sachant plus quoi faire pour calmer les pleurs de votre bébé, vous finissez par craquer et envoyez votre jules acheter une tétine à 3 heures du matin, vous bénissez saint Duane Reade [1] en

---

1. Duane Reade est une chaîne de drugstores.

voyant Junior s'endormir, tétant goulûment son *pacifier*[1] à la place de votre sein. Vive également les marchands ambulants et les petites épiceries coréennes qui vendent toujours des bouteilles d'eau fraîche quand il fait 40 °C et du café à emporter quand il fait froid. Ah! le café à emporter. Toute la culture américaine dans votre gobelet en carton. Certes, il est plus à emporter qu'à boire, mais il a au moins le mérite de servir de chaufferette, et pour 1 $, il s'accompagne d'un *bagel*, ou d'un *doughnut* bien gras, qui tient au corps.

Pendant nos vacances en France, les caissières de supermarché nous regardent parfois d'un mauvais œil quand nous bayons aux corneilles devant nos achats qui s'amoncellent à la fin du tapis roulant. C'est que nous avons pris de mauvaises habitudes : aux États-Unis, quelqu'un est payé pour empaqueter vos emplettes. Un service et un petit boulot de plus. Mais on comprend aussi pourquoi les Américains ne sont pas près de ratifier Kyoto quand on voit que les sacs sont systématiquement doublés, même pour un pot de crème et une boîte d'œufs. On regrette parfois la caissière française qui vous tend les sacs au compte-gouttes comme s'ils étaient retenus sur son salaire.

La plupart des New-Yorkaises sont béates d'admiration quand vous leur expliquez que vous avez passé l'après-midi en cuisine pour les inviter à dîner – n'attendez pas d'invitation en retour, rares sont celles qui aiment ou savent cuisiner. À notre arrivée, nous supportions mal l'idée de devoir nous passer de saint-marcellin dégoulinant et d'époisses odorant et désespérions de trouver des produits frais ayant du goût. Après quelques semaines d'adaptation, nous avons rapidement compris

---

1. C'est le mot américain – ô combien justifié – pour tétine.

qu'on pouvait tout trouver ici, à condition de savoir où aller pour ne pas – trop – se ruiner. Les grandes épiceries comme Zabar's, Fairway, Citarella et Whole Foods Market font le bonheur des nombreux habitants qui veulent manger sainement. On y trouve des fruits et des légumes de qualité, et même du fromage blanc et du beurre d'Échiré. Mais pour faire des économies, ou pour trouver les produits d'excellence, il ne faut pas hésiter à sillonner la ville. Port d'immigration, New York, qui compte près de deux cents nationalités, regorge d'ingrédients du monde entier. Les marchands s'approvisionnent chez les meilleurs fournisseurs de la planète pour satisfaire les exigences des New-Yorkais. Mettez deux Européens ensemble, au bout de deux minutes les voilà en train de s'échanger leurs bonnes adresses. La viande de Florence Meat Market et d'Ottomanelli's, les bouchers italiens de Greenwich Village (les patrons de Florence Meat Market racontent qu'ils mettent dehors les Américains qui font la moue devant un steak persillé en demandant qu'on leur nettoie le gras). Le porc de Faicco's, traiteur italien de Bleeker Street. L'huile d'olive Athena de Titan Foods, un traiteur grec d'Astoria[1], qui selon nos amis italiens Valentina et Ruggero « est aussi bonne qu'en Italie, c'est dire ! ». Les fromages au lait cru de Murray's Cheese Shop (400 sortes de fromages) et de Monsieur Lamazou (la minuscule boutique de ce Tunisien francophile sent bon le Maghreb revisité par la Bourgogne et la Savoie). Les épices, le café et tous les produits du *Middle East* de Sahadi, l'épicerie liba-

---

1. Astoria est l'un des quartiers les plus multi-ethniques de la ville.

naise de Brooklyn. Le prosciutto et les pâtes fraîches d'Arturo Market dans le Bronx (un marché couvert à l'européenne dans le quartier italien de New York). Les fruits et légumes de saison des petits producteurs d'Upstate New York sur Greenmarket, le marché paysan de Union Square. Les poissons et les homards de Chinatown. Le saumon fumé et le caviar de Russ and Daughters, dans le Lower East Side.

Mais le secret des New-Yorkais pressés s'appelle FreshDirect. Un cybermarché haut de gamme révolutionnaire lancé en septembre 2002, qui livre à domicile jusqu'à 23 h 30 en semaine et 21 heures le week-end. « Il y a la vie avant FreshDirect et la vie après FreshDirect », nous confie notre amie Leah. Tout est bon, très frais et souvent moins cher que dans le supermarché de quartier. « D'accord on a émigré à Brooklyn, mais on est dans une zone FreshDirect », disent les amis qui ont quitté Manhattan pour Cobble Hill ou Fort Greene Park après la naissance de leur bébé. Le succès de l'épicerie en ligne est exponentiel et ce n'est pas un hasard puisqu'à New York, le maître mot, c'est *delivery*.

« *This is New York, where anything can be ordered[1]* », écrivait une journaliste du *New York Times* à qui son rédacteur en chef avait donné comme mission de se faire livrer, en pleine tempête de neige, le maximum de produits et de services de luxe, sans mettre le nez dehors. Dans cette ville, on peut tout se faire livrer à domicile. Ses courses, des bonbonnes d'eau (l'eau du robinet est potable, mais sa couleur parfois brunâtre en rebute plus d'un), un paquet de cigarettes (enfin, pour ceux qui fument encore…), son linge propre, un mas-

---

1. « C'est New York, la ville où l'on peut tout commander. »

seur, et, bien sûr, ses repas. Les New-Yorkais décrochent leur téléphone pour commander un *sushi deluxe* ou un *tandoori chicken* à 4 heures de l'après-midi comme à 23 heures. Le livreur chinois, encore vêtu de son tablier de plonge, qui brave les intempéries et pédale à contre-sens sur son vieux clou à la selle couverte d'un sac plastique, est une figure locale. Avec les *bike messengers* (les coursiers au corps musclé qui dévalent les avenues), il est aussi important que les financiers et les avocats pour la bonne marche de la ville. C'est simple, à New York, même la réparation de vélo est livrée « à domicile ». Le jour où mon mari a crevé à vélo, un *bike messenger* s'est tout de suite arrêté, a sorti son matériel et lui a rafistolé son pneu en quelques minutes pour quelques dollars. On se fait aussi livrer les meubles qu'on n'a pas achetés ! Les New-Yorkais, qui déménagent souvent, préfèrent abandonner dans la rue le mobilier dont ils ne veulent plus (le samedi matin, le quartier de l'Upper East Side est une mine d'or pour décorer gratuitement son appartement). Après avoir récupéré un fauteuil AA en cuir et un bureau tout neuf, je suis tombée un jour en arrêt devant deux magnifiques tables. Il ne m'a pas fallu cinq minutes pour trouver quelqu'un qui, en échange de 20 $, m'a aidée à les transporter.

Dans une ville aussi survoltée, il faut au moins ce niveau de services pour tenir le coup.

« TO STAY OR TO GO ? »

À New York, on vous demande souvent si vous sou-haitez manger votre repas sur place ou l'emporter. Pas seulement dans les fast-foods aux relents écœurants de friture. Beaucoup de restaurants et d'épiceries pratiquent le *take out*, la vente à emporter. Les Américains étant les rois du conditionnement, ils ont toutes sortes de récipients prévus à cet effet. Au bureau, sur des marches d'escalier, sur une pelouse, dans les parcs, vous verrez toujours quelqu'un manger sur le pouce, à n'importe quelle heure de la journée. On ne savoure pas un « sec-beurre-cornichons » au zinc du coin, mais on peut manger vite et bien. Certes, il nous arrive d'être dégoûtées à la vue des *fried chickens* et autres *pizza slices* dont l'épaisseur suspecte doit autant à la pâte caoutchouteuse qu'à la montagne de fromage fondu abject qui les recouvre. Mais pour leur pause déjeuner, beaucoup de New-Yorkaises achètent des repas équilibrés à emporter. Il y a les *hot food bars,* la nourriture chaude vendue au poids dans les *delis*. Les *sushi bars*. Et bien sûr, les *salad bars*, une vraie révolution. Pour 5 à 7 \$, vous choisissez vos ingrédients, votre vinaigrette (ne prenez surtout pas la *french vinaigrette* qui n'a de français que le nom. D'ailleurs, Monsieur l'Ambassadeur, si vous avez un peu de temps, nous vous supplions de vous pencher sur le problème. C'est l'honneur gastronomique de la France qui est en jeu, que diable!) et vous repartez avec votre salade prête à consommer sous le bras, agrémentée d'un morceau de pain et d'un fruit. Vous pouvez aussi acheter des fruits aux marchands ambulants; en saison ils sont meilleurs et moins chers que dans les supermarchés. Vous pouvez opter pour une formule locale à succès : une soupe seule ou accompagnée d'un demi-sandwich. Les potages et les consommés sont très prisés des New-Yorkais qui fréquentent assidûment les *soup bars*. La *chicken noodle*, la soupe de pois cassés ou de lentilles, la soupe de carotte au gingembre, le chili con carne et le gaspacho sont les plus populaires.

Et si le temps n'invite pas à lézarder dehors, vous pouvez rapporter votre *take out* chez vous. Une autre habitude très new-yorkaise, d'autant que ça coûte moins cher que de se faire à manger en achetant des produits frais.

Foodies

To cook. Cuisiner. S'emploie surtout au figuré, comme dans « *cook the books*[1] », activité prisée chez Enron, ou alors dans « *what's cooking* », qui peut se traduire approximativement par « Qu'est-ce que tu mijotes ? ». Les appartements sont tellement petits que souvent les cuisines sont transformées en rangements. Il n'est pas rare de trouver un four reconverti en placard à chaussures ou un garde-manger faisant office de penderie. Dîner chez soi relève de l'exercice d'acrobatie dont tout le monde se passe très bien. Mais n'allez pas croire que les habitants ne s'intéressent pas à la bonne chère. Bien au contraire. À New York, cuisiner au sens propre, c'est réservé aux chefs. Ça tombe bien, la ville en regorge et ils font ça très bien. Ils s'étripent régulièrement pour avoir le titre de *Best Chef*, se prennent pour des stars, ont la grosse tête et des mains en or.

---

1. Trafiquer les comptes.

Du coup, manger est à la fois une fête gustative, un divertissement et un événement à suspense. Le passe-temps local, élevé au rang d'art, c'est d'être un *foodie*. Un *foodie*, c'est un gourmet, une fine gueule, un bec sucré, un gastronome qui court de restaurant en restaurant, de lieu branché en nouveau bistro, d'*opening* en inauguration, et qui se targue d'avoir dîné dans la nouvelle gargote à la mode avant même qu'elle ait eu le temps d'ouvrir.

Il y a les enfants chéris de New York, tels Jean-Georges Vongerichten, l'Alsacien, Bouley et Boulud, ou encore celui que l'on surnomme Molto Mario, le débonnaire Mario Batali. Jean-Georges et Mario ouvrent des restaurants à tour de bras, déclinaisons ethniques d'un même concept (Matsu Gen, le japonais revu et corrigé par Jean-Georges, Babbo, le meilleur italien de la ville signé Mario, ou encore l'ultrabranché Spice Market, la version indienne/thaï de Jean-Georges), décors soignés, saveurs originales et public de *beautiful*. Et pour avoir une table, *fuggetaboutit* (en français, on traduirait par « laisse tomber »).

Comme lui, ses petits camarades aspirent à la gloire. Parfois, c'est noble, avec la création de plats sublimes dont on se souvient longtemps après. Ah, les raviolis à la joue de bœuf et aux truffes de Mario Batali. Parfois, les chefs créent la sensation avec des prix astronomiques. Daniel Boulud a récolté un grand nombre d'articles grâce à son ambitieux *burger* au foie gras et aux truffes, facturé 50 $, plus taxe et pourboire. D'ailleurs, sur un forum de discussion, un internaute s'exclamait incrédule : « Du foie gras dans un *burger* ?! Ça me cloue le bec ! Ma sensibilité du Midwest est ébranlée. » Et tout ça pour quoi ? Pour détenir le record du hamburger le plus cher. Âmes patriotiques et puristes s'abstenir, la seconde place est détenue par le légendaire Old Homestead, dans le quartier du Meatpacking District. 41 $ pour un hamburger au bœuf de Kobe. Comme tous les *foodies* le savent ici, le bœuf de Kobe est originaire du Japon. Les bovins y sont chouchoutés avec une bière quotidienne et un massage. Depuis cinq ans, le bœuf nippon aux prix exorbitants est la vedette dans les cuisines new-yorkaises. (On ne renie pas un tel traitement, et pourtant on vaut bien moins cher au kilo !)

La dernière *egg-xtravaganza* servie au petit déjeuner par Norma's, le restaurant du Parker Méridien : l'omelette au caviar et au homard. C'est sans doute le plat le plus cher de la ville, composé d'un mélange crémeux d'œufs, de morceaux de homard, de ciboulette et de 250 grammes de caviar sévruga.

> Et ne vous fiez pas à la chronique d'Eric Asimov dans le *New York Times*, intitulée « Manger pour moins de 25 $ ». Dîner pour ce prix, c'est aussi rare qu'une jupe longue sur Britney Spears.

Les New-Yorkaises s'adonnent très volontiers au petit déjeuner, pas forcément à 1 000 $ l'omelette, mais plutôt aux alentours de 12 $ les œufs Benedict (œufs pochés sur un petit pain recouvert d'une sauce hollandaise). Le brunch du dimanche matin est un grand classique. On survole le *Sunday New York Times*, on jette un coup d'œil aux potins de « Page Six » dans le *New York Post*, on enfile son ensemble Juicy Couture en velours, et on fonce chez Balthazar dans Soho pour engouffrer les pains perdus au sirop d'érable ou les œufs en meurette à la sauce marchand de vin en buvant un mimosa. Quant aux *pancakes*, disques stellaires qui illuminent les dimanches moroses de leur éclat ambré, les meilleurs de la ville se dégustent chez Clinton St.

Baking Company, un *coffee-shop* du Lower East Side (quoique, nous avons un débat : River Café à Brooklyn a été voté numéro un *ex aequo*). Si vous êtes d'humeur bruncheuse en sortant de boîte de nuit, Florent vous ouvre ses portes. Le restaurant de la rue Gansevoort (un nom imprononçable – gane-zei-vaurt – pour se souvenir que New York a bel et bien été hollandaise) sert les noctambules – et les autres – depuis quinze ans. Une institution, même si Florent Morellet, le patron français, s'en défend. Et aussi une rareté, quand on sait que la durée de vie moyenne des restaurants à New York est de dix-huit mois. L'avantage, c'est qu'il y a un nouveau restaurant qui ouvre chaque semaine. Donc de nouveaux terrains à conquérir.

Il y a aussi des endroits qui ont la vie dure. Comme cette singularité new-yorkaise, un anachronisme, une folie qui dure et perdure depuis plus d'un siècle. Rao's. Rao's est une survivance de Harlem la transalpine. Installé sur la 114e Rue, l'établissement est maintenant au cœur du quartier noir de Manhattan. Mais quand il a ouvert, en 1896, c'était un quartier populaire italien. À l'origine, Rao's était un petit restaurant. En un siècle, c'est devenu une légende. Rao's, c'est le genre de restaurant où un mafieux peut avoir l'air mafieux. Un endroit où le client peut être bedonnant, avoir les cheveux gominés coiffés en arrière, porter un surnom du type « Johnny Roastbeef » (véridique) et embrasser ses potes sur les joues. Si vous avez une passion pour le film *Le Parrain*, alors ce restaurant vous offre *the real stuff*. D'ailleurs Scorsese a choisi six habitués de l'établissement pour des seconds rôles dans *Goodfellas,* son étude des mœurs mafieuses. La mafia et Hollywood fricotent chez Rao's, et d'un seul coup, la terre entière veut avoir une table. Sauf que chez Rao's, avoir une table, c'est impossible. Le restaurant ne prend pas de réservation, jamais. Or sans réservation, on ne peut pas avoir de table. La quadrature du cercle? Pas du tout. Chez Rao's, on possède sa table à l'année. Il y en a onze, elles appartiennent aux habitués de longue date (Ron Perelman de Revlon, Tommy Mottola, ex-Sony Music) qui peuvent céder leur tour s'ils ne s'en servent pas, *basta*. Madonna, malgré ses origines italiennes et sa célébrité, s'est fait jeter de chez Rao's.

En décembre 2003, Rao's a dépassé sa réputation. Dans une scène digne du meilleur épisode des *Sopranos*, deux clients du bar ont échangé des propos aigrelets. L'un d'eux, Louie « Lump Lump » Barone, un habitué, a sorti son Smith & Wesson et a collé une balle dans la poitrine de son interlocuteur, l'envoyant six pieds sous terre. Il a rangé son flingue, a tourné les talons et a quitté le restaurant à pied. Il a été condamné à quinze ans de prison ferme. Depuis, en ville, tout le monde parle de Rao's. Rien de tel qu'un meurtre pour rendre un restaurant enchanteur. *Salsa pomodoro* assaisonnée à la mafia.

ADRESSES SERVICES

Arthur Avenue Retail Market – marché couvert italien
2344 Arthur Avenue, Bronx

Citarella – supermarché de luxe
2135 Broadway
Tél. : 212-874-0383

Dean and Deluca – supermarché de luxe
560 Broadway
Tél. : 212-226-6800

Faicco's Pork Store – boucherie italienne
260 Bleecker Street
Tél. : 212-243-1974

Fairway Market – supermarché
2127 Broadway
Tél. : 212-595-1888

Florence Meat Market – boucherie
5 Jones Street
Tél. : 212-242-6531

FreshDirect – supermarché en ligne
www.freshdirect.com

Lamazou Cheese – fromager
370 3rd Avenue
Tél. : 212-532-2009

Murray's Cheese Shop – fromager
254 Bleecker Street
Tél. : 212-243-3289

Ottomanelli & Sons Prime Meat Market – boucherie
285 Bleecker Street
Tél. : 212-675-4217

Russ and Daughters – poissons fumés et caviar
179 East Houston Street
Tél. : 212-475-4880

Sahadi Importing Co – épicerie moyen-orientale
187 Atlantic Avenue Brooklyn
Tél. : 718-624-4550

Titan Foods – supermarché grec
25-56 31st Street Astoria, Queens
Tél. : 718-626-7771

Whole Foods Market – supermarché bio
250 7th Avenue
Tél. : 212-924-5969

Zabar's – supermarché de luxe
2245 Broadway
Tél. : 212-787-2000

ADRESSES RESTAURANTS ET DÉJEUNERS RAPIDES

Babbo – restaurant italien
110 Waverly Place
Tél. : 212-777-0303

Balthazar
Les deux restaurants de Keith McNally s'inspirent des brasseries parisiennes, miroirs ternis, bar en zinc et fruits de mer à toute heure. Les établissements sont aussi branchés qu'à leur premier jour. Pastis est plein à craquer du matin au soir et Balthazar réunit toujours autant de *beautiful people*.
80 Spring Street
Tél. : 212-965-1414

Banjara
Ce restaurant indien installé sur la 6e Rue (rebaptisée *Indian Lane*) est vraiment meilleur que ses voisins. Preuve que, contrairement à ce que veut la blague new-yorkaise, tous les restaurants indiens de la 6e Rue ne font pas cuisine commune.
97 1st Avenue
Tél. : 212-477-5956

Bianca
Les serveurs de ce petit restaurant italien de l'East Village mettent les (nombreuses) clientes à l'aise. Cosy et chaleureux et, chose rare, la

musique d'ambiance ne force pas à hurler pour s'entendre. Étonnant persil frit.

   5 Bleeker Street
   Tél. : 212-260-4666

Blue Hill – restau bio dans l'âme et néanmoins délicieux
   75 Washington Place
   Tél. : 212-539-1776

Bouley – restau gastro cher
   120 West Broadway
   Tél. : 212-964-2525

Bubby's – restaurant ambiance familiale
   120 Hudson Street
   Tél. : 212-219-0666

Café Boulud NYC – bistro gastro
   20 East 76th Street
   Tél. : 212-772-2600

Café Mogador
Ambiance nord-africaine dans l'East Village, couscous, thé à la menthe et même danse du ventre le mercredi soir. C'est bon et en plus pas trop cher.

   101 St. Marks Place
   Tél. : 212-677-2226

Casa Mono
La nouvelle opération de Mario Batali. Histoire de s'éloigner de ses racines italiennes, Mario se reconvertit dans les tapas. Rançon du succès, c'est quasiment impossible d'avoir une table, d'autant que l'endroit est minuscule. La liste des vins est superbe. Mangez au bar et observez les cuisines et les célébrités.

   52 Irving Place
   Tél. : 212-253-2773

Chez Oskar – restaurant français à la sauce US
   211 Dekalb Avenue Brooklyn
   Tél. : 718-852-6250

City Bakery
Notre cantine. Tout est réussi : l'ambiance (un immense loft reconverti en réfectoire branché), le *salad bar* (légumes rôtis et salades aux

savoureuses épices), le *hot food bar* (*macaroni and cheese* et *chicken wings*). Après s'être donné bonne conscience en remplissant sagement son assiette de verdure, on peut craquer pour un *chocolate chip cookie* ou une tarte au citron. Et on ne vous parle même pas de leur chocolat chaud (servi glacé l'été), tellement nourrissant qu'il peut servir de déjeuner à lui tout seul. On est devenues accros.

3 West 18th Street
Tél. : 212-366-1414

Clinton St. Baking Co.
4 Clinton Street
Tél. : 646-602-6263

Coffee Shop – bons burgers
29 Union Square West
Tél. : 212-243-7969

Cowgirl Hall of Fame – un peu de Midwest dans le West Village. Ne pas rater leurs chickens.
519 Hudson Street
Tél. : 212-633-1133

Dean and Deluca Café
Pour manger une salade ou des sushis dans l'un des cafés ouverts par la fameuse épicerie fine de Broadway.

9 Rockefeller Plaza
Tél. : 212-664-1363

Duke's – ambiance *diner* et *comfort food* qui va avec
99 East 19th Street
Tél. : 212-260-2922

DuMont – bistro gastro
432 Union Avenue – Brooklyn
Tél. : 718-486-7717

Fifth Avenue Epicure
La formule à 5 $, une soupe accompagnée d'un morceau de pain et d'un fruit, fait partie des valeurs sûres. À emporter bien sûr. La nourriture est, paraît-il, inégale, mais nous, on n'a jamais eu de mauvaises surprises.

144 5th Avenue
Tél. : 212-929-3399

Florent – le pionnier du Meatpacking District
69 Gansevoort Street
Tél. : 212-989-5779

Fred's at Barneys – LE rendez-vous des *socialites*
660 Madison Avenue
Tél. : 212-833-2200

Gigino's at Wagner Park – surtout pour l'incroyable vue
20 Battery Place
Tél. : 212-528-2228

Good Enough to Eat – bons brunchs de l'Upper West
483 Amsterdam Avenue
Tél. : 212-496-0163

Gramercy Tavern
Notre restaurant préféré quand nous avons envie de bien manger. Déco chic rustique, ambiance très chaleureuse avec la rôtisserie au feu de bois ouverte sur la salle du bar. Le filet mignon servi avec une purée d'oignons au vinaigre est succulent. Surtout ne faites pas de réservation et mangez au bar.
42 East 20th Street
Tél. : 212-477-0777

Grand Central Oyster Bar & Restaurant
Plongée dans les entrailles de la gare de Grand Central, cette institution est très populaire auprès des businessmen du quartier. Une sélection incomparable d'huîtres. Si vous les aimez grasses, choisissez-les de la côte Ouest, si vous les préférez iodées, choisissez-les de la côte Est. Et tordez le cou à tous ceux qui disent qu'il n'y a pas de bonnes huîtres à New York.
Grand Central Station
Tél. : 212-490-6650

Grimaldi's
Après avoir admiré la *sky line* depuis Brooklyn Heights, arrêtez-vous dans cette pizzeria située sous le pont de Brooklyn, autre prétendante au titre de *best in the world*. Soyez-en averti : les *Brooklynites* assurent avoir inventé la pizza. Et soyez prêt à faire la queue le week-end.
19 Old Fulton Street Brooklyn
Tél. : 718-858-4300

Hale & Hearty Soup

Une chaîne de restaurants spécialisés dans les soupes. Un choix d'une dizaine de variétés chaque jour, certaines sont entièrement végétariennes, d'autres sont sans produits laitiers. Elles sont fraîchement préparées chaque jour.

Nombreux points de vente
1410 Broadway
Tél. : 212-354-1199

Hollywood Diner

Un *diner* pur jus très pratique. À peine assis, une serveuse vêtue d'un tablier vert, tout droit sortie des années 50 avec ses sourcils dessinés au crayon, vient prendre la commande en se grattant derrière l'oreille avec son stylo.

574 6th Avenue
Tél. : 212-691-8465

Il Buco

Au début, ce magasin d'antiquités proposait quelques tapas pour sustenter ses clients. Les tapas ont rapidement eu plus de succès que les meubles et c'est devenu un délicieux restaurant italien (pas donné car les portions sont petites) où l'on peut encore acheter des antiquités.

47 Bond Street
Tél. : 212-533-1932

John's Pizzeria

Les New-Yorkais passent leur temps à se disputer pour savoir quelle est la meilleure pizza du monde. Celle de John's pourrait bien l'emporter. Plusieurs adresses dans New York, mais la plus authentique est celle de Bleecker Street, avec ses murs en bois sombre et ses photos désuètes d'Italiens célèbres. La liste des ingrédients est impressionnante, mais rappelez-vous que les vrais amateurs n'en mettent pas plus de trois ! On ne paie qu'en liquide bien sûr.

278 Bleecker Street
Tél. : 212-243-1680

Junior's Restaurant

Ce *diner est* une institution à Brooklyn : pas diététique pour un sou, mais on ne résiste pas à l'appel du *cheesecake* (demandez-le *plain*, c'est-à-dire nature).

386 Flatbush Avenue Brooklyn
Tél. : 718-852-5257

Kasia's – restaurant d'Europe de l'Est
146 Bedford Avenue Brooklyn
Tél. : 718-387-8780

Katz's Delicatessen – un incontournable
205 East Houston Street
Tél. : 212-254-2246

La Grenouille – *so French*
3 East 52nd Street
Tél. : 212-752-1495

Le Cirque – restau gastro cher
151 East 58th Street
Tél. : 212-644-0202

Lexington Candy Shop – une luncheonette pur jus
1226 Lexington Avenue
Tél. : 212-288-0057

Lucky Cheng's – restau de drag queens
24 1st Avenue
Tél. : 212-995-5500

Magnolia Bakery
Pour celles qui voudraient grignoter sucré au déjeuner et qui auraient envie d'un petit *shoot revival* de *Sex and the City* (c'est la pâtisserie fétiche de la série et, du coup, maintenant, on fait la queue). *Cup cakes* et café au menu.
401 Bleecker Street
Tél. : 212-462-2572

Mama's Food Shop
Mama vend de la *comfort food* du Sud mais aussi des salades et d'excellentes soupes (4 à 7 $) recommandées par notre amie Rosalie.
200 East 3rd Street
Tél. : 212-777-4425

Matsu Gen – japonais version Jean Georges
241 Church Street
Tél. : 212-925-0202

Nha Trang

Au cœur de Chinatown. Cuisine vietnamienne authentique. Décor kitschissime, musique asiatique pop et ambiance typique. On vous apporte d'office du thé au jasmin sur la table. Les serveurs essayent de vous faire avaler votre repas en moins de temps qu'il ne faut pour le dire, mais, si vous vous accrochez, vous passerez un bon moment. Les prix sont tout doux.

87 Baxter Street
Tél. : 212-233-5948

Nobu

Le meilleur japonais de la ville, voire du monde. C'est en tout cas ce que les amateurs de Nobu disent. Il faut bien justifier la facture. C'est très bon, original et totalement hors de prix.

105 Hudson Street
Tél. : 212-219-0500

Norma's – l'omelette la plus chère du monde

118 West 57th Street
Tél. : 212-708-7460

Odeon – brasserie dans Tribeca

145 West Broadway
Tél. : 212-233-0507

Old Homestead – légendaire steak house

56 9th Avenue
Tél. : 212-807-0707

Pastis

Les deux restaurants de Keith McNally s'inspirent des brasseries parisiennes, miroirs ternis, bar en zinc et fruits de mer à toute heure. Les établissements sont aussi branchés qu'à leur premier jour. Pastis est plein à craquer du matin au soir et Balthazar réunit toujours autant de *beautiful people*.

9, 9th Avenue
Tél. : 212-929-4844

Pop Burger – bons burgers et hot dogs

58-60 9th Avenue
Tél. : 212-414-8686

Prune – très bonne cuisine féminine dans l'East Village
54 East 1st Street
Tél. : 212-677-6221

Rao's – spaghetti à la sauce mafia
455 East 114th Street
Tél. : 212-722-6709

SOSA Borella – bon restaurant aux influences argentines
832 8th Avenue
Tél. : 212-262-8282

Spice Market – la version *Asian* de Jean Georges
403 West 13th Street
Tél. : 212-675-2322

Stepmama – *soul food* dans l'East Village
199 East 3rd Street
Tél. : 212-228-2663

Takahachi – bon restaurant de sushi
85 Avenue A
Tél. : 212-505-6524

Tartine – pour grignoter. Une institution dans le West Village
253 West 11th Street
Tél. : 212-229-2611

The River Café – superbe vue et cuisine plus que décente
1 Water Street, Brooklyn
Tél. : 718-522-5200

Tribeca Grill
375 Greenwich Street
Tél. : 212-941-3900

Waldorf=Astoria Hotel – on ne présente plus le grand hôtel
301 Park Avenue
Tél. : 212-355-3000

'WichCraft
Après Craft (l'un des meilleurs restaurants de la ville) et Craft Bar (sa version bistro), Tom Colicchio a ouvert 'WichCraft, pour les pressés. Les

sandwichs ne sont pas donnés (7 à 9 $), mais beaucoup plus sophistiqués qu'au *deli* du coin.

11 E 20th Street
Tél. : 212-780-0577

Et si vous n'avez vraiment qu'une minute, il vous reste tous les marchands ambulants disséminés dans la ville, pour avaler un kebab ou un hot dog en marchant. Mais ne demandez pas de détails sur la composition de la saucisse...

9 Shopping :
le plumage
de la pintade

Sans limites

À New York, acheter est un acte patriotique puisque ça dope l'économie. Dans les jours qui ont suivi les attentats du 11 Septembre, alors que les New-Yorkais se pressaient pour donner leur sang et se porter volontaires, Rudolph Giuliani, le maire de l'époque, ne leur a-t-il pas dit : « Allez consommer, retournez dans les magasins, c'est ce que vous pourrez faire de plus civique. »

Le problème de la mauvaise conscience est donc réglé. Les choses sérieuses peuvent commencer. La plupart du temps, le shopping est un exercice hautement satisfaisant, quoique éreintant (passer les portillons du métro avec ses *shopping bags*, ouvrir son relevé de compte avec des sueurs froides). Parmi les moments exquis du *shopping spree* [1], réaliser que les chaussures vert pomme de Coach sont parfaitement assorties au sac Tod's qu'on a acheté l'année dernière. On a les victoires que l'on peut.

Des boutiques de haute couture de Madison Avenue (Morgane Le Fay, Proenza Schouler) aux créateurs locaux de l'East Village (Eugenia Kim), des grands magasins de la 5e Avenue (Takashimaya New York) aux échoppes branchées de Noho (Sigerson Morrison) et Nolita (Zero), des boutiques minimalistes du Meatpacking District (Jeffrey New York) aux boutiques encore plus minimalistes de Williamsburg (Crypto) : la New-Yorkaise dans le coup a l'embarras du choix.

---

1. Une virée dans les magasins.

Après des années de résistance, la ville a même fini par s'équiper d'un vrai *shopping mall*, un genre jusque-là réservé aux banlieusardes. À Colombus Circle, la tour AOL Time Warner aligne, sur environ 40 000 m², des boutiques de vêtements, de lunettes et de sacs sur trois étages. Si on ne voyait pas la statue de Christophe Colomb à travers les baies vitrées, on se croirait dans la banlieue de Philadelphie.

Sautez dans un taxi, direction 61e Rue et Madison. *Far corner on the left, please.* Barneys est une institution locale. Avec Bergdorf Goodman et Bendel, on les appelle « *The three B* » du shopping. Les passions consuméristes s'y répandent sans retenue. À l'approche de Noël, leur chiffre d'affaires est exponentiel. Les New-Yorkais travaillent dur, jouent gros et dépensent copieusement.

Les fortunes de la ville sont tellement colossales qu'elles paraissent inébranlables. L'Upper East Side (*zip codes*[1] 10021-10022) est le quartier le plus riche de la ville. Pas un hasard si c'est là que se trouvent la plupart des boutiques de luxe. Yves Saint Laurent, Chanel, Shanghai Tang, Calvin Klein. Joy, une New-Yorkaise nantie à l'élégance infinie et au charme ravageur, est une sérieuse shoppeuse. « Le lèche-vitrine ne m'intéresse pas. Quand je pars faire du shopping, je ne perds pas de temps à flâner ou à regarder. J'achète. Un point c'est tout. » D'autres ont une approche plus futile. Les *ladies who lunch* sont aussi des *ladies who shop*. Généralement, les deux vont de paire. À l'heure du déjeuner, on peut les retrouver au restaurant Le Cirque, déposant leurs sacs au vestiaire avant d'engloutir le menu spécialement concocté pour les femmes pres-

---

1. Codes postaux.

sées et soucieuses de leur ligne. Sirio Maccioni, le restaurateur de l'institution gastronomique de Madison Avenue, sait bien que les essayages de lingerie fine chez La Perla ne peuvent pas se faire le ventre ballonné. Il est fréquent de voir des embouteillages de limousines devant son établissement, ou encore devant Barneys, les chauffeurs attendant patiemment que ces dames aient fini leurs affaires.

Quand l'argent semble sans limites, ce sont les stocks qui sont limités. Le phénomène des *waiting lists* a commencé chez Hermès pour les sacs Birkin et Kelly, vendus environ 5 500 $. Vuitton est aussi coutumier du fait. Chaque année, le malletier de l'avenue Montaigne sort un sac introuvable à New York. Cette année, c'est la ruée vers l'or pour les chaussures en lézard doré, qui ont déchaîné les passions lors de l'inauguration de son plus grand magasin au monde, sur la 57e Rue. Les sandales aux talons de 13 centimètres ont été épuisées en trois jours. Souvent, c'est Harper's Bazaar qui donne le *la*. Si les accessoires sont présentés dans les pages mode du magazine, il y a toutes les chances qu'ils se vendent comme des petits pains. Les réassorts sont toujours difficiles à obtenir. Icônes de la liste d'attente : le jean hippie de Gucci, le sac Vuitton en toile blanche Murakami, les *flip-flops* à talons de Sigerson Morrison. Lorsque ses tongs en plastique ont été mises en vente pour la première fois, le 25 avril 2003, le stock de 350 paires s'est vendu en un jour. Cent quarante paires avaient déjà été prévendues cinq mois plus tôt. Cette frénésie du *must-have* est d'ailleurs devenue une technique de marketing à part entière. Pour faire monter la sauce, les grandes chaînes de magasins telles que Gap ou Club Monaco ont aussi instauré leurs listes d'attente, pour un banal tee-shirt ou une veste. Et ça marche !

Alors que la ville offre des centaines de modèles de chaussures, les New-Yorkaises iront spécifiquement choisir ceux qui sont en rupture de stock.

Les phénomènes de mode sont largement dictés par les stars. Depuis que Gwyneth Paltrow a inscrit les boots Uggs (les fameuses bottes australiennes fourrées) sur sa *wishlist* dans un article de *Vogue* en juillet 2002, les ventes ont explosé. La boutique Tip Top Shoes, dans l'Upper West Side, a vendu 300 paires de bottes pendant le mois d'août alors que le thermomètre affichait 35 degrés à l'ombre.

Si l'embarras du choix vous angoisse, New York, reine des services, offre des *personal shoppers* (voir *Getting personal*, page 72). Sharyn, une petite blonde aux yeux pétillants, reçoit ses clients dans son bureau au troisième étage du magasin Barneys. « Les gens viennent me voir pour une occasion spéciale, la barmitsva de leur fils, le mariage de leur fille. Ils ont besoin de conseils personnalisés. Et puis, maintenant que les entreprises sont passées au style vestimentaire *casual*, les règles sont trop floues, on ne sait plus comment s'habiller. J'ai beaucoup de clients qui viennent la première fois simplement pour que je les conseille pour un ensemble ou un costume. Ils sont tellement satisfaits que je finis généralement par refaire toute leur garde-robe. J'habille des *CEOs*[1], des *executive women*, des mères de famille et leurs filles. Tous les genres. »

Le téléphone sonne : « Je vous recommande la robe couleur "Oh-barh-gine" », articule Sharyn (comprenez aubergine – en français dans le texte). À l'autre bout du fil, l'interlocutrice est perplexe. Sans doute n'at-elle pas vu une aubergine depuis longtemps. Sharyn

---

1. P.-D.G.

explique : « Oui, c'est violine bleuté, moiré, riche, ça ira très bien avec la robe rose de votre fille. C'est important que vous soyez tous assortis. » La cliente semble hésiter. Sharyn n'insiste pas : « Oui, vous serez superbe dans la robe beige, c'est un très bon choix. » Elle raccroche. « Je sais ce que les clients aiment et je ne pousse jamais si je sens qu'ils ne sont pas convaincus. L'apparence est tellement importante. Mais que les choses soient claires. Les gens ne font pas appel à moi parce qu'ils manquent de goût, bien au contraire. Ils viennent parce qu'ils n'ont pas le temps de parcourir les huit étages de notre magasin. Les *personal shoppers* sont cruciaux pour les New-Yorkais. J'ai des clientes qui me disent que depuis que je les habille, leur chiffre d'affaires a augmenté de 20 %. Je sais mettre les gens en valeur. » Alexis Chasman est plus qu'une *personal shopper*, elle est *closet consultant*, comprenez conseillère en placards. Si vous êtes débordée par le désordre qui règne dans vos tiroirs, elle viendra inspecter vos penderies et vous aider à rentabiliser votre garde-robe. « J'emmène mes clients dans des show-rooms privés. C'est bon marché comparé aux grands magasins. Je leur trouve des tailleurs pour 500 $, des robes du soir pour 400 $. Ce sont des pièces uniques, qu'ils ne verront pas ailleurs. Si besoin, je fais une *razzia* dans leurs placards pour les aider à jeter les vieilleries dont ils doivent se débarrasser. Vous savez, si vous gagnez 200 000 $ par an, vous avez intérêt à investir un peu dans votre garde-robe. On ne vous pardonnerait pas de ne pas être impeccable. »

Divine surprise, le *personal shopper* est sans doute la seule chose démocratique dans l'histoire : Sharyn et Alexis offrent gracieusement leurs services. Bien sûr, comme leurs clientes dépensent beaucoup d'argent en suivant leurs conseils, ce sont les magasins qui les rémunèrent. Les *personal shoppers* ne sont pas *pro bono populis*, mais *pro bono magasinus*.

LES SOLDES DU LUXE

17ᵉ Rue, le troisième jeudi du mois de février. Le rituel est immuable. Il est 7 h 30 du matin et déjà le trottoir est bondé de monde. Des femmes, pour la plupart, par paires ou venues en solo. Elles poireautent devant une entrée de service. Dans cet univers, il faut être une initiée. Malgré le froid, elles attendent que la porte s'ouvre. Car derrière cette porte se cache une caverne qui ne décevrait pas Ali Baba. Et celles qui patientent ne sont pas les « 40 voleuses », mais plutôt les « 40 shoppeuses ». Armées de leurs cartes de crédit, elles s'apprêtent à prendre d'assaut l'entrepôt des soldes bisannuels de Barneys.

Cette année, c'est Pamela qui est arrivée la première, avec une copine. À 7 heures du matin. Elle désigne deux jeunes femmes derrière elle : « Elles sont arrivées avant nous, mais elles se sont trompées, elles sont allées 18ᵉ Rue, du côté de la sortie. Le jour des soldes, on entre par la 17ᵉ. Je le sais parce que c'est la cinquième année que je fais les soldes de Barneys. » Vêtue d'un beau manteau de cachemire, le brushing impeccable, Pam respire la fortune de l'Upper East Side. « Les soldes de Barneys sont un événement unique auquel toute New-Yorkaise qui a une garde-robe sérieuse se doit d'aller. » Les bourrasques de vent n'ébranlent pas sa détermination. Au fil des minutes, la queue s'allonge. Les taxis se suivent et laissent s'échapper leurs oiseaux matinaux. À 7 h 55, la file s'étend sur tout le bloc. Pam et sa copine sont de plus en plus excitées. Tel saint Pierre derrière les portes du Paradis, un vigile entrouvre la porte, pointe son nez pour jauger la foule, puis disparaît. L'assistance s'impatiente. Quand il sort à nouveau, deux femmes lui sautent quasiment à la gorge : « Il est 8 heures à nos montres. C'est l'heure. Laissez-nous entrer. » Il acquiesce et ouvre enfin. La copine de Pam me jette un sale regard et me demande : « Tu vas rentrer à l'intérieur ? Alors tu dois faire la queue, comme tout le monde. » Elle me pointe du doigt et, s'adressant à saint Pierre, elle s'écrie d'une voix suraiguë, frisant l'hystérie : « *She's not at the front of the line, send her at the back.* » « Elle n'est pas première dans la queue, renvoyez-la à la fin. »

Le sprint commence. Les clientes courent, se bousculent et investissent le lieu telle une nuée de sauterelles sur un champ de blé vert. Deux jeunes femmes, arrivées ensemble, se séparent en entrant dans l'entrepôt, se fusillent du regard et prononcent un « *good luck* » qui sonne comme une déclaration de guerre.

Une demi-heure plus tard, probablement plus d'un millier de personnes sont à pied d'œuvre. La stratégie paraît simple. Tout prendre et décider plus tard. Très vite, les clientes ont les bras chargés de vêtements. Une fois la sélection faite, elles s'agglutinent dans un coin de l'entrepôt et se déshabillent. Pas de cabines d'essayage, pas de pudeur. Les choses sont trop importantes, les enjeux trop gros. Si vous vous demandez où l'on peut voir des femmes nues de bon matin à Manhattan, ne cherchez pas plus loin. Grandes, petites, super bien foutues ou couvertes de cellulite : New York aime la diversité.

Pam ne se débrouille pas mal. Elle a laissé son manteau et sa robe au vestiaire. Elle porte un tee-shirt, un infâme caleçon et des mocassins. Elle essaie à tour de bras, par-dessus ses propres vêtements, même les robes du soir. Elle dégaine en moins de temps qu'il ne faut pour le dire. Efficacité et rendement. On devine la pro en elle.

Un homme ou deux rôdent dans les parages pour se rincer l'œil sur les nymphes gracieuses au corps sculpté par le yoga et le spinning, trop affairées à dénicher la pièce rare pour seulement s'en apercevoir.

Les griffes des couturiers sont des objets de haute convoitise. En temps normal, Barneys et Manolo sont réservés aux nantis ou aux irréalistes personnages de *Sex and the City*. Pas étonnant que les soldes à 50 % attirent autant de monde. Au cas où l'allusion vous aurait échappé, Manolo, c'est Manolo Blahnik. Ses soldes sont un autre rendez-vous incontournable du shopping new-yorkais. Et là, arriver en avance fait toute la différence. Certaines n'hésitent pas à braver la tempête, le blizzard, le froid polaire et les engelures. C'est d'autant plus important que la boutique de la 54e Rue est minuscule et que douze clientes, au maximum, peuvent s'y tenir à la fois. Tels les douze apôtres, les heureuses élues se verront ouvrir les portes du paradis... de la chaussure. Le salut de la pintade viendra du soulier. Saint Manolo, priez pour nous, pauvres pécheresses. Les jours de soldes, la chasse au talon aiguille est sans pitié. Lorsque j'étais enceinte jusqu'aux yeux, j'ai fait la queue devant la boutique pendant une demi-heure dans la chaleur du mois de juillet. Une fois entrée dans le saint des saints, personne ne m'a offert un siège. J'ai essayé les escarpins debout, en équilibre dangereusement instable avec mon gigantesque ventre. Un air de commisération dans le regard, le vendeur m'a finalement dit : « Vous avez vraiment du courage. » Je n'avais jamais assimilé l'achat d'une paire de souliers de luxe à un acte de bravoure !

Au bout d'une heure, les pauvres clientes de Barneys sont percluses de crampes. Elles doivent porter les vêtements sélectionnés sur un bras, le sac à main en bandoulière, en inspectant la marchandise de l'autre. Ça finit par devenir harassant. Mais Pam insiste : « C'est incontournable. Il faut venir. » D'ailleurs, bon nombre de clientes sont d'accord avec elle. Rien ne les arrête : l'une est flanquée de son chien crested chinois – une sorte de rat sans poils – vêtu et chaussé en Burberry, l'autre est accompagnée de son nouveau-né engoncé dans un porte-bébé en cuir. Pam m'explique : « Je cherche l'inspiration. Barneys est l'endroit à New York qui combine des vêtements uniques, éclectiques et superbes. Ils ont des pièces rares, magnifiques. » L'une des caissières me confie : « Ça vous paraît bondé, mais là, c'est en fait très calme. Attendez de voir l'heure du déjeuner et le week-end, c'est la folie. Chaque année, il y a des bagarres. Elles se crêpent le chignon au point qu'on est obligé de les séparer. »

Quelques clientes s'adressent la parole : « *It looks good on you* », ou bien « *Where did you find that ?* » (« Ça vous va bien », « Où avez-vous trouvé ceci ? »). Mais en général, les mines sont fermées. C'est chacune pour soi. On mate les autres. « Il faut regarder ce que les autres essayent et sauter dessus si elles ne le prennent pas. Il y a du réassort tous les jours. L'année dernière, je suis revenue sept fois ! » m'initie Pam. Les chaussures sont tout de même à 200 $ et les robes du soir atteignent les 3 000, mais comparés à 900 $ pour les unes et à 11 000 $ pour les autres en temps normal, ça fait une réduction de 75 %. Einstein ne démentirait pas : même au royaume de la Pintade, tout est relatif.

Une Imelda Marcos[1] sommeille en chaque New-Yorkaise. Il y a vingt ans, le film *Working Girl* montrait Melanie Griffith en tailleur, chaussée d'infâmes baskets qu'elle changeait contre des escarpins en arrivant au bureau. À part quelques banlieusardes ringardes, les New-Yorkaises ont compris ce que les chaussures avaient de sacré. Aussi n'est-il pas étonnant de trouver les plus grandes marques de chaussures à New York. À commencer par la féerique boutique de Manolo Blahnik. L'enfant des îles Canaries est devenu une icône, le chéri de ces dames. Ses souliers féminins et élégants sont des objets de culte qui ont leur fan-club, à commencer par Sarah Jessica Parker qui, à la ville comme à l'écran, en est accro. *Sex and the City* en a fait un emblème : les *stilettos* partagent la vedette avec les quatre filles au point que, lorsque Carrie se fait braquer dans la rue, son détrousseur lui pique son fric et ses « Manolos ». Blahnik a créé des chaussures pour J.Lo, Jerry Hall, Kate Moss ou encore Victoria Beckham. Même les plébéiennes de la ville peuvent sacrifier une bonne partie de leur salaire pour des « Manolos » et aujourd'hui, qu'il pleuve, qu'il neige ou qu'il vente, les *stilettos* arpentent les trottoirs de Madison Avenue. Il est certaines fonctions qui imposent des talons aiguilles. Impensable de se marier sans des « Manolos », inimaginable d'aller à la Fashion Week sans ses « Jimmy Choo ». Le *stiletto* : New York est à ses pieds. Un triumvirat règne sur l'empire de la chaussure. Aux côtés de Manolo Blahnik, ses rivaux :

---

1. La femme du président philippin déchu possédait des milliers de paires de chaussures de luxe.

Jimmy Choo – prince malais du *high heel*, chouchou de Nicole Kidman – et Christian Louboutin, qui a fait connaître au talon des hauteurs jamais atteintes. Les New-Yorkaises seraient-elles victimes du syndrome de Cendrillon ?

Un animal rusé

LES BONS PLANS DE LA QUEEN DU SHOPPING

Pintades shoppeuses, bénissez cette ville. À New York, les magasins sont ouverts le dimanche, les vendeurs vous accueillent, comme si vous étiez une vieille copine quittée la veille, par un joyeux « *Hi ! How are you doing today ?* » (« Salut, comment ça va aujourd'hui ? ») et, malgré le coût de la vie, c'est le royaume des bonnes affaires (et on ne pense pas seulement au 501 et aux Converse achetés sur Broadway). La capitale du libéralisme est une braderie géante, une valse incessante de promotions, La Mecque du 70 % *off*.

Tips de la queen

Les dates et lieux des *sample sales* sont publiés chaque semaine dans l'hebdomadaire *Time Out* (rubrique « Shop Talk ») et dans *New York Magazine* (rubrique « Sales Listings », que l'on peut aussi retrouver sur le site Internet, très bien fait, du journal : www.newyorkmetro.com). Vous pouvez aussi consulter www.topbutton.com, une page Web qui vous renvoie sur tous les liens en rapport avec les *sample sales* de la ville.

Ne croyez surtout pas, petites joueuses venues d'un *socialist country*, que la saison des soldes se limite à quelques semaines très réglementées. En novembre, le vendredi qui suit Thanksgiving, la fête familiale américaine la plus importante, est ainsi le *kick off* officiel de trois mois quasi ininterrompus de prix cassés. Même les jours fériés ne sont pas épargnés par le grand bazardage. Bien que les New-Yorkais aient peu de vacances – en général quinze jours, qu'ils hésitent d'ailleurs à prendre de peur que quelqu'un ne pique leur job pendant leur absence –, le jour sans travail n'est pas destiné à chômer, mais à consommer. Citrouilles de Halloween, boules de Noël, cœurs de *Valentine's Day*, *Stars and Stripes* du 4 Juillet : toutes les occasions sont bonnes pour coller le mot magique *sale* dans les vitrines et transformer les magasins en théâtre de libations collectives hallucinantes (et, dans ces moments-là, le diable est l'accessoire indispensable. Non pas Lucifer venu vous tenter, mais le diable de déménageur pour porter les achats). Chacun son truc : à la veille d'un pont, les Parisiens sont pare-chocs contre pare-chocs sur le périph', prêts à endurer la transhumance de masse pour fuir la grisaille urbaine. Les New-Yorkais, eux, se pressent sur le bitume, impatients d'affronter des heures de queue dans les boutiques. Culture du congé payé *versus* celle de la démocratie consumériste.

Soldes

Les soldes officiels et les promos traditionnelles qu'il faut connaître (mais ouvrez l'œil le reste du temps) :

- autour du **week-end de Columbus Day** (deuxième lundi d'octobre) ;

- le **vendredi qui suit Thanksgiving** (dernier jeudi de novembre) est surnommé « Black Friday » : tout le monde se rue dans les magasins, qui ouvrent parfois dès 5 heures du matin, pour le *kick off* des premières promos pour faire les cadeaux de fin d'année ;

- les soldes de fin d'année démarrent **dès le 26 décembre**, ensuite on enchaîne sur les *Winter Sales*, les soldes d'hiver, en janvier (sans oublier les promos pour **Presidents's Day**, le troisième lundi de février) ;

- **avant Memorial Day**, le dernier lundi du mois de mai, qui annonce la saison estivale ;

- les soldes d'été démarrent **une semaine avant le 4 Juillet**, pour Independence Day ;

- **Labor Day**, le premier lundi du mois de septembre, sonne la fin des vacances et un week-end de promos tous azimuts.

Liquidation, clearance, blowout sales, sale, sample sales : même le *hardware store,* le quincaillier du coin, a toujours une petite promo alléchante. « C'est simple, je n'achète plus rien qui ne soit pas en soldes, explique Karen, 39 ans, qui a longtemps vécu à Brooklyn avant d'emménager dans le New Jersey avec sa famille. Quand tu vois une fringue qui te plaît, il suffit d'attendre. Trois ou quatre semaines plus tard, tu peux être sûre qu'elle sera soldée. Tu prends un petit risque, ça peut te passer sous le nez, mais franchement ça vaut le coup. » Comme toutes les Américaines, Karen a une carte de fidélité dans chaque magasin où elle a ses habitudes. « Mais je m'en sers simplement pour bénéficier des promotions. Je refuse de les utiliser comme des cartes de crédit, car si tu t'endettes, tu paies 18 % d'intérêts ! » (Sage résolution quand on sait que, chaque année, près d'1,5 million de foyers américains se retrouvent en faillite personnelle à force de jongler avec les surendettements.)

La petite histoire dit que certaines New-Yorkaises louent des garde-meubles miniatures pour stocker leurs vêtements quand leurs appartements, minuscules, ne peuvent plus contenir leur garde-robe. Pour assouvir ses fringales de nippes, la *fashionista* qui n'a pas les moyens a deux armes secrètes. D'abord, les *sample sales*, ces soldes privés qui depuis une dizaine d'années n'ont plus grand-chose de privé et qui permettent aux designers de liquider leurs invendus à des prix défiant toute concurrence.

Ensuite deux adresses de prédilection: Daffy's et Century 21. Daffy's, c'est l'équivalent du Mouton à cinq pattes, en cinquante fois plus grand. Sa devise : *« Clothing bargains for millionaires »* (« Bonnes affaires pour millionnaires »). Beaucoup de vêtements ringards, mais ça vaut le coup de venir fouiner régulièrement, pour dégoter, par exemple, un pull en cachemire à 50 $. Quant à Century 21, rien à voir avec l'agence immobilière. C'est le temple de la dégriffe : des allées entières de Gucci, Chloé, Paul Smith, Jean-Paul Gauthier, Ralph Lauren, Valentino, Armani. *« You name it, they've got it. »* Le magasin, ouvert il y a plus de 40 ans, a été totalement refait après les attentats du 11 Septembre (il est en face de Ground Zero). À côté de fringues pour mémères, on trouve des chaussures Prada à 100 $ et des culottes La Perla pour 12 $. Une bouchée de pain !

Les astuces des magasins pour attirer les *shopaholics* sont à la hauteur des ruses des casinos de Las Vegas pour empêcher leurs clients de trouver la sortie. Mais une bonne pintade doit aussi savoir tirer parti des services offerts par bon nombre d'entre eux. Vous avez craqué un peu trop tôt pour une petite jupe qui une semaine plus tard est soldée à 50 % ? Qu'à cela ne tienne, il suffit de demander un *price adjustment*, c'est-à-dire le remboursement de la différence, une pratique courante dans les chaînes comme Gap, Banana Republic, Old Navy ou Club Monaco. Vous n'avez pas vraiment les moyens de vous payer cette robe noire hyper sexy qui serait pourtant parfaite pour votre prochaine *date*? « *Go for it, girl!* », achetez-la, portez-la (surtout sans retirer l'étiquette!) et rapportez-la quelques jours plus tard. Sans vous poser la moindre question, l'employée vous remboursera, en cash ou sur votre carte de crédit. Pas de scrupules, c'est un sport local. D'ailleurs certaines achètent même le pistolet à étiquettes dans des merceries du Lower East Side pour raccrocher les prix avant de rendre la marchandise. La New-Yorkaise pressée et pragmatique voit un autre avantage dans cette *return policy* laxiste. « Je n'essaie plus rien dans les magasins, ma cabine d'essayage, c'est ma chambre, explique Karen. J'achète des vêtements et je les emporte chez moi. Si ça ne me va pas, je les rapporte et la vendeuse me rembourse. Comme ça, j'évite les crises d'hystérie avec les enfants dans les magasins. »

Vous l'avez compris, la pintade peut s'habiller pour pas cher, à condition de maîtriser les rites locaux de consommation. Mais attention de ne pas se retrouver plumée à force de sauter sur les « bonnes affaires ».

Shopping list

Un tube de Lip Venom, une paire de *flip-flops*, une boîte de bonbons Altoids, arôme *citrus sours* ou *tangerine*, une Creme de Corps Kiehl's, une paire de lunettes achetée 5 $ dans la rue, un bonnet de laine (qui est à la New-Yorkaise ce que l'écharpe est à la Française), un Black-Berry, un vibromasseur en forme de vernis à ongles et du lubrifiant (choix imbattable), un kit de manucure acheté chez Duane Reade, un Water Misting Fan (vaporisateur d'eau qui fait ventilo en même temps), un *sticky mat* de yoga, un *pet carrier* (sac pour transporter le chien ou le chat), des verres à Martini.

Des New-Yorkaises culottées

AMERICAN ANGELS

Entrer dans une boutique Victoria's Secret à quelques jours de Valentine's Day, c'est un peu comme plonger dans une piscine remplie de crème fouettée et de pralines. Les strings « ficelle-derrière-fendus-devant » agrémentés de pompons blancs en poils acryliques côtoient les nuisettes transparentes « Baby Doll », les slips brésiliens à paillettes, les guêpières en dentelle et les porte-jarretelles à volants. Le tout dans des dominantes rouges et roses, V-Day oblige. On frôle l'indigestion (et le fou rire).

La fameuse marque de lingerie américaine a acquis une notoriété internationale grâce à son catalogue de vente sur Internet et à ses pubs qui mettent en valeur les plus belles filles du monde. Mais pour en comprendre l'esprit, il faut voir à quoi ressemble une boutique. Si vous ne devez en faire qu'une, choisissez celle de l'angle de Broadway et de la 34ᵉ Rue, c'est l'une des plus grandes du pays. Elle est conçue sur le même modèle que toutes les autres : une ambiance faussement anglaise, dans le genre boudoir victorien toc avec papiers peints roses, commodes dorées et parfums capiteux.

À côté de collections vulgaires, on trouve des culottes en coton blanc pour collégiennes et des slips en microfibres on ne peut plus sobres et confortables. Et des dessous sexy, dont le fameux Miracle bra, le soutien-gorge best-seller qui dans sa version *push-up* a largement détrôné le Wonderbra. Ce curieux mélange fait la force de la marque, leader sur le marché américain de la lingerie (plus de 1 000 boutiques aux États-Unis et cinq milliards de dollars de chiffre d'affaires annuel). Les Américaines adorent et les New-Yorkaises ne font pas exception – New York et Los Angeles sont d'ailleurs les deux villes phare de son marché. Les prix sont abordables : en période de soldes, on peut même y faire des affaires. On voit traîner dans les rayons des Latinas au derrière rebondi en goguette avant leur *date* du week-end, qui se jettent en gloussant sur des culottes panthères et des porte-jarretelles à froufrous, des mères de famille qui accompagnent leurs adolescentes prépubères en quête du premier soutien-gorge, des hommes aux yeux aussi ronds que ceux d'un poisson à la recherche d'un cadeau d'anniversaire de mariage... à moins que ce ne soit juste un alibi pour mater.

La femme, objet de désir. Victoria's Secret joue à fond la carte de la romance sexy, au risque de transformer ses clientes en Betty Boop de pacotille, voire en pouffes.

La botte secrète de la maison de lingerie, c'est son marketing. Eva Herzigova, Claudia Schiffer, Laetitia Casta, Tyra Banks, Heidi Klum, Gisele Bundchen : elles ont toutes incarné les anges *sassy* (fripons) de Victoria's Secret. Ses pubs font causer : adorées par les uns, elles sont agonies d'injures par les autres qui dénoncent au choix l'image de femme-objet qu'elles véhiculent ou bien leur ton *sexually provocative*. D'abord diffusé en prime time sur ABC, le défilé de mode annuel de Victoria's Secret a vite été relégué à un horaire plus tardif sur CBS, avant d'être suspendu. En novembre 2001, le premier show s'était en effet attiré les foudres des associations familiales bien-pensantes comme des féministes. Un éditorialiste du *New York Times* écrivait (cela se passait deux mois après les attentats du 11 Septembre) : « C'était un jour étrange à la télévision, un jour où l'on a vu les femmes afghanes enlever leurs burkas et dévoiler leur visage, avant de voir, quelques heures plus tard, les femmes américaines se ridiculiser en défilant en petits dessous. Cela ne pouvait pas arriver à un pire moment, à une époque où les Américains essaient par tous les moyens de montrer au reste du monde qu'ils ne sont pas uniquement intéressés par l'argent et la vulgarité. » Si quelques épaules dénudées et autres bouts de fesses sont taxés de *soft pornography*, il ne faut pas s'étonner que le téton clouté de Janet Jackson ait déchaîné les foules.

En tout cas, on peut reconnaître une vertu à Victoria's Secret. De même que Starbucks a converti les Américains au vrai café (à New York, les espressos ne sont plus réservés aux restaurants italiens), Victoria's Secret a fait découvrir aux Américaines qu'il y avait une vie sous leurs vêtements.

Retail Therapy

Ne comptez pas sur Tracy Morgan pour calmer la fièvre acheteuse tapie en vous. Elle a beau être psychothérapeute, et recevoir sur son divan des patientes qui souffrent parfois d'un désordre névrotique qualifié d'« achat compulsif », cette jolie blonde de 45 ans est elle-même une *shopaholic* qui s'assume. Son truc à elle, ce serait plutôt la thérapie par l'achat. Retail Therapy est d'ailleurs le nom donné aux visites guidées qu'elle organise le week-end. Mais le parallèle avec son métier s'arrête là. Une ou deux fois par mois, Tracy troque sa casquette de psy contre celle de *fashion guru* et emmène une dizaine de femmes qui ne se connaissent pas faire la tournée de ses boutiques de fringues préférées. « J'ai une passion pour la mode, j'aime bien dénicher des tenues originales. Mes copines ou même des inconnues dans la rue me demandent souvent où j'ai trouvé ce que je porte. En fait, j'achète quasiment tous mes vêtements chez des créateurs installés dans l'East Village, le quartier où je vis. Je me suis dit que je pouvais faire profiter les autres de mes bonnes adresses. » Et, au passage, se faire de l'argent.

Question : pourquoi des femmes *a priori* dotées de bon sens sont-elles prêtes à payer 150 $ (tarif de la visite guidée) pour, finalement, faire chauffer leur carte de crédit dans des magasins qu'elles pourraient très bien découvrir toutes seules en se baladant ? N'écoutant que notre devoir d'investigation, nous voilà parties un samedi matin dans l'East Village (où les dealers et les squats ont depuis plusieurs années cédé la place aux designers et aux bars branchés) pour un marathon lèche-vitrines.

Lieu de ralliement : Azaleas, une petite boutique de lingerie sur la 10ᵉ Rue. Les *Retail Therapy girls* sont déjà à pied d'œuvre, se succédant dans une cabine minuscule pour essayer des dessous affriolants. « On ose à peine faire ça devant vous, des Françaises ! Je suis sûre que vous dépensez au moins les trois quarts de votre salaire en lingerie ! » (Mieux vaut avoir cette réputation que celle de ne pas se laver, qui a la vie dure aux États-Unis.) Une jeune femme enceinte de six mois avoue en être à sa dixième visite guidée. « Mais cette fois, j'ai promis à mon mari de ne rien acheter. » Valerie vient de quitter Manhattan pour s'installer dans les Catskills et explique à quel point son shopping était *boring* avant de rencontrer Tracy. « Je ne connaissais rien d'autre qu'Express et Ann Taylor. Je pensais que les créateurs étaient hors de prix, que ce n'était pas pour moi. » Au fur et à mesure des essayages, le lieu prend des airs de poulailler. Les femmes se sentent en confiance, la boutique leur appartient – elle a ouvert ses portes plus tôt pour les recevoir, comme tous les magasins prévus au programme. « *All right, show us what you've got!* » « Montre-nous ce que tu as ! » s'exclame Tracy, avec cette spontanéité dont les Américaines ont le secret, en voyant l'une d'entre elles apparaître en nuisette transparente, jean tombé sur les chevilles pour ne pas perdre de temps.

Avec dix paires d'yeux braquées sur votre corps blafard en maillot de bain par – 10 °C dehors, vous commencez à saisir pleinement le sens du concept de « pouvoir du groupe » évoqué par notre guide quelques jours plus tôt au téléphone. « Quand elles ne se connaissent pas, les femmes n'hésitent pas à avoir un regard critique et honnête quand les autres leur demandent leur avis », explique Tracy.

Quelques boutiques plus tard, nous maîtrisons un autre aspect essentiel du pouvoir du groupe : l'effet d'entraînement. Ce sont les soldes et nous avons droit à 10 à 20 % de réduction supplémentaire. N'imaginez surtout pas que vos acolytes vont freiner votre boulimie de « bonnes affaires ». Pour un « *Oh no!* Cette robe te boudine », vous avez droit à dix « *So faaabulous!* Tu devrais le prendre. Moitié prix ? *It's a bargain* [1] ! ».

---

1. « C'est une affaire ! »

La séance d'aliénation collective se termine par un brunch chez Prune, ponctué par des petits cris paniqués et des « *Oh, my God!* » au moment de la livraison des achats sur la table du restaurant – porter ses paquets, c'est connu, ça encombre et surtout ça risquerait de donner mauvaise conscience.

Évidemment la formule n'est pas donnée. Mais toutes celles qui sont venues ce jour-là ont eu l'impression d'en avoir eu pour leur argent. Ne croyez pas qu'Aisha, Jennifer, Brenda, Laura et les autres soient des célibataires esseulées ou des femmes désœuvrées. Certaines sont mères de famille, d'autres sont *single*, elles ont entre 21 et 70 ans, exercent toutes sortes de métiers (de coloriste à psychiatre) et avaient simplement envie de passer un bon moment entre filles.

Le nid de la pintade l'ultime shopping

SIZE MATTERS

Il est un shopping qui ne connaît pas de saisons, pas de soldes, pas de répit. Le plus éreintant, le plus stressant, le plus extravagant des shoppings, celui qui mettra vos pieds à la plus rude épreuve, votre cœur aux cent coups et votre porte-monnaie à plat. L'immobilier. Tout le monde s'accorde à dire que c'est une expérience déplaisante, frustrante, dont on ressort presque toujours déçu. Debbie Korb, et sa partenaire Beverly Sonnenborn, *brokers* des stars chez Sotheby's, confirment : « C'est un achat chargé d'affectif, même pour des célébrités habituées à gagner des salaires à six chiffres. C'est l'achat le plus émotionnel qui soit. »

Il y a deux façons d'aborder le problème, selon la catégorie dans laquelle on court, et elles sont dictées par les moyens dont on dispose. La première est de faire les petites annonces du *Village Voice*, un hebdo gratuit, dans l'espoir de trouver un studio décent pour moins de 1 200 $ par mois. On chausse de vieilles chaussures confortables et on y passe ses dimanches. La seconde, plus luxueuse, consiste à embaucher un *broker* de Sotheby's ou de Corcoran, deux des agences les plus importantes de la ville. L'une vous entraînera dans les bas-fonds, l'autre vous conduira vers l'un de ces fabuleux lofts qui font le charme de New York.

La catégorie bouge infâme est aussi bien fournie que celle des appartements de rêve. La demande est tellement forte qu'en bons capitalistes, les propriétaires n'hésitent pas à afficher des prix astronomiques. L'une des stratégies de choix est de cacher les tares. Les petites annonces se décryptent de la façon suivante : « *charming* » signifie minuscule, et sans doute la baignoire fait-elle aussi office d'évier. Comme ce studio, refait à neuf, mais qui n'était étonnamment visitable qu'après 20 heures, pour la simple raison que l'unique fenêtre, dissimulée derrière un beau rideau, avait été murée. « *Vibrant growing community* » qualifie un appartement super-bruyant au-dessus d'un night-club.

Ainsi que l'hebdo *Time Out* le faisait remarquer, quand on parle d'appartements, chaque vrai New-Yorkais a son histoire de rat ou de *water bug* – sorte de cafard géant ailé, d'environ huit centimètres. Les statistiques font état de 8 millions de rats dans la ville, soit un rat par habitant. Un chiffre hautement contesté! Certains estiment que la proportion serait de douze pour un. Ce qui monterait la population « ratesque » à 96 millions. Le département de la Santé chargé des statistiques déclarait légèrement exaspéré : « Vous vous doutez bien qu'on ne compte pas les queues de rats. »

Dans cette catégorie, nous décernons la palme d'or à notre amie Julie. Après deux semaines de vacances, Julie et Olivier retrouvent leur petit appartement de l'East Village. En leur absence, deux visiteurs sont venus squatter la cuisine. En ouvrant la porte, Olivier se retrouve nez à nez avec un rat crevé, dans les mâchoires d'un piège, et son acolyte, obèse, secoué de spasmes, tournant sur lui-même telle une Sissi folle lâchée sur une piste viennoise. Manque de chance, Olivier n'a pas envie de danser la valse. Dans un moment de courroux, il attrape un seau et essaye de capturer la bête. Pas de bol, la tête du rat se retrouve coincée sous le rebord du sceau. Voyant le rat prêt à en découdre, Julie, gagnée par l'hystérie, se découvre des instincts primaires létaux. Elle se met à hurler : « Tue-le! Tue-le! Ne le laisse pas s'échapper! » « Arrrhh! » Olivier décuple ses forces et obtempère aux paroles de sa douce, jusqu'à ce que mort du rat s'ensuive. Depuis, Julie s'est exilée au Mexique, où elle trouve la compagnie des araignées et des scorpions bien plus réconfortante : ils sont plus faciles à tuer!

À mesure qu'on s'élève dans la pyramide immobilière – là où l'oxygène se fait rare et où les dollars suivent une courbe inversement proportionnelle –, se trouvent les bijoux les plus convoités : hôtels particuliers de l'Upper East Side, *penthouses* surplombant Central Park, *brownstones* du West Village ou encore lofts de Tribeca et de Soho. Les appartements ont des dimensions extravagantes et des prix à donner le vertige. Comme l'appartement du magnat de l'hôtellerie Ian Schrager (propriétaire entre autres du Delano à Miami et du Royalton à New York). Son onze pièces, décoré par Philippe Starck dans l'immeuble The Majestic (115 Central Park West), est orné d'une baignoire d'une tonne taillée dans un bloc de marbre blanc pur que Starck est allé lui-même chercher en Grèce. Ceux qui l'ont visité témoignent que l'endroit est spectaculaire. Après plus d'un an de travaux et une rénovation intégrale de plusieurs millions de dollars, le couple Schrager s'est séparé sans même avoir eu le temps d'emménager. L'appartement, qui n'a donc jamais été habité, s'est retrouvé sur le marché au prix de 22 millions de dollars. Peut-être madame Schrager n'aime-t-elle pas le marbre blanc. Elle n'est apparemment pas la seule : la déco est jugée trop marquée. « Un appartement comme ça, c'est bon pour une star d'Hollywood. Sauf que les stars d'Hollywood arrivent avec leur décorateur et leur architecte. Elles ne veulent pas vivre dans la déco de quelqu'un d'autre », nous confie Debbie Korb.

Même si *Mayor* Bloomberg a souvent parlé de récession dans ses conférences de presse, les prix de l'immobilier sont restés bien accrochés sur leurs sommets. En 2007, le record de l'appartement le plus cher a été battu avec ce penthouse monumental (920 m²) dans le légendaire Plaza Hotel, sur Central Park South. Il a été vendu pour 56 millions de dollars à un industriel basé à Londres. « Je me souviens, il y a dix ans, lorsqu'on vendait un appartement pour 5 millions de dollars, c'était quelque chose, les gens disaient "Waoo!". Aujourd'hui, c'est *business as usual* », explique Beverly

Sonnenborn. Généralement, ce qui fait la valeur d'un appartement, c'est sa superficie, son emplacement, ses vues et son unicité. Le nom des occupants de l'immeuble peut aussi faire monter (ou baisser les prix). L'appartement de Richard Gere s'est vendu 20 % plus cher que le prix du marché, et les voisins n'ont pas perdu au change puisque c'est le *cute* Edward Norton qui l'a acheté. Le nom des célébrités est même un argument de vente. « *Live among the stars* » pouvait-on lire sur la petite annonce d'un triplex dans l'immeuble de Britney Spears sur la 3e Rue.

L'appartement le plus incroyable qu'il nous ait été donné de voir se trouve sur Broadway, entre Waverly Place et la 4e Rue. Il est mis en vente pour 27 millions de dollars. L'actuel propriétaire l'utilise comme un modeste pied-à-terre. Ce *penthouse,* qui surplombe toute la ville, fait 800 m^2, possède un jardin planté d'une pelouse et d'arbres et, comble du luxe, une piscine. Une vraie piscine extérieure dans laquelle on peut faire ses longueurs. L'appartement est célèbre pour ses apparitions dans des films et des séries télévisées. C'est là notamment que Kim Cattrall (Samantha de *Sex and the City*) prend un bain de minuit avec son milliardaire d'amant Richard Wright (un personnage précisément inspiré par le susnommé Ian Schrager). C'est prouvé : à New York, dans l'immobilier, *size matters.*

PENTHOUSE

Prononcez « paine-taous » et pas « pantouze ». Se dit d'un appartement situé au dernier étage d'un immeuble et doté d'une terrasse. Se dit aussi d'un magazine de charme érotico-démodé prisé du public français, méconnu de ce côté-ci de l'Atlantique. Inutile donc de piquer un fard la prochaine fois qu'un New-Yorkais vous propose de jeter un coup d'œil à son *penthouse*.

L'INTERVIEW DU CO-OP BOARD

« Quand comptez-vous vous marier? Nous aurons besoin de vérifier vos avoirs et vos revenus. Mademoiselle, quelle est la valeur de votre bague de fiançailles? Nous la ferons évaluer. » La scène surréaliste se passe dans un appartement huppé de l'Upper East Side, sur la fameuse Gold Coast de Manhattan. Le couple d'acheteurs potentiels est soumis à un interrogatoire serré par le directoire de la copropriété. À New York, il existe deux types d'immeubles. Les *condos*, où chacun est propriétaire de son appartement en propre. Les *co-ops*, où les résidents sont propriétaires d'actions dans la coopérative que représente l'immeuble; en échange, ils obtiennent un certificat d'occupation à perpétuité de leur appartement.

Au début du xxᵉ siècle, les richissimes habitants de la ville (Whitney, Pierpont, Frick, etc.) possédaient des hôtels particuliers et le problème de la copropriété ne se posait pas. Quand ils sont devenus de plus en plus nombreux à devoir vivre en appartement, les acquéreurs ont cherché un moyen de contrôler leur voisinage. C'est alors qu'est née cette formule unique : la coopérative.

Le système est le suivant : l'immeuble est une société dont vous devenez actionnaire en achetant un appartement. Vous possédez des parts qui correspondent exactement à l'appartement que vous occupez, mais la copropriété a son mot à dire sur tout ce qui se passera chez vous. Vous voulez peindre votre cuisine bleu indigo avec des pois roses ? Vous devez obtenir la permission du *board*. Vous voulez louer votre appartement ? Dans certains immeubles, c'est purement et simplement interdit. Et lorsqu'un appartement est mis en vente, l'acheteur potentiel doit être approuvé par le directoire.

À l'origine, le système a été créé pour empêcher les Juifs et les Noirs d'emménager dans certains immeubles. Aujourd'hui encore, les directoires peuvent faire à peu près ce qu'ils veulent. Ils ne sont pas tenus de justifier leurs décisions, qui sont d'ailleurs sans appel, et les exemples de discrimination sont légion. Par exemple, le Steward, situé 70 East 10th Street, est notoirement anti-enfants. Dans d'autres immeubles, l'interviewé doit venir avec ses animaux de compagnie. Et de prolonger l'entretien pendant des heures pour s'assurer que Médor sait se tenir. Beverly Sonnenborn, agent immobilier pour Sotheby's, se souvient d'une richissime cliente trentenaire et célibataire à qui le *board* a demandé : « Avez-vous une vie sexuelle très active ? Comptez-vous amener beaucoup d'hommes chez vous ? Combien avez-vous d'amants ? »

L'interview est une source d'angoisse insupportable, et même les riches et les puissants tremblent à la veille de leur entretien. D'ailleurs, certaines agences immobilières offrent des formations pour garantir une admission. Généralement, le *board* demande aux acheteurs potentiels quels sont leur emploi, leur salaire et leur patrimoine. Mais même les bonnes réponses à ces questions ne garantissent pas un accès au logement. Lorsque John Kennedy Junior a acheté son loft à Tribeca, le *co-op* lui a réservé un accueil digne d'un *drug dealer* de Harlem. Le directoire était tellement opposé à sa venue dans l'immeuble qu'ils l'ont cuisiné pendant deux heures. La tradition veut que l'acheteur présente des lettres de références. La présidente du *board* se serait écriée : « Qu'il n'amène pas une lettre de sa mère ! Et je ne veux pas non plus une lettre de Bill Clinton ! » À croire qu'on peut être trop bien né…

Le site Web des pintades

Si une pintade avisée en vaut deux, alors une pintade abonnée à Daily Candy en vaut trois. Depuis sa création en 2000, Daily Candy inonde des centaines de milliers d'ordinateurs d'emails quotidiens sur ce qui se passe de nouveau et d'intéressant à New York : le nouveau spa, le nouveau bar, les dates des soldes privées, le tout agrémenté d'illustrations rigolotes. Le site remporte un tel succès qu'il a été racheté en décembre 2003 par le mogul de la communication, Bob Pittman, responsable de AOL et MTV, pour la coquette somme de 4 millions de dollars. Mais ici, ce qui vous intéresse, c'est l'adresse du site : www.dailycandy.com. Cliquez sur New York – le service existe aussi pour d'autres villes, notamment Londres, Miami, Boston et Los Angeles. On n'est pas dupes : on voit bien que ce sont des resucées de communiqués de presse, mais comme ça, on sait ce qu'il se passe. Parce que, franchement, qui a le temps de se faire enregistrer auprès de toutes les attachées de presse de la ville ?

ADRESSES SHOPPING

ABC Carpet & Home – déco chic, ethnique et chère pour la maison
888 Broadway
Tél. : 212-473-3000

Alexis Chasman – *personal shopper*
Tél. : 212-490-3675

Ann Taylor – chaîne de boutiques de vêtements pour femmes
150 East 42nd Street
Tél. : 212-883-8766
Nombreuses adresses en ville
www.anntaylor.com

Azaleas – boutique de lingerie
223 East 10th Street
Tél. : 212-253-5484

Badgley Mischka – designers célèbres pour leurs robes de mariée. La robe de Charlotte dans *Sex and the City*, c'était eux
715 5th Avenue
Tél. : 212-755-2200, ext. 1

Banana Republic – grande sœur de Gap
Nombreuses adresses en ville
655 5th Avenue
Tél. : 212-644-6678

Barneys – La Mecque des grands magasins. Membre des « 3B »
660 Madison Avenue
Tél. : 212-826-8900

Barneys Co-Op – la version soldée de celui du dessus
236 West 18th Street
Tél. : 212-593-7800

Bendel – un autre membre des grands magasins « 3B »
712 5th Avenue
Tél. : 212-247-1100

Bergdorf Goodman – le 3e larron des « 3B »
754 5th Avenue
Tél. : 212-753-7300

adresses

Blomingdale's – grand magasin
1000 3rd Avenue
Tél. : 212-705-2000

Calvin Klein
654 Madison Avenue
Tél. : 212-292-9000

Century 21
Situé dans le quartier de Wall Street, ce temple du discount de luxe ouvre ses portes dès 7 h 45 du matin. Les vrais pros vont y faire un tour tous les jours pour ne pas louper une bonne affaire.
22 Cortlandt Street
Tél. : 212-227-9092

Chanel
15 East 57th Street
Tél. : 212-355-5050

Christian Louboutin
941 Madison Avenue
Tél. : 212-396-1884

Club Monaco – chaîne canadienne de boutiques. Achetez leurs vêtements en solde
Nombreuses adresses en ville
121 Prince Street
Tél. : 212-533-8930

Coach
2321 Broadway
Tél. : 212-799-1634

Corcoran – agence immobilière
49 East 10th Street
Tél. : 212-253-0100

Crypto
154 Bedford Avenue Brooklyn
Tél. : 718-486-6779

Daffy's – *the bargain store for millionaires*. Déstockages d'usines
135 East 57th Street
Tél. : 212-376-4477

Duane Reade – chaîne de drugstores
Nombreuses adresses en ville
Tél. : 212-273-5700

Eugenia Kim – modiste
203 East 4th Street
Tél. : 212-673-9787

Express – chaîne *cheap* de vêtements
7 West 34th Street
Tél. : 212-629-6838
Nombreuses adresses en ville
www.expressfashion.com

Gap
Nombreuses adresses en ville
89 South Street Seaport
Tél. : 212-374-1051
www.gap.com

Gucci
840 Madison Avenue
Tél. : 212-717-7619

Harry Winston – diamantaire légendaire
718 5th Avenue
Tél. : 212-245-2000

Hermès
691 Madison Avenue
Tél. : 212-334-9048

Ina – boutique-trésor vintage
21, Prince Street
Tél. : 212-751-3181

Jeffrey New York – concept store dans le Meatpacking District
449 West 14th Street
Tél. : 212-206-1272

Jimmy Choo – designer de chaussures
645 5th Avenue
Tél. : 866-524-6600

adresses

La Perla – lingerie
> 777 Madison Avenue
> Tél. : 212-570-0050

La Petite Coquette
Le repaire plus intime, et plus cher, des New-Yorkaises folles de lingerie, c'est La Petite Coquette, dans Greenwich Village. La patronne saura réveiller la *slut* (la garce) qui sommeille en vous.
> 51 University Place
> Tél. : 212-473-2478

Laura Geller – maquilleuse
> 1044 Lexington Avenue
> Tél. : 212-570-5477

Manolo Blahnik – stilettos
> 31 West 54th Street
> Tél. : 212-582-3007

Morgane Le Fay – designer
> 746 Madison Avenue
> Tél. : 212-879-9700

Old Navy – petite sœur de Gap
> Nombreuses adresses en ville
> 300 West 125th Street
> Tél. : 212-531-1544

Only Hearts – boutique d'accessoires
> 230 Mott Street
> Tél. : 212-431-3694

Oscar de la Renta Boutique
> 772 Madison Avenue
> Tél. : 212-288-5810

Preston Bailey – fleuriste
> 147 West 25th Street
> Tél. : 212-691-6777

Proenza Schouler – designers
> At Barneys

Religious Sex

Si vous fantasmez sur le cuir et le latex plus *trash*, faites un tour à Religious Sex. Même si vous n'assumez pas vos fantasmes et que vous ressortez les mains vides, vous passerez un bon moment.

7 Saint Marks Place
Tél. : 212-477-9037

Retail Therapy – shopping tour

www.retailtherapy.us

Royalton – hôtel

44 West 44th Street
Tél. : 212-869-4400

Saks Fifth Avenue – grand magasin

611 5th Avenue
Tél. : 212-940-4465

Shanghai Tang – très beaux vêtements chinois

714 Madison Avenue
Tél. : 212-888-0111

Sigerson Morrison – chaussures

28 Prince Street
Tél. : 212-219-3893

Soho Art Materials – articles pour beaux-arts

127 Grand Street
Tél. : 212-431-3938

Sotheby's International Realty – agence immobilière

379 West Broadway
Tél. : 212-431-2440

Sylvia Weinstock – spécialiste des gâteaux de mariage

273 Church Street
Tél. : 212-925-6698

Takashimaya New York – grand magasin japonais hors de prix

693 5th Avenue
Tél. : 212-350-0100

The Shops at the Time Warner Center – le premier *mall* de NYC

1 Columbus Circle

adresses

Tip Top Shoes – chaussures
155 West 72nd Street
Tél. : 212-787-4960

Tod's – sacs et chaussures
650 Madison Avenue
Tél. : 212-644-5945

Vera Wang Flagship Salon – papesse de la robe nuptiale
991 Madison Avenue
Tél. : 212-628-3400

Victoria's Secret
Il y a dix boutiques Victoria's Secret à Manhattan, la plus grande étant
celle située à Herald Square.
Nombreuses adresses en ville
1328 Broadway
Tél. : 212-356-8380

Vuitton
1 East 57th Street
866-VUITTON

Yves Saint Laurent
855 Madison Avenue
Tél. : 212-988-3821

Zero – boutique branchouille de Nolita
225 Mott Street
Tél. : 212-925-3849

Lucinda

Samantha   Miranda   Carrie   Char

Scotlan   Sofie   Victoria

Jeannie

Anita

miss
Liberty

Celestina

10 Brochette de pintades

Les pintades croqueuses de diamants

En arrivant au restaurant La Grenouille, la première chose qui frappe, c'est cet air suranné et délicieux qui donne l'impression d'avoir glissé dans un
continuum espace-temps. Si le maître d'hôtel nous
annon-çait qu'on est en 1955, on ne serait pas surpris.
Installé au milieu des boutiques de luxe de Madison,
à quelques encablures de Central Park, le restaurant
attire les *ladies who lunch*. Aujourd'hui, notre compagnie fait parfaitement écho à l'établissement. Celestina est une grande dame de New York, une *socialite*,
une mondaine. Elle adore déjeuner à La Grenouille
et son histoire d'amour avec le restaurant dure depuis
plus de 40 ans. Du haut de ses 84 ans, elle trône à
sa table favorite, celle qui est dans le coin à droite en
entrant, et tant pis si, ce jour-là, nous sommes quatre
et qu'on doit se serrer. Celestina ne voudrait pour
rien au monde changer ses habitudes. Elle aime venir
déguster les praires farcies et le poulet au curry avec
ses jeunes amies, oisives comme elle. Aujourd'hui,
elle est accompagnée de sa protégée. De 20 ans sa
cadette, elle appartient aussi à ce monde fermé de la
haute bourgeoisie richissime de New York. Alors que
le chauffeur attend ses dames au volant de l'immacu-
lée Mercedes classe quelque chose, Celestina, un
turban sur la tête, noué à la façon de Coco Chanel,
sirote un Martini – un peu de vermouth, du gin et
une olive – avant de passer sa commande.

Tous les serveurs la connaissent. « Bonjour, Madame Wallace[1]. »

On salue sa protégée avec des sourires cajoleurs. Les femmes de leur trempe sont les reines de La Grenouille. Parées de leurs bijoux, elles devisent gaiement des derniers sujets de conversation que la ville a à offrir.

Nous leur demandons ce qu'elles pensent de Donald Trump. Certains l'accusent de manquer d'élégance et le soupçonnent de porter un toupet (la coiffure du magnat de l'immobilier a déchaîné les passions dans la presse). Celestina répond, moqueuse : « *But Dahling, who cares?!* Il a tellement d'argent qu'il peut bien ne pas avoir de classe! »

En matière de style, les deux comparses s'y connaissent. « Mon ami Monsieur Dior est venu deux fois chez moi pour me présenter ses collections, explique Celestina. Et c'est Monsieur Balenciaga qui m'a appris à porter mes diamants au déjeuner. » Si, comme le chantait Marilyn, les diamants sont les meilleurs amis des filles, alors ils sont tout particulièrement dévoués à nos deux acolytes. Ça commence par une pierre de la taille d'un œuf de pigeon que la jolie vieille dame porte au doigt : « Oh, à peine 9 carats », dit-elle modestement. Puis des boucles d'oreilles en diamants, une broche pavée de diamants, une gourmette, une montre qu'un rappeur fortuné ne désavouerait pas. Aux autres doigts, des bagues de taille plus raisonnable (5 carats, une bagatelle) et un ravissant collier de perles à deux rangées.

Trois fois, le curry de poulet de Madame Wallace se fait reconduire en cuisine. Pas assez épicé. « *But well, don't you get it? I said hot!* » Un deuxième Martini est de rigueur. « Je ne vais plus aux Hamptons, vous com-

---

1. En français dans le texte.

prenez, je n'ai pas envie de passer mes vacances à me battre avec Puff Daddy. » Par miracle, un financier et son coulis (pas George Soros) arrivent sur la table. Celestina appelle le serveur : « Est-ce que nous avons commandé ce plat? – Non, madame Wallace. – Eh bien, c'est que nous n'en voulons pas. » Et le financier de reprendre le chemin de la cuisine. « Nous sommes très loyales, nous soutenons Bush, enfin, le père. Quand il faisait campagne, nous avons organisé des *fundraising parties* pour lui. » L'angélique compagne confirme la passion diamantaire et le cœur républicain.

Celestina reprend : « Vous savez, j'ai postulé pour être membre d'un club privé. Le jour de l'interview, ils m'ont demandé ce que je faisais de mes journées. Je leur ai répondu : "Le matin, je suis chez Van Cleef et l'après-midi chez Cartier." » Ah! Mais alors, que pensent-elles du légendaire bijoutier new-yorkais Tiffany? À l'unisson, elles nous regardent, espiègles. « *No sweetie, we don't like Tiffany. You have to understand that when it comes to jewelry, we like big [1]!* »

Les pintades féministes

Le salon de Lucinda Webb est en pleine effervescence. Il est 5 heures, l'heure du thé chez les

---

1. « Non chérie, nous n'aimons pas Tiffany. Tu dois comprendre que lorsqu'il s'agit de bijoux, nous aimons quand c'est gros. »

Britanniques et l'heure du *wine and cheese* chez les New-Yorkaises qui savent vivre. Au milieu de l'agitation, sa fille Kate essaye tant bien que mal de servir les collations. Une dizaine de femmes d'environ 70 ans pépient, discutent et débattent. Elles ont l'esprit vif. Les conversations sont engagées, les sujets variés : politique, arts, et encore politique. « Le président Bush est une honte pour le pays. » Lucinda est une féministe de la première heure, ses copines aussi. Lorsqu'elles se retrouvent, inlassables, elles confrontent leurs idées, refont le monde. Gladys, une New-Yorkaise pur jus, élevée à la New York *vibe*, fait trembler avec son sens de la répartie. Une des copines se plaint d'avoir des problèmes quand elle promène son chien. Gladys, l'œil pétillant, lui répond, insolente : *« But it's easy, just shoot the dog*[1] *! »* Elles avaient 30 ans dans les années 60. Elles ont toutes vécu les marches pacifistes contre la guerre du Vietnam, le mouvement de libération des femmes. Alix K. Shulman, écrivain réputé, auteur d'une dizaine d'ouvrages féministes se souvient : « Dans les années 70, à Wall Street, il y avait une employée qui avait une forte poitrine, les hommes se moquaient sans arrêt d'elle. Avec un groupe de féministes, nous sommes descendues à la Bourse, et nous avons mis les mains aux fesses aux hommes. On leur pinçait les fesses et les joues en disant *"Oh, you're so cute"*. Les hommes étaient outrés, mais ça leur a donné une bonne leçon ! » Elles se rappellent combien il était dur d'être une femme à cette époque, surtout dans le monde du travail. Ça ne les

---

1. « C'est facile, t'as qu'à buter le chien ! »

a pas empêchées de faire carrière. Ellyn Polshek, l'épouse du célèbre architecte James Polshek (planétarium de New York, bibliothèque Clinton de Little Rock), explique qu'elle s'est mariée, a élevé ses deux enfants, et qu'à l'âge de 40 ans, elle a décidé de retourner à la fac de droit. Elle est devenue assistante du procureur à Manhattan. Liz, une autre amie de Lucinda, a repris ses études après son divorce. Elle a obtenu son diplôme d'avocate à 50 ans. Elle a pratiqué le droit commercial pendant vingt ans.

Lucinda a elle-même repris des études d'infirmière après le décès de son mari, tout en élevant ses quatre enfants, et sans manquer un seul rassemblement contre la guerre du Vietnam à Washington Square. Sa fille Kate se souvient que certains soirs, elle prenait le métro jusqu'à Harlem avec ses deux frères et sa sœur pour dîner avec sa mère à la cafétéria de l'hôpital où elle travaillait. Lucinda, Gladys, Ann, Ellyn et les autres ont l'energie des femmes que le temps a choisi d'épargner. Elles ont des rides, mais elles portent leur âge avec grâce. L'âge de la retraite est bien dépassé, mais elles continuent presque toutes de travailler. Jane Griffin est employée par un programme d'alphabétisation. Bon pied bon œil, Gladys fait du conseil génétique dans un hôpital, Lucinda aide au dépistage du cancer du sein. Entre un morceau de brie et une gorgée de merlot de Californie ensoleillé, elle nous sort un sein en silicone, et nous intime l'ordre de le palper. Conscience professionnelle jusqu'au bout, elle explique : « Vous sentez cette grosseur, c'est à ça que ressemble une tumeur. Il vaut mieux le savoir. » Si aujourd'hui beaucoup de New-Yorkaises peuvent revendiquer « *We can have it all* », elles doivent tirer leur chapeau bas aux mamas féministes qui ont pavé la voie pour elles.

La pintade P.-D.G.

Avec ses cheveux blancs et son sourire chaleureux, Muriel Siebert pourrait presque passer pour une mamie-gâteau sans défense. Une vieille dame gracieuse, vêtue d'un tailleur-pantalon crème à liseré bleu et flanquée de Monster Girl, sa chienne, une curieuse petite chose hirsute qui ne la quitte pas de la journée. À 72 ans, son visage s'est amaigri et sa silhouette s'est un peu tassée. Mais dès qu'elle nous accueille d'un pas alerte à la porte de son bureau, nous comprenons que la femme de caractère qui a révolutionné Wall Street est toujours là. Au 17ᵉ étage du Lipstick Building (il fallait au moins un immeuble en forme de rouge à lèvres pour accueillir le siège social d'une femme P.-D.G.), Mickie, comme on l'appelle depuis les bancs de l'école, continue de régner sur la société de courtage qu'elle a créée il y a plus de 30 ans. Accrochées au-dessus de son bureau, des photos d'elle en train de serrer la main de tous les présidents américains. Tandis qu'elle nous raconte sa vie – un morceau d'histoire des femmes et du capitalisme tout à la fois –, elle ne cesse de jeter de rapides coups d'œil à son écran d'ordinateur qui affiche en permanence les cotations de la Bourse. La vie de Mickie appartient au New York

Stock Exchange. Depuis le jour où, lycéenne venue de l'Ohio, elle a visité la salle des marchés et qu'elle s'est sentie gagnée par l'excitation des lieux. Mickie s'est installée à New York en 1954. Elle avait 22 ans, pas de diplôme d'université – elle avait dû arrêter ses études supérieures pour s'occuper de son père, malade –, mais un don pour les chiffres. « J'ai eu de la chance, j'avais un réel talent. J'ai été embauchée au bas de l'échelle, comme analyste financière. J'ai travaillé dur pendant deux ans et demi. Un jour, j'ai réalisé qu'à travail égal, j'étais payée 30 à 50 % de moins que les hommes. Alors j'ai démissionné et j'ai trouvé un boulot mieux rémunéré. » Quelques années plus tard, Muriel gagnait non plus 200 $ par semaine mais plusieurs centaines de milliers de dollars par an. En décembre 1967, sa photo est à la une du *New York Times*. « *The Petite Blond* », comme la décrit le journal, est la première femme à oser postuler pour acheter un siège de *broker* au New York Stock Exchange, institution qui carbure depuis toujours à la testostérone. « J'avais une pression énorme. Rendez-vous compte : 1 365 hommes et moi, la seule femme. Ils ne voulaient pas de moi. Quand je suis arrivée, ils m'ont dit qu'il n'y avait pas de toilettes pour femmes à l'étage de la salle des marchés. Je n'ai appris que deux ans et demi plus tard que c'était faux ! Des toilettes avaient été installées pour les huissières au début des années 50 ! » Son goût du risque et sa ténacité ont fini par forcer le respect. « Quand je négocie, je ne suis pas la même. Je suis intraitable. Je suis capable de raccrocher au nez de mes interlocuteurs. » Son bureau croule sous les médailles et les *awards* remis par un nombre incalculable d'associations et d'institutions médiatiques, féministes ou financières. Muriel n'a pas d'enfant. Elle a failli se marier trois fois, mais « à chaque fois, ça a capoté. C'est très difficile pour un homme de supporter l'idée que sa femme réussisse dans le monde de l'argent ». Les vacances qu'elle s'octroie sont toujours courtes. Elle adore les passer en France, dans les calanques de Cassis ou pour assister à un festival de jazz.

Muriel ne cache pas qu'elle aime l'argent, pour la liberté qu'il lui procure. « Je n'ai aucune envie de revivre l'époque où je comptais chaque *penny*. Mais je ne suis pas avide, ni insatiable. » Une énorme bague en forme de drapeau américain, incrustée de pierres bleues, rouges et blanches, brille à son doigt. « C'est du toc, mais elle impressionne toujours. Je l'ai achetée 5 $ dans la rue, après les attentats du 11 Septembre. Je ne la quitte pas. J'en ai fait faire une copie qui vaut 5 000 dollars, mais je la laisse au coffre. »

Comme beaucoup de riches Américains, Mickie donne des millions de dollars à des fondations philanthropiques. Des années où elle a été responsable de l'instance de régulation des banques de l'État de New York (encore une première pour une femme), Mickie a retenu que « le système de crédit américain est une injustice totale. Ceux qui paient le plus d'intérêts sont ceux qui en ont le moins les moyens ». Depuis quelques années, elle finance un programme pilote dans les lycées new-yorkais pour apprendre aux jeunes à gérer un budget. « Si je réussis à faire adopter ce programme au niveau national, j'aurai réussi la chose la plus importante de ma vie. »

La pintade activiste

Brooklyn, premier arrêt après Manhattan, sur la ligne L du métro. Julie nous a donné rendez-vous chez Kasia's, un *diner* polonais au coin de North 9th Street et de Bedford Avenue. Il fait beau et chaud, nous nous installons en terrasse, ravies d'échapper à la trépidation de Manhattan. Julie habite à quelques blocs de là, sur Berry Street, au dernier étage d'une petite maison à la façade en bois bleu pâle qu'on jurerait sortie d'une banlieue américaine modeste. Elle a le look des années 80, cheveux courts devant et long derrière, vêtue d'un jean délavé et d'un marcel bleu lavande, la mine chafouine. Tout en buvant un jus de carotte, cette assistante sociale de 40 ans nous raconte l'histoire de son quartier. Elle est arrivée à Williamsburg en 1989, quand les artistes commençaient à transformer les entrepôts et les fabriques désaffectés de cet ancien grand quartier industriel en ateliers et en galeries. Julie s'est tout de suite sentie à l'aise dans ce faubourg tranquille, le long de l'East River, mélange de *working class people*, immigrés polonais et italiens, Latinos, et de jeunes pionniers urbains chassés de Manhattan par des loyers prohibitifs.

Aujourd'hui, Julie se bagarre pour que Williamsburg ne soit pas défiguré et transformé en cité-dortoir aseptisée par des promoteurs insatiables. Elle milite dans plusieurs associations écologistes et de défense du quartier telles que Stop the Power Plant, qui lutte contre l'implantation d'une énorme centrale électrique à deux pas de chez elle, et NAG, Neighbors against Garbage. De nombreux habitants ont commencé à se mobiliser quand la mairie a décidé d'aménager les bords de l'East River, laissés à l'abandon depuis que les entreprises de fret et les raffineries ont périclité ou déménagé. Grâce à leur action au sein du *Community board* [1], Julie et les autres ont obtenu une première victoire : faire adopter un projet urbain concerté, favorisant les espaces verts, les logements à loyers modérés et à taille humaine. Mais la victoire est précaire, car il n'est pas exclu de voir des tours de 35 étages apparaître sur le *waterfront*. « La mairie veut construire, à n'importe quel prix, alors il faut s'organiser, ne pas relâcher la pression. Parfois, c'est plus efficace de travailler avec le système plutôt que contre lui. Parfois, c'est la protestation qui est nécessaire. »

Julie sait que la *gentrification*, c'est-à-dire l'embourgeoisement, de Williamsburg est en marche. Les vieux ouvriers à la retraite quittent le quartier un à un. Des maisons se vendent maintenant un million de dollars. Et il suffit de regarder ceux qui sortent de la station de métro de Bedford Avenue, des *yuppies* et des étudiants, pour comprendre que Williamsburg s'est « manhattanisé ». Avec leurs longues barbes, leurs papillotes et leurs costumes sombres, les Juifs hassidiques y semblent encore plus anachroniques. Les boucheries polonaises et les artisans du coin sont pris en sandwich entre des boutiques de déco et de fringues *trendy*, des restaurants et des bars branchés. Mais Julie court de réunions d'associations en *fundraising*, de meetings du *community board* en manif', pour préserver au maximum l'âme et la diversité du faubourg.

---

1. Les *community boards* sont des commissions de quartier dans lesquelles siègent les habitants et qui rendent des avis consultatifs, en particulier sur les projets d'aménagement de la ville.

Julie a beau ne pas se reconnaître dans les *hipsters* qui fréquentent les restaurants à la mode de son quartier, elle sait qu'en venant ici il y a dix ans, elle a contribué à lancer le mouvement.

La pintade artiste

Son atelier est dans un immeuble en brique de West Broadway. Un immeuble anciennement AIR (*Artist in Residence*), c'est-à-dire exclusivement réservé aux artistes. Un désordre sympathique y règne. Les toiles posées au sol ou accrochées aux murs blancs sont grandes, colorées et inspirées. Elle a les traits fins, la sophistication discrète des femmes tellement bien dans leur peau que la radiance leur vient de l'intérieur. Ses longs cheveux blonds naturellement bouclés encadrent des yeux rieurs. Ses filles sont charmantes, son mari est branché, elle parle le français couramment, fait des gâteaux d'anniversaire pour ses enfants, aime le bon vin, connaît des boutiques sympas (ses bons plans : Joke Schole, Selima Optic chez ABC Carpet, pour les sacs ; Soho Art sur Grand Street pour les pinceaux et la peinture ; Only Hearts pour les accessoires). Elle connaît plein de gens connus. Elle aime son art, son quartier, sa ville, sa vie.

Si vous deviez faire un long-métrage mettant en scène une artiste peintre new-yorkaise, vous n'iriez pas plus loin pour votre casting. Vous choisiriez Jeannie Weissglass et vous lui feriez vivre des aventures formidables. Une comédie musicale, sans doute. D'ailleurs, si Jeannie se mettait à nous parler en chantant, on ne serait pas surpris. Tout en sirotant une petite soupe chez Sosa Borella, elle nous explique : « Parfois, c'est dur d'être la mère dans le foyer (*sic*) et d'être le peintre, mais à New York, c'est possible. » Ethan Cohen, un marchand d'art, lui a récemment demandé de produire des toiles pour la prochaine expo de Scope Art Fair. Ses dessins seront exposés à Melbourne, Miami et Londres. « Ah, c'est vraiment super, c'est un événement *upcoming*, dit-elle dans son français à l'accent irrésistible. Tu vois, à New York, dans l'art, les relations sont plus fluides, tu peux te faire remarquer, même si tu n'as pas trop de relations. Ici, le marché est plus dynamique qu'en Europe. »

Elle aime son quartier pour son charme bohème. « À Tribeca, on est comme dans un village. Tout le monde se connaît. Avant, on habitait au rez-de-chaussée et l'été, on installait une piscine en plastique sur le trottoir pour les enfants. Quand il fait beau, on prend l'apéro devant l'immeuble avec les voisins. » Le New York de Jeannie est une communauté de bobos dont elle a été l'une des pionnières. « La première fois qu'on est venus ici avec mon mari, il n'y avait rien, toutes les devantures étaient murées. Depuis, le prix de l'immobilier a décuplé. C'est devenu un des quartiers les plus cotés de la ville. Tu sais, à New York, les promoteurs suivent les artistes. » Après les avoir chassés de Soho, de Tribeca et de Chelsea, les constructeurs jettent aujourd'hui leur dévolu sur Dumbo et Williamsburg, à Brooklyn.

Jeannie ne s'imagine pas une seconde faire autre chose de sa vie. Peindre est essentiel et la ville nourrit son inspiration. « Mon langage, c'est l'art. » Elle a vécu en France, mais New York reste pour elle la ville où vivre : « Ici, il se passe beaucoup de choses. L'émulation est forte. Si tu es dans le coup, tu as toutes les chances de pouvoir vivre de ton art. » À New York, les artistes ne sont pas maudits, mais bien plutôt bénis.

Les pintades tressées

Samedi 11 heures du matin. Utica Avenue, l'un des quartiers caribéens de Brooklyn, s'active depuis longtemps. Anita est en route pour faire tresser ses cheveux. Elle est originaire de Sainte-Lucie et préférerait le martyre plutôt que d'être prise en flagrant délit de *bad hair day* [1]. Aujourd'hui, elle a une coupe au carré, les cheveux crépus défrisés à la pommade relaxante. Tous les quinze jours, elle va chez Amy Coiffure. Le salon est tenu par des Africaines de Côte-d'Ivoire. Ici, on tresse, on natte, on roule, à un rythme lent et ininterrompu. Anita s'arrête d'abord chez Supreme Beauty Supply, le magasin voisin qui vend des accessoires pour les cheveux, un temple pour les crinières noires. On y trouve

---

1. Jour de cheveux rebelles.

des extensions, des cheveux naturels et artificiels, des pommades, des défrisants, des baumes démêlants, des crèmes hydratantes et des fers à friser (enfin, en l'occurrence, à défriser!). À chaque problème de cheveu sa solution. *Hair mayonnaise* pour cheveux cassants, pommade à l'huile de carotte pour cheveux abîmés (le sort de la majorité des cheveux des Noires). « D'abord, on vient acheter ce dont on a besoin, et ensuite on va au salon de coiffure », explique Anita. Ce samedi matin, au salon des Africaines, tous les fauteuils sont occupés. Une cliente à la corpulence généreuse se fait tresser les cheveux, une autre a choisi des nattes minuscules que deux coiffeuses assemblent. Amy, la patronne, spécule que ça prendra six heures pour faire toute la coiffure. Anita se souvient que la veille de son départ pour Sainte-Lucie, à Noël, elle avait choisi le même style. « C'est le meilleur style, mais ça prend un temps fou. » À minuit, elle était toujours dans le salon de coiffure. « Il fallait que je sois à l'aéroport à 5 heures du matin. La coiffeuse est finalement venue chez moi. J'ai pleuré toutes les larmes de mon corps en pensant que je n'aurais que la moitié de la tête nattée pour Noël. » Tout s'est évidemment bien terminé.

Un peu plus loin, le salon de manucure affiche complet. Deux gamines de 12 ans se font peinturlurer les ongles par des Coréennes. Chez Sherry's Unisex Salon, on défrise, on teint, on boucle. Sherry, la boss, explique : « Nous faisons tout, sauf les nattes. Les femmes noires aiment être bien coiffées, pas pour leurs maris mais pour elles-mêmes. En ce moment le naturel revient à la mode, avec des coiffures pleines de volume. Les Noires sont très créatives avec leurs cheveux. » Son employée confirme, pointant du doigt sa toison, une coiffure afro géante, teinte en roux. Anita nous explique que son copain Sean fait aussi très attention à ses cheveux. « Bien qu'il travaille sur des chantiers, ses cheveux sont sacrés. Il les teint couleur noir de jais, parce qu'il les a naturellement brun-roux. Et il fait des *dreadlocks*. C'est moi qui les lui fais. Quand les cheveux repoussent, j'enduis les racines de *jam* (gel spécial) et je tourne les mèches. S'il veut les défaire, il faudra tout couper. Moi, je n'aime pas, mais il adore. C'est pour ressembler à Bob Marley. » Dans le salon voisin, un *barber shop*, les employés s'affairent à raser, couper barbes et cheveux au plus court, ou bien à natter les cheveux longs. La musique rhythm'n'blues de Luther Vandross met de bonne humeur. Anita a choisi des *twisted plads*. Ses cheveux sont roulés et assemblés en chignon. « Ça fait un peu mal, et quand on dort dessus, c'est vraiment pas confortable, mais on s'habitue. » Jolie comme un cœur, elle s'est délestée de 70 $, environ 5 % de son salaire mensuel. Le supermarché du coin vend des feuilles d'aloès, des bananes plantain et de la morue séchée. Il passe du reggae qui sent bon le soleil : *« Yo man »*, *« I shot the sheriff but I did not shoot the deputy yeah yeah yeah »*.

Les pintades en herbe

À New York, le microcosme privilégié des écoles privées regorge de mini-pintades. Sophie, Scotlan et

Victoria en font partie. Nous les retrouvons un après-midi à la sortie de leur école, dans l'Upper West Side. Contrairement à d'autres établissements, l'uniforme bleu marine ou gris n'y est pas de mise. Sophie, 16 ans, lunettes de soleil Gucci sur le nez, porte une mini-jupe en jean qui met en valeur ses interminables jambes chaussées de bottes. Blonde aux yeux clairs, Scotlan, 17 ans, est vêtue – *of course* – du jean taille basse et – *of course* – du tee-shirt « *Jesus is my homeboy* » – eh oui ! Jésus est la nouvelle icône *hip* des ados. Veste noire cintrée et jean, Victoria, 18 ans, a une allure plus sage. Toutes trois se disent *shopaholic*. La conversation ne tarde d'ailleurs pas à glisser sur la mode. « *I definitely have a shoe problem.* J'ai un sérieux problème avec les chaussures. J'en suis dingue. J'ai deux paires de Manolo. » Sachant qu'elle est lycéenne et qu'une paire de Manolo Blahnik coûte au bas mot 400 $, nous nous demandons ce que font les parents de Scotlan. « *Well*, quand il travaille, je dirais que mon père est une espèce de producteur, et ma mère est femme au foyer. » (Scotlan est en fait l'une des héritières d'un grand groupe industriel.) Elles sont des téléspectatrices assidues de *Rich Girls*, reality show à succès de MTV qui suit les tribulations (outrageusement dépensières) de la fille du créateur Tommy Hilfiger et de sa meilleure copine dans les boutiques. La version ado de l'*American Dream* : dépenser sans compter.

Comme la plupart de leurs congénères, elles n'échappent pas à l'obsession de l'apparence. Elles vont dans des spas, adorent se faire faire les ongles, portent les tenues de leurs idoles vues dans les magazines la semaine d'avant, discutent à longueur de journée des garçons. Elles veulent vivre comme des adultes.

Elles ont leur propre carte de crédit, une fausse carte d'identité pour entrer dans les bars, peuvent dépenser près de 100 $ quand elles sortent le soir. Elles ont conscience de vivre dans une bulle, dans le cocon douillet d'une école progressiste où la compétition n'existe pas et où l'on ne dira jamais à un élève qu'il a mal travaillé. Mais, élevées dans des familles libérales, elles s'informent et militent pour les causes qu'elles estiment justes, comme le droit d'avorter.

Leurs modèles ont les paillettes chères aux filles de leur âge : Audrey Hepburn, Madonna et Oprah Winfrey, la reine black du talk-show américain. Sophie, fille de l'écrivain Paul Auster, veut devenir comédienne et a déjà fait quelques apparitions au cinéma. Scotty s'imagine bien productrice de télé ou professeur, on verra. Quant à Victoria, elle se destine au barreau.

New-Yorkaises dans l'âme, elles ne se voient décidément pas habiter ailleurs. « *The city is like a drug.* » Sophie, qui vit avec ses parents à Park Slope, quartier huppé de Brooklyn, dit en rigolant qu'elle est une *Bridge and Tunnel* (voir Abécédaire, page 210). Mais sa vie n'a pas grand-chose à voir avec celle d'une *Jersey girl* [1].

---

1. Surnom péjoratif donné aux habitantes du New Jersey, l'État qui fait face à Manhattan.

Le Pintade

Notre ami Scott n'a rien de l'Américain moyen bedonnant au menton carré et à la casquette de base-ball greffée sur la tête, amateur de hamburgers et de Bud, ni du jeune *broker* stressé, costume sombre et cravate jaune, qui pullule dans les rues de la ville. Scott, c'est *le* pintade.

Cet architecte new-yorkais a les ongles manucurés, les dents blanches parfaitement alignées, les cheveux châtains impeccablement coupés au carré, et des lunettes de marque italienne, qu'il a achetées en Floride « parce qu'on ne les trouve que là-bas », posées sur la tête. Un jour où nous déjeunons avec lui dans l'un de ses restaurants – français – préférés, Scott, qui a commandé une salade non assaisonnée, nous livre ses secrets de beauté. « Le matin, mon premier geste, c'est de boire un litre d'eau minérale. Pour éliminer les toxines. Jamais de thé ni de café. Je mange sainement, j'ai banni la cuisine au beurre. » Peut-être est-ce par réaction au milieu dans lequel il a grandi, « un quartier ouvrier du Michigan, patrie de l'industrie automobile », en tout cas, Scott est un esthète. À 43 ans, il entretient son corps : yoga deux fois par semaine, massage hebdomadaire – « mon masseur, c'est mon psy » – et gym trois ou quatre fois par semaine – « Quand j'étais étudiant à Harvard, j'ai abandonné mon appartement, trop cher, pour vivre dans un minibus. Comme ça, je pouvais me payer une inscription dans un club de sport agréable. » Dans sa salle de bains, pièce capitale de son appartement, trônent un démaquillant, une crème hydratante, un gel après-rasage, un shampoing de la légendaire pharmacie Kiehl's, un après-shampoing (qu'on ne trouve que chez les coiffeurs), un baume protecteur pour les lèvres, et du talc Gold Powder (comble de la délicatesse masculine, il nous avoue pudiquement se talquer l'entrejambe, « sinon, ça colle et ça me gêne »). Si elles le lui demandent, il adore choisir une couleur de rouge à lèvres ou de vernis à ongles pour ses petites amies. « Je les bluffe car j'en connais souvent plus qu'elles sur le sujet. » Et en plus, il aime faire du lèche-vitrine ! (Il a une passion pour les vêtements vintage, qu'il achète en général trop grands pour les faire reprendre par un couturier : quasiment du sur mesure.)

Scott n'est pas un oiseau rare à New York. Il nous arrive souvent de croiser des hommes en train de s'offrir une manucure dans un *nail salon* ou un *facial*, un soin du visage, dans un spa. On les appelle les *metrosexuals*. L'expression a beau ne pas être née à New York, elle prend tout son sens dans cette ville. Inventée en 1994 par le journaliste anglais Mark Simpson, elle désigne les urbains qui dépensent beaucoup de temps et d'argent pour soigner leur apparence et qui, malgré leur part de féminité affichée, sont hétérosexuels. Le footballeur David Beckham, le comédien Brad Pitt ou encore Peter Parker, alias Spider-Man, en sont les icônes. Scott a beau ne pas aimer le mot, qu'il juge trop réducteur, il lui est impossible d'y échapper. L'American Dialect Society l'a d'ailleurs élu mot de l'année en 2003. On ne compte plus les livres, les reportages et les unes de magazines qui sont consacrés au phénomène, sans oublier le *reality show*, tourné à New York, *Queer Eye for the Straight Guy*, dans lequel cinq homosexuels relookent un hétéro. À en croire les publicitaires et les médias, le *metrosexual* est une nouvelle espèce d'hommes qui prospère. D'autres pensent qu'il s'agit tout simplement d'un bon concept marketing, une version revue et corrigée du dandy du XIXᵉ siècle. Si ça peut rendre nos hommes moins débraillés, on n'est pas contre.

La pintade de la Liberté

À New York, capitale des pintades, pas étonnant que ce soit une femme qui accueille les voyageurs dans le port de la ville. Les New-Yorkaises sont loin d'avoir toutes les vertus de Miss Liberty. On imagine la dame colosse bien trop sérieuse pour courir se faire faire les ongles et l'on est à peu près sûr qu'elle n'a pas de porte-jarretelles. Elle n'inspire pas les fantasmes – quoique certains se demandent ce qu'elle porte sous sa toge de métal…

Il est bon, de temps en temps (surtout quand les relations transatlantiques sont houleuses, c'est-à-dire les trois quarts du temps), de se rappeler que la *first lady* de New York est française. Quarante-six mètres de drapé de cuivre, l'âme bien trempée, généreuse et tolérante. Elle a l'élégance d'une Artémis, le port de tête d'une déesse égyptienne et, comme la plupart des femmes de la ville, elle s'adonne régulièrement à la chirurgie esthétique. Son dernier lifting a coûté 87 millions de dollars. Offerte par la France à la fin du XIXᵉ siècle, elle a été créée par Frédéric Auguste Bartholdi. Il s'est inspiré de sa femme pour le corps et de sa mère pour le visage (on espère qu'il en a parlé à son psy).

Miss Liberty, symbole du monde libre, serait l'une des cibles des terroristes. Depuis les attentats du 11 Septembre, sa sécurité fait partie des priorités du pays. Maintenant, c'est une armée qui veille sur elle. Jusqu'en 2001, elle avait un fidèle et dévoué serviteur pour s'occuper d'elle. Oui, il y avait un job en or dans cette ville, le job le plus romantique de New York, un job qui appartient à l'époque révolue de l'âge de l'innocence : comme il y a des gardiens de phare, il y avait un gardien de la statue de la Liberté.

Les pintades icônes

Elles sont apparues un soir de juin 1998. Quatre célibataires sexy, drôles, émancipées, impertinentes. Quatre trentenaires qui osaient dire qu'elles aimaient le sexe et qui parlaient crûment des hommes. Quatre icônes qui érigeaient le célibat en statut enviable. Quatre femmes qui affichaient aussi la vulnérabilité de leur solitude et qui se serraient les coudes. Quatre personnages qui symbolisaient le glamour retrouvé de la ville.

Quatre héroïnes qui ont inspiré les New-Yorkaises autant qu'elles se sont inspirées d'elles.

L'idéaliste romantique, l'esprit libre croqueuse d'hommes, la cynique *workaholic* et l'anthropologue des mœurs sexuelles à la recherche de *Mr Right* : peut-on réduire les New-Yorkaises de la rue à quatre icônes blanches – plus *white protestant urban culture* que *melting-pot* – au mode de vie irréel ? Qui a les moyens de se payer des *stilettos* à 400 $ et de porter des dessous La Perla tout en passant les trois quarts de son temps au *coffee shop* avec ses copines ? Et pourtant, la série culte *Sex and the City* a su capter *the spirit of the city* et celui de ses habitantes, tout à la fois sans complexes, fonceuses, idéalistes, matérialistes et à la recherche de l'amour impossible. De nombreuses New-Yorkaises se sont rapidement identifiées à Charlotte, Samantha, Miranda et Carrie. Combien de fois avons-nous entendu une New-Yorkaise dire : « Moi, je ressemble plutôt à une telle » ou bien : « Chacune d'entre elles représente une partie de moi. » Des sœurs. Et bien sûr des modèles. Au fil des épisodes, les *Fab Four* ont lancé les modes. Les bars et les restaurants qui servaient de décor étaient pris d'assaut. Les tenues vestimentaires éclectiques des *girls* étaient régulièrement disséquées par la presse et imitées par les *fashionistas*. Carrie Bradshaw est devenue la *style icon* de la ville, ses accessoires vedettes – les énormes fleurs en tissu épinglées au corsage, les bérets, les sacs à main « baguette », les colliers gourmettes – sont devenus des incontournables.

L'adoration était telle que beaucoup de nos amies refusaient les invitations le dimanche soir pour pouvoir communier devant leur télé. Tous milieux sociaux confondus. En pleine tempête de neige, une habitante du Bronx, dont le chauffage ne fonctionnait plus depuis plusieurs jours, expliquait à la journaliste qui l'interviewait dans sa cuisine, emmitouflée dans quinze épaisseurs de pulls et collée au four, seule source de chaleur dans son minuscule appartement : « C'est pas grave ! Tant que ma télé fonctionne et que je peux regarder *Sex and the City*, tout va bien. »

La série culte s'est arrêtée, mais les icônes ne sont pas près de disparaître. Des psychanalystes organisent des colloques très sérieux pour mieux comprendre l'influence de la série sur les comportements sexuel et amoureux de leurs patientes. Les New-Yorkaises traquent les souvenirs. Chez Ina, une boutique du quartier de Nolita qui vendait le stock des vêtements portés par Carrie and co à l'écran, une jeune femme, qui venait de dépenser des centaines de dollars pour une seule robe, nous a expliqué : « *I'm buying a piece of History !* J'achète un morceau d'Histoire ! »

Pour apaiser l'état de manque, Mister Big et les 4 filles reprennent du service, cette fois-ci sur grand écran. Après ça, rideau final.

Conclusion

Un après-midi de décembre, par moins quinze degrés dehors et un ciel bleu azur dont New York a le secret en hiver, alors que nous sommes en train de nous réchauffer à City Bakery avec notre habituel *shot* de chocolat chaud, accompagné de son non moins traditionnel *chocolate chip cookie*, nous engageons la conversation avec notre voisine de table, de passage dans la ville. Après les platitudes d'usage, elle nous déclare : « Moi, je n'aime pas New York. » Une assertion que nous prenons comme une gifle et qui nous brise le cœur. Comme on dit ici : « *We can't help but take it personal.* » « On ne peut pas s'empêcher de le prendre personnellement. » Un deuxième *shot* de chocolat s'impose. C'est à ce moment-là que nous réalisons que nous sommes accros. Non pas au chocolat (quoique…), mais à la ville. Et donc, que nous sommes devenues des New-Yorkaises.

La pintade new-yorkaise n'est pas seulement la « poule aux mille perles » (pour reprendre l'expression chère à l'ethnozoologue Jean-Marie Lamblard pour décrire l'oiseau mythique). C'est une fonceuse bourrée de contradictions. C'est une cérébrale comme les héroïnes de Woody Allen. C'est une romantique comme les personnages des films de Nora Ephron. C'est une *socialite* comme *Les New-Yorkaises* d'Edith Wharton. C'est une indépendante comme les femmes des comédies américaines (Audrey Hepburn et Ginger Rogers en tête). C'est une émancipée comme les filles de *Sex and the City*.

Même si elle n'en a pas conscience, la New-Yorkaise est une icône. Elle vit dans une ville difficile. Mais loin de l'accabler, cela la galvanise. Ce qui lui permet de tenir le coup, c'est que, même quand elle ne trouve pas *Mr Right*, elle vit une formidable histoire d'amour. Son amoureux est loyal, il ne la laisse jamais tomber, il la fait vibrer parfois jusqu'à l'épuisement. Son plus bel amour, c'est New York.

New York, mars 2008

Ayez la Pintade Attitude !

Vous avez aimé le livre et vous pensez que les New-Yorkaises ont encore des choses à cacher. Vous voulez être fin prêt pour votre prochain voyage à New York et ne rien manquer, ayez dès aujourd'hui la *Pintade Attitude* : consultez sans attendre le site Internet www.lespintades.com et envoyez vos remarques ou questions à Laure et Layla.

Et parce que les pintades ne sont pas seulement new-yorkaises, découvrez d'autres basses-cours avec la collection des « Pintades » et dans la série de documentaires diffusés sur Canal+.

Des mêmes auteurs

Le New York des Pintades, guide des bonnes adresses de New York pour pintades voyageuses, éditions Jacob-Duvernet, 2005

Composition réalisée par ASIATYPE

Achevé d'imprimer en février 2008 en Espagne par
LIBERDUPLEX
Sant Llorenç d'Hortons (08791)
Dépôt légal 1re publication : mars 2008
No d'éditeur : 97802
LIBRAIRIE GÉNÉRALE FRANÇAISE – 31, rue de Fleurus – 75278 Paris Cedex 06

30/8485/2